suhrkamp taschenbuch 3328

New Orleans im Jahre 1830: Rutherford Calhoun, ein freigelassener Schwarzer, heuert auf der Flucht vor einer allzu heiratswilligen Frau auf einem Sklavenschiff an. Er ist ein kleiner Ganove, hellwach und gebildet, treulos und leicht zu beeindrucken, der sich ständig zwischen alle Stühle setzt. Als das Schiff mit einer Fracht Sklaven samt ihrer geheimnisvollen Gottheit von der afrikanischen Küste ablegt, nimmt das Unheil seinen Lauf: Die Sklaven rebellieren, die Mannschaft meutert gegen den verwachsenen Schurken von Kapitän. Am Ende aber findet sich Rutherford in einem Happy-End wieder, das sich gewaschen hat.

»Schlimm genug, daß *Die Überfahrt* die Schande der Sklaverei in eine richtig spannende klassische Seegeschichte integriert. Schlimm genug, wie Johnson einen wachen kleinen Gauner in einem Meer von Räuberei, Geheimnis und Gefahr zappeln läßt. Aber es kommt noch besser ... *Die Überfahrt* ist komisch wie *Gullivers Reisen*, aufregend wie *Die Schatzinsel*, gleichnishaft wie *Robinson Crusoe* und genauso eindrücklich wie alle diese Bücher zusammen.« *David Bradley*

Charles Johnson, geboren 1948, lebt in Seattle/USA. Selbstbewußt, unvoreingenommen und keck setzt sich der afroamerikanische Autor in seinem Roman mit der Materie der Sklaverei auseinander; 1990 erhielt er für *Die Überfahrt* den National Book Award, einen der angesehensten Literaturpreise der USA.

Charles Johnson
Die Überfahrt

Roman

Aus dem Amerikanischen von
Martin Hielscher

Suhrkamp

Titel der Originalausgabe: *Middle Passage*

Umschlagabbildung:
Gilbert Stuart. Der Koch von George Washington (?),
um 1790

Für Joan
für die letzten zweiundzwanzig Jahre

suhrkamp taschenbuch 3328
Erste Auflage 2002

Druck: Nomos Verlagsgesellschaft, Baden-Baden
Printed in Germany
Umschlag nach Entwürfen von
Willy Fleckhaus und Rolf Staudt

1 2 3 4 5 6 – 07 06 05 04 03 02

Homo est quo dammodo omnia

Der hl. Thomas von Aquin

What port awaits us, Davy Jones'
or home? I've heard of slavers drifting,
playthings of wind and storm and chance,
    their crews
gone blind, the jungle hatred
crawling up on deck.

Robert Hayden, »Middle Passage«

Wer Vielheit sieht und nicht die Einheit
wandert weiter von Tod zu Tod

Brihad-arankaya Upanishaden

Lob dem Herrn
Journal einer Reise geführt
mit Gottes Erlaubnis
auf der *Republic*, Afrikanisch
von New Orleans
bis zur vor dem Winde gelegenen
Küste Afrikas

DER ERSTE EINTRAG

14. Juni 1830

Von all den Dingen, die einen Mann aufs Meer hinaustreiben, ist das am meisten verbreitete Unglück, wie ich inzwischen weiß, die Frauen. In meinem Falle war es eine temperamentvolle Lehrerin aus Boston namens Isadora Bailey, die dafür sorgte, daß ich Koch an Bord der *Republic* wurde. Sowohl Isadora als auch meine Gläubiger, sollte ich hinzufügen, die ein Komplott gegen mich schmiedeten, mir eine Falle stellten, eine Intrige spannen, so voller List, daß meine einzige Wahl der Kerker war, ein kurzer Aufenthalt im steinernen Verlies des Spanischen Gefängnisses (oder ein langer auf dem Grunde des Mississippi) oder die Ehe, was für einen Mann meines Temperamentes schlimmer war als das Gefängnis – besonders, wenn man Isadora kennt. Also fuhr ich zur See und segelte von Louisiana am 14. April 1830 ab, in der Hoffnung, daß ein Vierteljahr an Bord eines Sklavenschiffes der unerbittlichen Frau Zeit geben würde, alles noch einmal zu überdenken, und meinen Gläubigern Zeit zu vergessen, daß sie je den Namen Rutherford Calhoun gehört hatten. Aber was mich in Afrika erwartete und später dann auf dem offenen, unendlichen Meer, war, wie ich Ihnen nun berichten werde, viel schlimmer als das Schicksal, vor dem ich aus New Orleans geflohen war.

New Orleans, müssen Sie wissen, war eine Stadt ganz nach meinem Geschmack an den exorbitanten, exotischen Randbezirken des Lebens, ein Welthafen von solcher Extravaganz im Jahre 1829, als ich aus dem südlichen

Illinois dort ankam – ein gerade freigelassener Sklave, meine Papiere in einer alten Brieftasche, einem Geschenk von meinem Master in Makanda –, daß ich meine Taschen fallenließ und mir ein Schock der Erkenntnis vom Rückgrat bis zur Kehle fuhr und sich von meiner Zunge löste in einem geflüsterten: »*Hier, Rutherford, ist deine Heimat.*« Und so erschien sie mir, dem Jungen vom Lande mit Baumwolle im Haar, in diesen ersten paar Monaten: eine Stadt in ihrem Glanz wie eine große Hure, eine Art Goldenes Zeitalter für die Drüsen. Es war eine Stadt, die sich, wenn schon nicht einem fast religiösen Dienst an der Sünde, so doch zumindest einer dampfenden Sexualität verschrieben hatte. Für den Neuankömmling war sie eine wahre Geruchsattacke: Melasse mit Mangos vermischt in der sinnlich feuchten Luft, der Gestank von Abwässern in einer schlammigen Straße und, aus den labyrinthischen Lagerhäusern im Hafen, der Duft von brasilianischem Kaffee und mexikanischem Öl. Und auch dies: Frauen von auserlesener Schönheit, die schönsten der Welt, reinrassige Geschöpfe der Lust, die zweihundert Jahre zuvor von den Franzosen zu ihrem Vergnügen geschaffen worden waren. Mulattinnen von der Farbe der Magnolienblätter, Viertelnegerinnen mit Brüsten wie Melonen – Frauen, die das ganze Jahr über wie Rosen dufteten. Heimat? Bruder, für einen scharfen Jungen aus Illinois von zweiundzwanzig Jahren, der Maisfelder, Kuhfladen und Onanieren auf dem Heuboden des Masters gewöhnt war, war New Orleans nicht seine Heimat. Es war sein Himmel. Aber sogar das Paradies muß seine Schattenseiten haben, und eben hier ist es auch (ach), wo der Neuankömmling Unterschlupf findet. Stromaufwärts lagen die Hafensaloons und Spelunken, eine schwarze Unterwelt der Diebe, Spieler und Verlierer, die, anders als die Kreolen stromabwärts (sie rümpften ihre langen, europäischen Nasen über arme, reinrassige Neger wie mich), sich einen Dreck um meinen

Stammbaum scherten und mich so willkommen hießen, wie die Welt stromabwärts es nicht tat.

Schlicht gesagt: Ich war ein mieser, kleiner Dieb.

Wie ich in dieses Leben hineingeriet, von anderen zu leben, ein Parasit der Gesellschaft zu sein, ist eine lange, erbärmliche Geschichte, die man für diejenigen, die es, wie die Griechen, vorziehen, ihre Gewalttätigkeiten von der Bühne zu verbannen, am besten abkürzt. Natürlich habe ich ehrliche Arbeit gesucht. Aber als ich in der Stadt ankam und durch die Saloons und Negerlokale zog, fand ich nichts. Also stahl ich – es war wie meine zweite Natur. Mein Master, Pfarrer Peleg Chandler, hatte diese Unruhe in meinen Fingern schon bemerkt, als ich noch ein Kind war, ebenso wie meine Neigung, aus lauter Jux absurde Lügen zu erzählen; er war überzeugt, daß ich für den Galgen geboren war, und tat alles, was in seiner Macht stand, um besagte Finger zu höheren Zielen umzuerziehen wie etwa zur Schönschrift und zum Spiel auf dem Flügel in seinem Salon. Er war ein Bibelforscher und hielt mir endlose Predigten über die Tugenden des Alten Testamentes, und bis auf den heutigen Tag erinnere ich mich an seine langweiligen Vorträge über den Neuplatonismus, die Übel des Nominalismus, das Genie von Thomas von Aquin und das Werk von Sehern wie Jakob Böhme. Er hatte sich gewünscht, daß ich ein Negerprediger werde, vielleicht sogar ein schwarzer Heiliger wie der südamerikanische Priester Martín de Porres – oder auch mein Bruder Jackson. Und doch, trotz dieses ganzen theologischen Hintergrundes, haben mich von Natur aus immer die Extreme angezogen. Seit der Stunde meiner Freilassung – ein Tag von solcher Düsternis und Depression, daß ich es noch eine Weile aufschieben muß, davon zu erzählen, wenn Sie bitte Geduld mit mir haben –, seit jenem Tag und dem, was ich nur als das feige Verhalten meines älteren Bruders im Angesicht der Freiheit bezeichnen kann, bin ich nie dazu fähig gewesen, etwas nur halb zu tun, und ich hungerte – im wörtlichen Sinne *hungerte* – nach dem Leben in all seinen Farben und Schattierungen: Ich fieberte nach sinnlichen Erlebnissen, könnte man sagen, lüstern nach Empfindungen und dem nervenerschütternden »Choc«, wie ein Schuß Opium, und neuen »Erfahrungen«. Und so – das Leben auf der verhaßten, öden Farm in Illinois hinter mir – trieb ich mich in diesen ersten Monaten in New Orleans herum, klaute mir etwas zu essen und stahl Touristen ihre Geldkatzen, aber seien Sie nicht vorschnell mit Ihrem Urteil. Ich mag vielleicht aus Süd-Illinois kommen, aber ich bin nicht blöd. Die Städter lebten vom Betrug und vom Verbrechen. Jeder wußte das, jeder sah es, jeder redete brav über Moral, und dann kassierte er unterm Tisch seinen Anteil, pfuschte mit der Ladenkasse herum oder stopfte sich die Geldbörse voll, indem er die Armen beschupste. Schamlos, sagen Sie? Vielleicht. Aber wäre ich kein Dieb gewesen, hätte ich Isadora nicht kennengelernt und wäre nicht kurz danach buchstäblich ins Schwimmen geraten.

Manchmal, wenn ich die Hotels nach Besuchern durchgekämmt hatte oder wenn ich mich ausnüchtern wollte vom Whiskey oder von Schnaps für zwei Dollar, stahl ich mich davon zum Hafen, und dort, wenn ich auf dem vom Regen ausgelaugten Pier in der schweren, schmelzenden Luft saß, in schimmerndem Licht, das so weich und schillernd war, daß das Sonnenlicht den feinen erotischen Dunst nicht vollkommen zu durchdringen vermochte, der in der Abenddämmerung durchsichtig und leuchtend war, starrte ich aufs Meer hinaus und beneidete die Seeleute, die auf den Handelsschiffen, wenn gutes Wetter es erlaubte, in See stachen, und fragte mich, ob es irgendeinen entlegenen Hafen gab, ein fremdes Land oder eine Insel, weit entfernt am Rande der Welt, wo ein freier Mann dem hohlen Treiben entrinnen konnte, der bei den Städtern Eigennutz hieß, der Mittelmäßigkeit, die sie Leistung nannten, der Selbstsüchtigkeit, die sie als individuelle Freiheit bezeichneten – all dem Quatsch, der aus jedem Tag an Land eine Art Tod bei lebendigem Leibe machte. Ich weiß nicht, ob Sie je auf einer Farm im Mittleren Westen gearbeitet haben, aber falls es so sein sollte, dann wissen Sie, daß Südillinois Klasse hat; Felder wie Meereswogen; eine Erde, die so fruchtbar ist, daß, wenn Sie einen Stock einpflanzen, an der Stelle ein Jahr später eine Kutsche sprießt; Wälder und Forste, die noch so unberührt sind, wie sie waren, bevor die Menschen ihren Pioniergeist verloren und eine gesunde Ehrfurcht. Nur hier am Fluß konnte ich dieses Gefühl wiedererlangen. Der Wind, der vom Wasser herkam, war wie eine Faust voll frischer Luft, ein reinigender Stoß, der mir für einen Augenblick das Gefühl gab, rein zu sein. Im Strom gelben Mondlichts schüttelte ich meine Stiefel ab und hielt beide Füße ins Wasser. Aber am schönsten war der Pier, finde ich, am frühen Morgen, wenn das Sonnenlicht auf das Holz fiel und es dampfen ließ, während Feuchtigkeit und Nebel der vergangenen Nacht verdunsteten. Dann konnte man wirklich wie der antike Philosoph Thales glauben, daß das Analogon des Lebens das Wasser war, das formlose, allschöpferische Meer. Geschäftsleute mit einem halben Hundert Pflichten, die wie Kletten an ihrem Leben hingen, kamen hierher, um voller Sehnsucht auf die Boote zu starren, die einliefen, um anzulegen. Schwarze Männer, Freie und Sklaven, saßen still auf Felsen, die mit Krustentieren überzogen waren, im Gestank von Öl und Fisch und betrachteten den Abendhimmel, der so blau war wie die Haut des heidnischen Gottes Krishna. Und auch Isadora Bailey kam hierher, obwohl ich nicht sagen kann aus welchem Grund – ihr Ausdruck auf dem Pier war nicht zu deuten –, da sie, wie ich bald erfahren sollte, eine Frau war, die physisch und metaphysisch auf dem Lande verwurzelt war. Ich hatte mich zu ihr herübergebeugt, um die Perlenhandtasche auf ihrem Schoß zu beäugen, und dachte gerade, daß ich sie mir schnappen sollte, als ich von der Unschuld – dem erschreckenden Vertrauen – in ihren Augen gefangengenommen wurde, als sie zu mir aufsah. Ich fragte mich, und ich frage mich das noch heute: Was macht ein nettes Mädchen wie sie in so einer Stadt?

Sie war tatsächlich so fehl am Platz in New Orleans, wie die heilige Teresa es bei einer Orgie von de Sade wäre: ein genügsames, stilles, demütiges christliches Mädchen und, wie ich erfuhr, die vierte Tochter einer großen Bostoner Familie, die seit dem Revolutionskrieg frei war und von der Kultur der Ostküste absolut verdorben. Ein gebildetes (wohlerzogenes) Mädchen von zwanzig Jahren, dachte sie, es sei das Beste, wenn sie ihr Zuhause verließe, um die Lasten ihrer Familie zu erleichtern, aber sie fand als Negerin, noch dazu als Frau, keine Stelle als Lehrerin im Nordosten. Sie kam mit einer Kutsche in den Süden und mied die neumodischen Züge, nachdem sie in dem Artikel eines Experten gelesen hatte, daß bei einer Reisegeschwindigkeit von mehr als 30 Stundenkilometern alle Mitfahrenden ersticken würden, da die Geschwindigkeit die Luft aus den Waggons absaugen würde. Als sie dann in New Orleans war, nahm sie eine Stelle als Gouvernante für die Kinder von Madame Marie Toulouse an, einer Kreolin, die als junge Frau zunächst die Mätresse eines Bankiers, dann eines berühmten Schauspielers, eines Priesters und schließlich eines Bestattungsunternehmers gewesen war. Warum diese vier? Wie Madame Toulouse Isadora erklärte, folgte sie dem Prinzip »Einen fürs Geld, zwei für die Show, drei, um sich bereit zu machen und vier für den Abgang«, und sie hatten sie großzügig mit Abfindungen bedacht, die sie in ein Hotel an der Royal und Saint Peter's Street investiert hatte. Aber Isadora war, fürchte ich, kaum glücklicher, im Hause einer kreolischen Familie zu leben, als ich es gewesen wäre. Sie waren wunderschön; sie war der Typ der Stubengelehrten. Sie gehörten hier zur Gesellschaft; sie war, als jemand aus dem Norden, der Gegenstand höflicher Herablassung – die Toulouse konnten sich, kurz gesagt, den Luxus der Dummheit, der blinden, saublöden, naserümpfenden Hochmütigkeit schöner Menschen leisten. Und solch einen Luxus hatte Isadora nie gekannt. Wenn man sie einmal kennengelernt hatte, hatte man das Gefühl, daß sie auf Wissen setzte wie andere auf Macht, im Glauben – fälschlich, wie ich finde –, daß sie kaum mehr zu bieten hatte. Sie wurde dick, zum Beispiel, um den Druck loszuwerden, den Frauen empfinden, wenn sie endlos angegafft und umworben werden. Männer bemerkten sie kaum, pummelig, wie sie war, und das war Isadora gerade recht. Sie besaß einen geradezu religiösen Respekt vor der Arbeit. Sie war außerdem eine nervöse Esserin, denke ich, der Typ der einsamen, intelligenten Frau, die Trost im Essen fand oder in Restaurants ging, um von den Kellnern freundlich behandelt zu werden, damit man sich um sie kümmerte und sie bediente und fragte: »Ist bei Ihnen alles in Ordnung?«

Und doch *war* sie hübsch auf eine züchtige, trockene, flachbrüstige Art. Isadora benutzte niemals Make-up. Im Alter von fünf Jahren war sie zum Glätten durch den Kamm verurteilt worden, und seitdem trug sie ihr Haar so fest zurückgesteckt, daß jede glänzende Strähne wie Draht hervorstand, wodurch außerdem die Haut an ihren Schläfen spannte und ihre Nase betont wurde, die erschreckend einem Türknopf glich, und ihre wäßrigen, mondähnlichen Augen größer wirkten, die ständig so aussahen, als würde sie gleich in Tränen ausbrechen. Nein, sie war nicht gerade ein toller Anblick, auch nicht das Hotelzimmer, wo sie mit acht einäugigen Katzen lebte, zwei dreibeinigen Hunden und Vögeln mit gebrochenen Flügeln. Meistens verströmte ihr Zimmer einen süßen, nach Dachstube riechenden Duft, sah aber aus wie eine Tierhandlung und stank mitunter wie ein Zoo. Isadora nahm diese herumstreunenden und verkrüppelten Tiere auf, da sie es nicht ertragen konnte, daß sich niemand um sie kümmerte, und jedesmal, wenn ich vorbeikam, hatte sie etwas Neues da. Nein, kein Mädchen, mit dem man vor seinen Freunden prahlen konnte, aber eine, die einen bestärkte, wenn man mit ihr zusammen war, weil sie einen inneren Glanz besaß, eine Intelligenz und Klarheit des Geistes, die mich überwältigten. Im allgemeinen sprach sie in Choriamben und Jamben, wenn sie entspannt war, was ihrem Sprechen eine Art von dimetrischer Musikalität verlieh. Liebte ich Isadora? Ich konnte es wirklich nicht sagen. Ich hatte immer das Gefühl, daß die Menschen sich verliebten, als würden sie in den Abgrund stürzen; ich dachte, das war etwas, was ein kluger Mann lieber vermied.

Aber an manchen Tagen, nach Wochen des Herumhurens und der Kartenspiele, die drei Tage und Nächte andauerten, landete ich plötzlich vor ihrem Hotelzimmer, besoffen wie Noah, pleite und zerrüttet, mit einem Strauß geklauter Blumen vor ihrer Tür, begierig, ihre Stimme zu hören, die samtweich war und leise wie Wasser, das in der Nähe dahinplätschert. Wir saßen dann zusammen und redeten (sie verabscheute Spaziergänge in der Natur, und behauptete, das einzige, was sie über die Natur wisse, sei, daß sie jucke), während ihre Menagerie verkrüppelter Viecher ihr und mir auf dem Schoß herumkrabbelte. An solchen Nachmittagen wohlerzogener Konversation (mehr erlaubte Isadora mir nicht) sprachen wir davon, daß wir beide Neulinge in New Orleans waren, oder wir machten einen kleinen Spaziergang oder aßen in Straßencafés zu Abend, wo wir den Kreolen zusahen. Meine frühesten Eindrücke vom Cabildo, den Tänzen der Viertelneger in ihren feinen Kleidern und den Sklavenauktionen, die jeden Samstag von der Firma Hewlett & Bright am neuen Exchange Market veranstaltet wurden (scheußliche Veranstaltungen, muß ich hinzufügen, die die arme Isadora ein wenig angriffen), waren getränkt mit ihrer Stimme, ihrem beruhigenden protestantischen Geruch nach Wasser und Seife. Oh ja, sie war gut und ehrlich und unverblümt, das war Isadora. Aber manchmal war sie auch einfach unerträglich. Sie war schließlich auch eine *Lehrerin* und konnte es manchmal nicht lassen, diese Tendenz, in Thesen zu reden oder in Aussagesätzen, um meinen Südillinois-Akzent zu korrigieren, mit seinen gequetschten Vokalen und fehlenden Konsonanten, und alles, was ich sagte, schon aus Prinzip, wie ich dachte, in Frage zu stellen.

»Also eeehrlich, Rutherford«, sagte sie eines Nachmittags in ihrem Wohnzimmer, mit dem Rücken zum tiefgezogenen Fenster, hinter dem ein Birnbaum in voller Blüte stand, dessen Früchte wie hundert grüne Glocken an den Zweigen hingen. »Du glaubst doch nicht, du kannst ewig so weitermachen, oder? Spielen und den Mädchen hinterherjagen?« Sie lächelte mich sanft an, mit einem jungfernhaften Lächeln, und musterte mich wie immer mit einem festeren Blick, als ich ihn auf sie zu richten vermochte. »Du hast doch einen *Verstand*. Und, wenn es stimmt, was du mir erzählt hast, dann hat es dir in deinem Leben an nichts gefehlt. Habe ich recht oder nicht? Du bist als Kind gut erzogen worden, und man hat dir alles gegeben, was zu einem gesunden Körper und christlichen Charakter gehört?«

Ich nickte, denn so war es gewesen. Obwohl er ein Sklavenhalter war, haßte Reverend Chandler die Sklaverei. Er hatte mich und meinen Bruder von seinem Vater geerbt, und aus christlichem Schuldgefühl hatte er uns mehr beigebracht, als manche weißen Männer in Makanda wußten, und uns dann schließlich einen nach dem anderen freigelassen, nur daß Jackson blieb, tiefer an unseren

Herrn gebunden, als irgendeiner von uns sich hätte träumen lassen. Aber ich bin noch nicht soweit, daß ich wirklich von Jackson Calhoun sprechen könnte.

»Also warst du«, fragte Isadora, indem sie mit ihrer Teetasse herumspielte, »mit einer recht angenehmen Umgebung und frommem Rat gesegnet?«

Ich nickte wieder und rutschte ein wenig verlegen hin und her. Immer hatte ich das unheimliche Gefühl, daß Isadora mehr über mich wußte als ich selbst.

»Bist du dann nicht, da du diese Gaben erhalten hast, verpflichtet, dich niederzulassen und eine Familie zu gründen, damit du anderen in noch größerem Maße geben kannst?« Ihre Augen wurden starr und schlossen sich, als sähe sie sich und mich vorm Altar stehen. »Mein Vater, weißt du, war ein bißchen wie du, Rutherford, oder meine Tanten behaupten das zumindest. Er blieb am Scolley Square oder in den Pubs und suchte im Rum und bei haltlosen Frauen nach sich selbst, bis er eine Frau mit Charakter traf – ich meine meine Mutter –, die sein besseres Ich zur Geltung brachte.«

»Und was macht er jetzt?« Ich stellte meine Teetasse aufs Knie. »Dein Vater?«

»Nun ...« Sie lehnte sich zurück, hielt inne, um die richtigen Worte zu finden. »Jetzt nicht mehr soviel. Er ist im letzten Winter gestorben, an Herzversagen.«

Wunderbar, dachte ich: Der Lohn des Familienvaters war eine Koronarthrombose. »Und«, sagte ich, »wie alt war er?«

»Neunundvierzig.« Dann beeilte sich Isadora hinzuzufügen: »Aber er hatte Menschen, die für ihn *sorgten*, Töchter und Söhne, und eine Frau, die dafür sorgte, daß er mit beiden Beinen auf der Erde stand ...«

»Genau«, sagte ich. »Ziemlich weit unter der Erde, würde ich meinen.«

»Rutherford!« kreischte sie, und ihre Stimme klang eine

Oktave höher. »Es tut mir *weh* zu sehen, wie du dich ruinierst! Wirklich, das ist so! Oft, wenn ich dich treffe, hast du zwei Tage nichts gegessen. Oder du hast einen Kater. Oder irgend jemand jagt dich wegen Geldes. Oder du hast dich geprügelt! Du brauchst eine Familie. Du bist doch nicht – nicht *gewöhnlich*!«

Ah, da war es, schließlich kam es doch an den Tag, die eine Seite an Isadora, die mich schaudern ließ. Es war das, was man ein ganzes gesegnetes Leben lang von den älteren Schwarzen und Kirchenfrauen in geblümten Kleidern hörte: Sei nicht gewöhnlich. Kämm dein Haar. Sei eine Ehre für deine Rasse. Strebe, wie die Kreolen, nach Respektabilität. Klasse. Mir krampfte sich im Innern alles zusammen. Oh, ja, es bedeutete mir etwas, daß Isadora sich Gedanken um mich machte, aber sie betrachtete mich als Lehmklumpen. Etwas, das sie mit ihren kleinen braunen Fingern zu genau der Art von Geschöpf kneten konnte, das ich bestimmt nicht werden wollte – nachdem ich gesehen hatte, daß mein Bruder sich vor lauter Unterwürfigkeit nicht mehr rühren konnte –: »ein farbiger Gentleman.« Daraufhin mußte ich mich erstmal räuspern, dann ausspucken in meinem Geiste. Diese Wendung beschwor vor meinem geistigen Auge das Bild eines Engländers herauf, mit rundem Bauch und beginnender Kahlköpfigkeit, der nur leicht mit brauner Wasserfarbe oder Zimt übertüncht worden war.

»Nein, Isadora.« Ich schüttelte den Kopf. »Ich glaube nicht, daß ich jemals heiraten werde. Es gibt zuviel zu tun. Und zu sehen. Das Leben ist zu kurz, als daß ich mich an Hausabzahlung und Ehe fesseln wollte.« Auf der Zunge lag mir hinzuzufügen: »Und an ein Haus voller hinkender Katzen«, aber ich dachte, besser sollte ich mir auf die Zunge beißen.

Ihre Augen nahmen einen jammervollen, gequälten Ausdruck an, eine Art von sterbender-Schwan-Blick, den sie ab und an mal hatte. Sie starrte mich endlos lange an, dann blitzten ihre Augen auf: »Du willst dich einfach nicht *anständig benehmen*, oder?« Und indem sie ihr Taschentuch an ihre Türknopf-Nase führte, stand sie plötzlich auf, wobei ihr die Katze von ihren berockten Knien sprang und blind gegen einen Kerzenständer stieß. Isadora machte drei Schritte auf die Tür zu – ich dachte, sie wolle mich hinauswerfen –, dann machte sie kehrt und füllte mit ihrer Stimme das Zimmer. »Stell dir mal vor, du *müßtest* heiraten, Rutherford Calhoun!« Jetzt brannten ihre Augen. »Was *sagst du dann*?«

Was Isadora damit meinte, war mir ein Rätsel. Sie konnte nicht schwanger sein. Nicht sie. Jedenfalls nicht von mir – sie bog mir die Finger um, wenn ich nach ihrem Knie tastete. Daß ich sie heiraten *müßte*? Es gab an jenem Nachmittag überhaupt keinen Sinn, aber nicht einmal vierzehn Tage später wurde mir die Bedeutung ihrer Worte schrecklich klar.

Nachdem ich den ganzen Tag lang meine Gläubiger vertröstet und gewürfelt hatte, ging ich in der Nähe des Hafens um eine Straßenecke und stand plötzlich einem Neger namens Santos gegenüber, einer Art von Räumkommando auf zwei Beinen, der im Hafen die Geschäfte für einen kreolischen Gangster namens Philippe »Papa« Zeringue regelte. Einige Herren dressierten ihre Sklaven, wie Sie wissen, zu Gladiatoren: die Afrikaner mit einer Reichweite, einem dicken Schädel oder einer schwelenden Wut, die in einen Sklavenaufstand münden würde, wenn man sie nicht kanalisierte. So verhielt es sich auch mit Santos. Er war Schlammringer auf einer Plantage in Baton Rouge gewesen und verschaffte seinem Herrn, John Ruffner, ein Vermögen durch Kämpfe mit bloßen Fäusten, die Ruffner für ihn mit Schwarzen von anderen Farmen ansetzte. Von Ruffner freigelassen, unbesiegt und fiebernd nach Streitigkeiten, war er anschließend nach New Orleans gekommen und geriet, wie so viele, in das Gravitationsfeld des Lebens stromaufwärts. Haben Sie vielleicht Zeichnungen vom Piltdown-Menschen gesehen? Bedekken Sie ihn mit Kohlenstaub, fügen Sie Hirschleder-Leggings hinzu und einen Cutaway, so enganliegend wie feuchtes Leder, und Sie haben Santos jüngere, unterernährte *Schwester*.

Dieses aufrechtgehende Desaster stand im ovalen Licht einer Straßenlampe an der Royal Street, als ich vorbeikam. Er kaute auf einem gestohlenen Schinken herum. Hinter ihm standen zwei Polizisten und schlugen mit ihren Schlagstöcken auf ihre Handflächen. »Komm jetzt mit, Santos«, sagte der eine. »Mach keinen Ärger. Der Schinken kostet dich einen Monat im Knast.« Santos kaute einfach weiter, und seine kleinen, schnellen Augen waren vor gastronomischem Glück halb geschlossen. Und dann, ohne Vorwarnung, schlugen ihn die Polizisten mit ihren Schlagstöcken voll auf die Schläfen. Sie waren dazu beide einen halben Schritt zurückgetreten und hatten ihren Hüftschwung und das volle Gewicht in den Schlag gelegt. Ein Schlagstock brach mit einem ekelerregenden Krachen, der andere vibrierte in der Hand des Polizisten, als ob Holz auf Holz getroffen hätte. Was Santos betraf, so blickte er nur schläfrig auf. Sagte: »Also, was sollte das'n?«

Da sie keine Narren waren, flohen beide Polizisten und rannten an mir vorbei, während Santos' Blick auf ihren flatternden Rockschößen lag, bis er auf mich fiel. »Illinois!« sagte er – oder, besser gesagt, seine schweißige Stimme ließ die Fenster in der Straße klirren und erzittern. »Bist du nicht Rutherford Calhoun aus Illinois?«

Ich schüttelte den Kopf und trat einen Schritt zurück. »Verdammich, du *bist* Calhoun! Lüg nicht! Papa hat nach dir gesucht, Junge!«

Ich tippte mir an die Brust. »Mich?«

»Ja, *dich*, du Nigger.« Er machte einen Schritt vorwärts,

packte mich am Arm. »Er will mit dir *reden* über etwas, das du ihm schuldest.« Ich sagte ihm, daß er sich sicher geirrt hätte, daß ich tatsächlich mehreren Leuten im Umkreis von zwei Kilometern um die Stadt etwas schuldete – meiner Vermieterin Mrs. Dupree; Mr. Fenton, dem Geldverleiher; und auch den Verkäufern – aber Papa hätte ich überhaupt nie *getroffen*. Wie konnte ich ihm dann etwas schulden? Nichts davon wollte Santos einleuchten, einem Mann, mit dem man nicht streiten konnte, denn er sah genau nach dem aus, was er auch war: ein Athlet, mit dem es allmählich bergab ging, mit vielleicht fünfzehn Kilo Muskeln auf seinem Oberkörper, die sich zu Fett verwandelten. Er sollte mit vierzig Jahren tot sein wegen der Belastung für sein Herz – die zusätzliche Masse hatte sein Rückgrat zusammengequetscht, hörte ich, und ihn fünf Zentimeter kleiner gemacht, aber das machte nichts. Er war größer als ich. Schweigend steuerte er mich, seine rechte Hand hinten an meinem Kragen, zu einer Kneipe, die Papa an der Chartres Street besaß, einem einstöckigen Haus aus Blockverband-Backsteinen, mit eingesunkenen, unebenen Fußböden und alten Gitterfenstern mit rautenförmigen Scheiben, und schob mich durch die Tür zu einem Tisch hinten im Raum, an dem Papa saß und Plätzchen mit Blaubeeren mit – mein Herz tat einen Sprung! – Isadora aß! Ganz plötzlich hatte ich dieses ganz besondere Gefühl des Schreckens, das einen überkommt, wenn man ein Café betritt und auf zwei Frauen stößt, mit denen man einmal geschlafen hat – von denen man geschworen hätte, daß sie sich überhaupt nicht kennen, die jetzt aber miteinander flüstern. Über *dich*, mein Gott! Sie sah auf, als ich mit weichen Knien zum Tisch schlurfte, und ihre Augen waren, das sage ich Ihnen, nicht zu entziffern.

»Isadora«, schluckte ich, »du *kennst* diese Leute!«

Sie schenkte Papa ein in der Tat äußerst wissendes

Lächeln. »Wir haben uns gerade erst kennengelernt, um ein Geschäft auszuhandeln, das dich betrifft, Rutherford. Ich bin sicher, daß es dich interessiert zu hören, was Mr. Zeringue und ich beschlossen haben.« Isadora tupfte sich mit einer Serviette die Lippen ab, stand dann auf. »Ich warte draußen auf dich.«

Sie schien die ganze im Raum vorhandene Luft mitzunehmen, als sie nach draußen tänzelte, auf eine seltsame Weise glücklicher, als ich sie in Monaten gesehen hatte. Einen Augenblick lang bekam ich keine Luft. Papa saß da mit einer Serviette, die in seinen Kragen gestopft war. Er hielt einen Suppenlöffel, von dem Blaubeergelee tropfte, in der rechten Hand, als ich meine Hand ausstreckte und mich vorstellte; mit diesem Löffel schlug er auf meine Handfläche, und da ich nichts anderes schütteln konnte, schüttelte ich den Löffel. Santos brüllte vor Lachen.

»Sir, Sie wollten mit mir reden weg-«

»Sag überhaupt nichts, Calhoun.«

Wenn es Musikinstrumente gäbe, die zu der Stimme dieses Mannes paßten und die im Orchester erklingen würden, wenn er, sagen wir, auf der Bühne erschiene, dann wären das der Kontrabaß, die Tuba und die Zugposaune (Isadora war ganz Streichinstrument, ein sanfter Schlag der Leier), eine Mischung, die so kehlig und rauh war, so voller Grunzen und Rachenlaute, daß ich nicht gerade behaupten kann, daß seine Stimme mich beruhigte. Auch dieser Raum nicht. Er besaß die Atmosphäre, die man in Häusern spürt, in denen ein spektakulärer »Jahrhundertmord« stattgefunden hat. Meine schlimmsten Befürchtungen, was Papa anbelangte, wurden bestätigt. Er war, in jedem Wortsinne, geradezu der Urtyp des Gangsters. In den Fünfzigern, ein Schwarzer mit brauner Haut und grauen Strähnen im Haar, trug er schwere burgunderrote Westen und besaß eine prinzenhafte, feudale Ausstrahlung, den Duft eines Mannes, der schaurige Verstecke und Pläne, Intrigen und satanische Machtspiele liebte. Dennoch, trotz seines Reichtums und trotz der extravaganten Dampferparties, die er gab und von denen ich hörte – Orgien, mit denen verglichen römische Bacchanalien wie ein hinterwäldlerisches Getrampel wirkten – war er die Ruine eines schwarzen Lords, ein gefallener Engel, der wie Luzifer die tiefen Niederungen der Stadt kontrollierte – die Bordelle, die Negerpresse, die Spielhöllen –, der aber sein dunkles Königreich und alles darin mit tiefer Verachtung bedachte. Er war böse. Böse und selbstgerecht, dachte ich, aber warum wollte er mit mir sprechen?

»Ich nehme an«, sagte Papa, als hätte er meine Gedanken gelesen, »du willst wissen, warum Santos dich hierhergebracht hat.«

Genau, das wollte ich.

»Das ist ganz einfach – du hast Schulden bei mir, Illinois.« Ich begann zu protestieren, aber seine linke Hand flog hoch, und er sagte: »Das erste, was du lernen mußt, ist, denke ich, daß es *ungehörig* ist dazwischenzureden, wenn ich rede, und daß es mir nichts ausmacht, Leute loszuwerden, die so schlechte Manieren haben, daß sie mich mitten im Satz unterbrechen. Die meisten Leute, weißt du, haben so wenig Ahnung vom Leben und davon, was recht ist, daß es gar nicht so verkehrt ist, wenn man es ihnen einfach nimmt.« Er hielt inne, als ein Kellner an den Tisch kam und Kaffee nachgoß, richtete dann seinen Blick auf mich. »Nun, einer von denen bist du ja nicht, das sieht man.«

»Nein, Sir«, sagte ich.

Papas Stirn wurde dunkel. »Du hast es gerade wieder getan, Calhoun.«

Still, mir auf die Lippen beißend, dachte ich: *Tut mir leid*!

»Also diese Schulden jetzt.« Er begann, mit dem Fingernagel einen Essensrest aus seinen Vorderzähnen zu pulen. »Du kennst die kleine Pension für Farbige, die Mrs. Dupree betreibt?«

Ich mochte die Wendung nicht, die dieses Gespräch nahm, und ihn mochte ich auch nicht, nickte aber.

»Sie gehört mir.« Seine Augen wurden schmal. »Tatsache ist, daß *sie* mir gehört, und sie erzählt mir, daß du seit drei Monaten keine Miete mehr bezahlt hast. Und dieser kleine Geldverleiher Fenton – kennst du den auch?«

Ich nickte beflissen.

»Der gehört mir auch, also kannst du auch sagen, daß ich derjenige bin, der den wertlosen Wisch besitzt, die Versprechungen und Schuldscheine, die du wie Flugblätter verteilt hast. Es sind vielleicht an die fünfzigtausend Francs, denke ich, und wir wissen alle, daß so ein kleiner Pfennig-Gangster wie du nicht mal ein Glas Limonade bar zahlen kann.« Er sah mir gerade ins Gesicht und schüttelte den Kopf. »Wenn alle Farbigen so wären wie du, Calhoun, dann wär's um die Rasse, meine ich, längst geschehen.«

Papa bot mir eine Zigarre an, aber meine Hände zitterten so heftig, daß ich vier Streichhölzer verbrauchte, bevor sie anging. »Also, ich finde ja, ein Mann *sollte* seine Schulden zahlen.« Er hob einen Finger nachdenklich an die Nase und befahl mir, mich zu setzen. »So geht es nun einmal in der Welt zu, Calhoun. Das Rad der Gesellschaft, wie ich es nach vierzig Jahren im Geschäft verstehe, wird von Schulden geschmiert, jeder schuldet dem andern irgend was, und das ergibt eine Art Netzwerk unendlicher Verpflichtungen. Normalerweise«, fügte er hinzu, »würde jemand, wenn er bei mir sein Geld nicht abdrückt, irgendwann auf dem Grunde des Flusses landen. Aber du bist wirklich gesegnet, Calhoun. Ich wage zu behaupten, daß du göttlichen Schutz genießt. Du wirst beschützt und geliebt von einem echten Engel des Herrn.«

Das war mir völlig neu. »So, werde ich?«

»Ja-ha. Diese Lehrerin, Miss Bailey, hat dir deinen Arsch gerettet. Aufgrund der Güte ihres Herzens ist sie zu mir gekommen und hat angeboten, deine Schulden mit ihren dürftigen Ersparnissen zu tilgen, unter der einfachen Bedingung, daß du – und ich weiß, du wirst es tun – dem heiligen Ehebund zustimmst.«

»Aber das ist *Erpressung*!«

»Ja«, sagte Papa und nickte. »Ja, das stimmt. Ich kenne mich mit dieser Methode aus, mein Sohn.«

»Das kann sie nicht machen!« Ich saß da und biß mir vor Wut auf die Finger. »Das ist ... das ist kriminell!«

Santos hob die Augenbrauen. »Jetzt hör dir den mal an.«

»Und die Sache ist geritzt«, sagte Papa. »Morgen werden Miss Bailey und du verheiratet. An deiner Stelle würde ich die Zeremonie *nicht* versäumen. Das würde unsere Vereinbarung aufheben, und ich würde Miss Bailey ihr Geld wieder zurückgeben, und du hättest wieder Schulden.« Seine Augen drehten sich langsam zu mir hoch. »Du *willst* deine Schulden doch tilgen, nicht?«

»Nein, Sir ... ich meine, ja, Sir!« Ich stand behutsam wieder auf. »Aber die Hochzeit ist *morgen*, sagten Sie?«

»Zwölf Uhr mittags. Und ich werde der Brautführer von Miss Bailey sein. Santos hier wird dein Trauzeuge sein.« Sein Faktotum grinste. Papa reichte mir seine beringten Finger und preßte meine Hand. »Gratuliere, Calhoun. Ich weiß, ihr zwei werdet glücklich sein.«

Für den Rest des Tages und den größten Teil der Nacht hatte ich Schüttelfrost und Schluckauf vor lauter Angst. Als ich aus der Kneipe stolperte, fühlte ich mich wie benebelt, fiel beinahe hin und mußte mich mit einer Hand an der Wand abstützen, um mein Gleichgewicht wiederzuerlangen. Isadora näherte sich mir von hinten. Sie hakte sich bei mir ein und stützte mich, während ich benommen zum Hafenviertel ging. Ja, ich hatte sie unterschätzt. Sie hatte mir die Nase mit meinem eigenen Taschentuch geputzt; sie hatte mir von meinem eigenen Brot einen Kuchen gebacken.

»Sag mir« – sie drückte meinen Arm – »was du denkst.«

»Du bist einfach ... hick ... *unglaublich*, Isadora!«

»Danke.« Sie packte meinen Arm fester und legte den Kopf an meine Schulter. »Ich mache das nur zu deinem eigenen besten, Rutherford.«

»Zum Teufel machst du das! Ich werde *nicht* heiraten! Niemals!«

»Doch, das wirst du.« Ihre Stimme war voller Entschiedenheit. »Und eines Tages, wenn wir sehr alt sind, Enkelkinder haben und du von der sicheren Warte eines schönen Hauses und einer Familie, die wir gemeinsam aufgebaut haben, zurückschaust auf dieses unstete Gaunerleben, das du geführt hast, dann wirst du mir danken.«

»Ich werde ... hick ... dich *verachten*! Ist es das, was du willst? Du legst mir Daumenschrauben an, aber meine Zustimmung hast du nicht bekommen!« Ich packte ihre Arme und schüttelte sie so heftig, daß ihr der Hut herunterfiel und sich ihr Haar von den Nadeln löste. »Warum *tust* du das?«

Barhäuptig, ihr Haar in den Augen, verwandelte sich Isadora, ihre Lippen stülpten sich nach innen gegen die Zähne, und das Blut stieg ihr in die Wangen, als hätte ich sie plötzlich geschlagen. Sie pulte einen meiner Finger nach dem anderen von ihren Armen, machte dann einen Schritt zurück, zog die Schultern hoch, und ihr Haar war jetzt wilder als das einer Hexe.

»Weil ich dich liebe ... du Dummkopf! ... und weil ich nicht weiß, was ich *machen* soll, weil du mich *nicht* liebst! Das weiß ich! Ich bin doch nicht blind, Rutherford.« Sie begann, ihre Haarnadeln vom Bürgersteig aufzusammeln und sie beliebig wieder ins Haar zu stecken. »Das liegt daran, daß ich ... nicht hübsch bin. Nein, sag jetzt nichts! Das *ist* der Grund. Weil ich so *schwarz* bin. Du hättest lieber eine schöne, aufregende, hellhäutige Frau wie die Frauen im Theater und in den Zeitschriften. Alle Männer wollen das, jemand, mit dem sie angeben können und der Welt sagen können: ›Schaut mal, was *ich* da anschleppe!‹ Aber sie würde dich mit Sorgen quälen, Rutherford – ich weiß das –, du wärst mißtrauisch bei jedem Mann, der ins Haus kommt, und bei deinen Freunden, und sie wäre verwöhnt und faul und würde dein Geld für einen Haufen unnützes Zeug verplempern, und sie würde es hassen, Kinder zu kriegen oder Hausarbeit zu machen oder dir beizustehen, wenn du krank bist, aber *ich* kann dich glücklich machen!« Sie bemerkte, daß sich um uns bereits eine Menschentraube gebildet hatte, senkte ihre Stimme und schniefte ein wenig, als sie versuchte, ihren Hut wieder in Form zu bringen. »Ich hatte gehofft, du würdest *lernen*, mich so zu lieben, wie ich dich liebe ...«

»Isadora«, ich kämpfte jetzt. »So ist das nicht. Ich *liebe* dich doch. Ich will einfach nur niemanden *heiraten* ...«

»Also, du wirst morgen heiraten, oder ich hole mir mein Geld wieder.« Isadora rammte sich ihren hoffnungslos ruinierten Hut über die Ohren, und ihre Augen blitzten immer noch. »Du mußt wählen, Rutherford Calhoun, was du lieber möchtest.«

Und dann ließ sie mich dort stehen, am Hafen, schweißgebadet und verwirrt. Nie in meinem Leben hatte mich irgend jemand so selbstlos geliebt, wie die Hexe in der Geschichte der Frau von Bath ihren launenhaften Knecht geliebt hatte, aber trotz dieser bemerkenswerten Liebe war ich, würde ich sagen, nicht bereit für die Ehe. Wenn Sie es genau wissen müssen, ich hatte nicht das Gefühl, ihrer *wert* zu sein. Ihre Güte beschämte mich. Ich ging in den erstbesten Pub, den ich fand, ein Lokal, das von Seeleuten frequentiert wurde, einen spärlich beleuchteten, nach Rum stinkenden Raum, ungefähr fünf Meter im Quadrat, mit einem glattgescheuerten Fußboden und einer Lampe, die knapp einen halben Meter über den Tischen hing und nach Walöl stank. Die Kneipe war gerammelt voll mit Seeleuten. Alle waren mit Pistolen und Entermessern bis unter die Zähne bewaffnet, machten finstere Gesichter und schnatterten wie die Piraten, spuckten Strahlen braunen Tabaksaftes überallhin außer in die Spucknäpfe – eine Kaschemme mit chinesischen Attentätern, finster dreinblickenden Mohren, englischen Schurken und Yankee-Abenteurern und bedrohlich wirkenden Arabern. Natürlich fühlte ich mich gleich ziemlich zuhause. Ich saß in Fensternähe neben einem alten Seemann, der braune Hosen und ein rotes Flanellhemd trug und mit seinem Papagei spielte, einem afrikanischen Graupapagei, und heißen Brandy trank. Ich bestellte einen Gin Twist und versuchte dann, den Knoten zu entwirren, den Isadora fest um mich geschnürt hatte.

Sie war so schlau wie ein byzantinischer Händler – das war klar –, aber ich konnte sie nicht wirklich verurteilen. Sie hatte ihr Maß an Leiden zugeteilt bekommen, das hatte sie wirklich. Ihre Mutter Viola, hatte sie mir gesagt, starb, als sie drei war, was bedeutete, daß sie und ihre Schwestern niemanden hatten, der ihnen beigebracht hätte, wie unabhängige, alleinstehende, moderne Frauen zu denken – das war etwas, das man *lernte*, wie sie mir zu verstehen gab, wie man lernt, Fahrrad zu fahren oder rückenzuschwimmen. Ihr Vater war mit Sicherheit keine Hilfe. Isaiah Bailey schlug seine Frau, und daran starb Viola auch, und nachdem sie begraben war, begann er, Isadora und ihre Schwestern an Samstagabenden herumzustoßen, nachdem er seine Schnapsbrennerei besucht hatte. Und doch war Isadora wie durch ein Wunder unschuldig geblieben. Da war kein Haß in ihr. Oder Selbstsucht. Keine Eitelkeit, kein Lebensüberdruß. Ein Teil von ihr, vielleicht der Teil, den sie verbarg, als Isaiah begann, sie zu verprügeln, blieb unberührt, ein Teil, den sie in der örtlichen Afrikanischen Methodistischen Episkopalkirche nährte und mit der Schrift stärkte: ein ruhiges, unverdorbenes Zentrum wie der chinesische Lotus, der, obwohl er in Dreck und Schlamm wächst, wunderschön gleichmäßig und rein bleibt. Aber auch schüchtern. Wenn sie sah, wie Pferde auf der Straße äppelten, wurde Isadora bleich. Sie war von Natur aus unfähig zu fluchen. Wenn sie wütend war, formten ihre Lippen ein Schimpfwort, froren dann ein, als ob sie Alaun gekaut hätte. Ein Teil von mir begehrte schmerzlich, immer bei ihr zu sein und darauf zu achten, daß sie nur Dinge der Schönheit und des Lichts zu sehen bekam. Wäre es denn so schlimm, sie zu heiraten? In dieser Nacht, kurz vor dem Morgengrauen, hatte ich eine Vision davon, wie dieses gemeinsame Leben in den kommenden Jahrzehnten wohl sein würde – achtzehntausendsechshundert und dreiundneunzig Tassen wäßrigen Sassafras-Tee zum Frühstück, und in einer jeden würde ich Katzenhaare oder Taubenfedern finden. Nein, das war keine Vision, die eine Seele, die nach großen Abenteuern dürstete, in Erregung versetzen könnte.

Nach dem Gin leerten sich fünf Krüge Bier vor mir; die Seeleute verließen allmählich das Lokal, aber ich saß immer noch da, denn ich wußte, daß mich jede Stunde den Fesseln des Ehestandes näher brachte. Hinter mir hörte ich zunächst ein Rülpsen, dann die rauhe Stimme des inzwischen betrunkenen Seemanns in den braunen Hosen. »Hallo-ho, da, junger Kerl!« Er hielt einen Krug Grog hoch, seinen fünften, den er erst zur Hälfte geleert hatte. »Du kannst den haben, mein Lieber, wenn du Lust dazu hast. Josiah Squibb hat für heute genug.«

»Besten Dank ... Squibb, ist das richtig?« Ich nahm seinen Krug in die linke Hand und seine dicke, rauhe Hand in die rechte. »Sie haben eine ganze Menge runtergespült. Man denkt ja, daß Sie zum Galgen gehen, mein Freund.«

»Schlimmer«, sagte Squibb. »Ich steche morgen mit Kapitän Ebenezer Falcon in See. So gut wie gehängt werden ist das, wenn man so hört, was einige sagen. Er ist ein Abkömmling von Colonel Blood, der die Kronjuwelen gestohlen hat, sagen einige, im Herzen ein Freibeuter und auch noch stolz darauf.« Schläfrig zündete er sich eine langstielige Pfeife an und betrachtete mich eindringlich mit Augen, die in Wirklichkeit zu blutunterlaufen waren, als daß sie irgend etwas gesehen hätten. »Du trinkst selbst 'ne Menge, mein Junge. Du hast Probleme, nicht wahr?«

»Heiraten«, erzählte ich ihm. »Morgen um zwölf.«

»Verflucht!« Squibb lehnte sich zurück, fassungslos, sein Stuhl knarrte. »Du hast *wirklich* ein Problem. Oh, ich weiß sehr gut, wie Ehefrauen sind. Hab selbst zwei - eine in Connecticut und eine in Vermont. *Deshalb* stech ich doch in See. Was meinst du, soll ich dir noch 'ne Runde ausgeben?«

Josiah Squibb, erfuhr ich, hatte als Koch an Bord der *Republic* angeheuert, einem Rahsegler mit neunzig Tonnen, der Anker lichten und gegen die vorherrschenden Winde ostwärts zu der Sklavenbaracke oder Sklavenfabrik in Bangalang an der Küste von Guinea segeln, eine Ladung Afrikaner an Bord nehmen und dann, so Gott wollte, in drei Monaten zurückkehren sollte. »Da ist sie.« Squibb zeigte mit seinem Pfeifenstiel in Richtung Fenster, und das Schiff, das er mir aus dieser Entfernung zeigte, war erstaunlich schön, eine große, dreimastige, vollgetakelte Bark mit einem Rundgattrumpf, vergitterten Luken und Schotten rund ums Deck, damit die Luft zirkulieren konnte. Wie sich herausstellte, waren dies die letzten Worte von Squibb. Er hatte seinen letzten Krug gerade halb geleert, da krachte er mit seiner Stirn auf den Tisch.

Und seine Papiere ... ah, die waren zylindrisch in seinem rechten Stiefel zusammengerollt. Ich dachte, *Nee, Calhoun, das kannst du nicht machen*; aber gleichzeitig erinnerte ich mich daran, was mich am Altar erwartete, und ich entschied entschlossen: *Oh, doch, ich kann.*

»Schlechter Zug«, sagte der Papagei. »Sehr schlechter Zug.«

Ich sagte: »Halt den Schnabel.«

Indem ich mir Squibbs Papiere in den Mantel schob, schlich ich mich vom Tisch weg, während er schnarchte. »Dieb! Dieb!« schrie der Papagei, aber glücklicherweise konnte er den benommenen Schlaf des Kochs nicht stören. Ich schlüpfte nach draußen, wo mir kühle Luft entgegenschlug, und rannte den Pier hinunter auf einen Haufen kleiner Boote zu, die träge auf dem Wasser hin- und herschwappten. Bei einem löste ich das Tau und paddelte auf die *Republic* zu; dann zog ich mich mit den Händen an einer Strickleiter zu dem Bram-Schanzkleid hoch und über die Reling auf ein breites, leeres Deck. Die Crew war noch nicht an Bord gekommen. Als ich achtern dastand und auf die glitzernden Lichter am Ufer schaute, hatte ich, schwer zu erklären, das seltsame Gefühl, daß ich nicht an Bord eines Schiffes, sondern einer Art phantastischer, auf dem Wasser treibender Schwarzer Madonna gegangen war, eines hölzernen Heiligen Grabs, dessen Holz in Erinnerung an zu viele Fahrten mit Schwarzem Gold zwischen der Neuen und der Alten Welt stöhnte; stöhnte, sage ich noch einmal, denn das Schiff – das mit seinen geschichteten Abteilungen und Kombüsen wie ein Flikkenteppich-Haus wirkte, das von hundert Zimmerleuten gebaut worden war, jeder mit einem anderen Entwurf – war sich meiner Anwesenheit bewußt und mißbilligte sie, als ich das Segeltuch von einer flachen Barkasse wegzog und mich in deren Rumpf legte, der lang und schmal war, die Hände auf meiner Brust gekreuzt. Und dann wiegten mich die Wellen, die unten ans Schiff schlugen, sanft nach links und dann nach rechts, als läge ich in einer Hängematte, und versenkten mich wie einen Fisch oder einen Stein tief hinab durch Wegstunden der Dunkelheit in einen gnädigen Schlaf.

ZWEITER EINTRAG

20. Juni 1830

Es war nicht die *Republic*, die in östlicher Richtung zum Golf von Guinea segelte und in einer leichten Brise mit sechs Knoten dahinglitt, die mich weckte (ich war dafür bekannt, daß ich auch von Pistolenschüssen und Schlägereien in der Kneipe nicht aus dem Schlaf gerissen wurde), auch nicht das Geschnatter von Kapitän Falcons flohbefallener, schandmäuliger Mannschaft, sondern es war vielmehr der kalte Lauf einer Pistole, die mir von Peter Cringle, dem ersten Steuermann und Quartiermeister, unters Hemd geschoben und gegen den Bauch gedrückt wurde, der mich aus dem tiefsten Schlaf seit Jahren wieder zu vollem Bewußtsein brachte. Eine Stunde, nachdem wir ausgelaufen waren, hatte Cringle die Persenning zurückgeworfen, die aus einem alten Segel gefertigt worden war, und mich entblößt, und ich starrte hoch – mein Mund und die Augen waren teilweise verschlossen und benommen vom Schlaf – in einen silbergrauen Himmel, in dem kreischende Seemöwen herumtorkelten, in das feine Gespinst des Fockmastes, das sich mit tiefbauchigen Wolken verwob, und in die Gesichter von fünf Männern, denen man bei einem abendlichen Spaziergang nicht gern begegnet wäre: schwarze Augenklappen sah ich, Bärte wie Dikkicht, Haken, wo Hände sein sollten – ich sage die Wahrheit –, und sie hatten, wie die einäugigen Hexen, die Perseus überlistete, insgesamt nur zwei gute Zähne. »Ein schwarzer blinder Passagier, is' er das, Mr. Cringle?« sagte einer, dessen Maul auch für das Schwarze Loch von

Kalkutta hätte durchgehen können. »Den schnappen wir uns, Sir. Wir schmeißen den Kerl über Bord und ersparen Ihnen das Pulver – wir wollen ja nich', daß Sie sich überanstrengen, wissen Sie, wo Sie der Erste Steuermann sind und so.«

Um mich herum erhob sich brüllendes Gelächter, aber das Gesicht des Steuermanns blieb unbewegt.

»Du, auf die Füße«, befahl Cringle, und ich gehorchte, weil mir von allen Gesichtern, die ich sah, seines das sympathischste schien. Mit anderen Worten, es war das einzige, das nicht blatternarbig war, von einem samstagabendlichen Messerstich zerschnitten, von polynesischen Tätowierungen entstellt oder verzerrt von Wassersucht. In der Tat, der Erste Steuermann Cringle strahlte die Vornehmheit Neuenglands aus. Er war groß und gerade gewachsen wie eine Schiffstür, ein Gentleman von seinem glattgebügelten Hemd bis zu seinen blankpolierten Stiefeln, in denen sich Winden und Juffer an Deck spiegelten. Seine Haut war so weiß wie Wachs, was ihn genau wie einen fein gedrechselten Spielzeugsoldaten erscheinen ließ. »Du hast keine Minute«, sagte er, vor Wut zitternd oder vielmehr vor Angst, »um mir zu erklären, was du an Bord dieses Schiffes zu suchen hast.«

Geschwind zog ich Squibbs Papiere aus meiner Weste, faltete sie auseinander und streckte sie ihm hin. »Ich wollte nicht schlafen, Sir«, sagte ich ausweichend. »Ich kann mich sofort an die Arbeit machen.«

Cringle blickte stirnrunzelnd und gereizt auf die erste Seite. Die anderen Seeleute, diese schreiende, wiehernde Bande von Quälgeistern, blickte über seine Schulter wie ein höllischer Chor und schien die Verärgerung zu genießen, die meine Entdeckung ihm bereitete; sie beobachteten ihn sorgfältiger als mich, stießen einander mit den Ellbogen an und zwinkerten sich zu, wie Rabauken, die sich auf Kosten eines neuen Jungen in der Schule – eines

Stubenhockers in kurzen Hosen – amüsieren. Über uns schwirrten Vögel umher und verschwanden dann in durchscheinenden Nebelschwaden, die so hoch stiegen wie der Besanmast. An Deck war es still, so still, daß ich das Blut in meinen Ohren hämmern hörte und das hungrige Gurgeln der Magensäfte in meinem Bauch. Nach einer Weile schloß Cringle die Augen. Er zerknüllte die Papiere in seiner Faust.

»Josiah Squibb ist da *unten*, du verdammter Betrüger!«

»Oh.« Mir stockte der Atem. »Das ist aber ein komischer Zufall. Stellen Sie sich das vor! Zwei mit dem gleichen Na-« Er zielte mit der Muskete direkt auf meine Stirn, aber weniger, um mich zu erschrecken, dachte ich, sondern um den anderen etwas zu demonstrieren. »Sir, ich heiße nicht Squibb. Das haben Sie sich schon gedacht? Äh, stimmt. Ich heiße Rutherford Calhoun, und ich bin nur an Bord gekommen, um diese Papiere zurück-«

»Halten Sie Ihre Zunge in Zaum.« Er sah sich nach den anderen um. »Und ihr hört auf mit eurem Krach, und zwar alle, und geht wieder an die Arbeit. Ich werde hiermit schon alleine fertig.«

Unter Cringles Blick kehrte die Mannschaft, weniger über mich als über den Steuermann lachend, an die Arbeit zurück – Schoten und Fallen belegen –, und Cringles hochgezogene Schultern senkten sich ein wenig. Er steckte die Pistole weg, wischte sich mit seinem Ärmel über die Stirn und flüsterte: »Gangster, jeder einzelne von ihnen«, dann schob er mich auf Kapitän Falcons Kabine zu. »Der Teufel, glaube ich, schickt uns die rote Ruhr, widrige Winde und Säufer wie diese!« Wir gingen an kleinen Verschlägen für Hühner und Berkshire-Schweine vorüber, die der Kapitän für seinen eigenen Gebrauch an Bord hielt, aber als wir uns der Kabine näherten, sank mir das Herz in die Hose. Ich spürte, wie mir schwach im Kreuz wurde. Schweiß begann, mir in die Kleider zu strömen.

Das Deck unter mir sank und stieg wieder schwindelerregend, und mit dieser Bewegung war mein Gleichgewichtssinn schlagartig weg. Meine letzte Mahlzeit auch, die ging über die Reling, zu der ich rannte und die ich mit aller Kraft packte, während das Schiff – wie mir zumindest mein verwirrtes Innenohr sagte – nach links krängte. »Also, das ist ja ein hübscher Anblick. Und du sagtest, du wärst Seemann, häh? Ich glaube, du bist Bauer, Calhoun.«

Zwischen Krämpfen sagte ich: »Illinois!«

Sanftheit und eine Art Mitleid kamen nun in Cringles Stimme. Er zog sein Taschentuch heraus, gab es mir, sah dann zu, als sich mir der Magen umdrehte, wie eine Stulpe. »Aber du wirst dich noch viel schlechter fühlen, wenn der Kapitän in Prügelstimmung ist. Was um Himmels willen hat dich dazu verleitet, auf ein Schiff zu flüchten, daß von Ebenezer Falcon befehligt wird?«

»Schulden«, sagte ich, während meine Augen noch immer schwammen. »Eine Frau. Vielleicht eine Gefängnisstrafe oder ...«

Cringle lächelte, und aus dem Blitzen seiner ebenmäßigen weißen Zähne – hatte ich plötzlich den Eindruck – blühte das entspannte, jungenhafte Grinsen eines jungen presbyterianischen Pfarrers oder jemandes, der mit großem Reichtum, Privilegien oder persönlichen Gaben aufgewachsen war und sich deshalb in der Gegenwart anderer schuldig fühlte, die all dies nicht hatten: ein Mann, der vielleicht mit fünf Jahren Konzertpianist war oder mit zwölf nach Harvard ging oder mit fünfzehn irgendein theoretisches Rätsel in Physik löste, das Wissenschaftler, die doppelt so alt waren wie er, gequält hatte, und der von diesen Dingen nie ohne einen Hauch liebenswerter Beschämung sprach, weil er es haßte, nicht »normal« zu sein, der aber doch, das war klar, einen Kern von Einsamkeit in sich trug, an den nichts an Land rühren konnte. Cringle besaß, wie ich erfahren sollte, eine beinahe psychologisch vollständige Erinnerung an alles, was er gelesen hatte. Wäre er eine Frau gewesen – er besaß ganz offensichtlich auch etwas Weibliches –, dann von dem Typ, die sich auch in leibnizscher Logik und ptolemäischer Astronomie auskennt, aber diese Tatsache lieber verbirgt, um Verehrer nicht abzuschrecken; oder, wenn er ein Sklave gewesen wäre, dann einer, der Löffel mit seinen geistigen Kräften biegen konnte, es aber nicht tat, damit die Weißen nicht in Panik gerieten.

»Die halbe Mannschaft ist aus genau diesen Gründen an Bord oder wegen irgendwelcher anderer Fehltritte an Land«, lachte er. »Aber ich sage dir, glaube mir: Das Gefängnis ist besser. Auf einem Schiff sein heißt im Gefängnis sein, mit der Chance, obendrein noch zu ertrinken.«

»Ich kann nicht zurück ...«

»Keiner von uns. Komm mit. Vielleicht kann der Kapitän jemanden in der Küche gebrauchen. Kannst du kochen?«

»Ja.«

»Lügner«, sagte er. »Macht aber nichts. Wir haben uns daran gewöhnt, daß alles nach Maden schmeckt.«

An der Tür des Kapitäns, in der sich drei Einschußlöcher befanden, probierte Cringle den Riegel aus. Die Tür war nicht verriegelt, aber er entschied sich dafür, nicht einfach hineinzuplatzen, sondern klopfte statt dessen an, und das war auch gut so, denn aus der Kabine, deren Fenstervorhänge zugezogen waren, hörte ich das Quietschen von Matratzenfedern, dann ein ersticktes Wimmern und schließlich ein geschlechtliches Stöhnen, das in seiner Vermischung von Lust und Klage so seltsam war, daß ich ganz plötzlich die Vision hatte, nicht an Bord eines Schiffes, sondern in einem Bordell zu sein. In dem Augenblick begriff ich das alles nicht, jene venusischen Stöhnlaute, das keuchende Juchzen orgasmischer Stöße, aber es kam sehr bald dazu. »Hat er eine Frau an Bord?« Ich blickte Cringle an, damit er mir antwortete, aber der Steuermann wollte mir nicht in die Augen sehen; er kaute an der Innenhaut seiner Wange herum und zog höflich die Tür zu. »Sagte ich nicht, dies sei schlimmer als das Gefängnis?« Noch eine Minute lang standen wir wartend da, sahen auf die Tür, sahen uns an, und schließlich öffnete sie sich, und ein herzzerreißend hübscher Schiffsjunge, mit lockigen Haaren wie Hobelspäne, jung, aber erst seit kurzem in langen Hosen (und überhaupt kaum in der Hose, denn er zog gerade seine gestreifte Segeltuchhose hoch und stolperte dabei über die Aufschläge), kam herausgekraxelt und schloß die Tür hinter sich, sein Wams war offen, aus seinem Gesicht war alle Farbe gewichen, und die Augen schielten infolge dessen, was er durchgemacht hatte.

»Ich wünsche Ihnen einen guten Tag, Mr. Cringle.« Er hielt den Blick gesenkt.

Cringle rieb sich mit einer Hand das Gesicht und stierte durch die Finger auf den Jungen.

»Seid der Kapitän und du fertig, Tom?«

»Ja Sir ... Es tut mir leid, Sir, Sie können jetzt hereingehen.«

Der Steuermann rang sich ein Lächeln ab, und die Mundwinkel zu heben schien ihn mehr Mühe zu kosten als einen Vorschlaghammer zu heben, und sah dabei auf den Jungen hinunter, wie man vielleicht auf einen jüngeren Bruder (oder eine Schwester) hinuntersieht, die man gerade in der Sammlung pornographischer Bilder eines Fremden entdeckt hat, schmerzlich berührt davon, wie er zitterte und sich die Arme rieb und o-beinig dastand, als wäre sein Hintern zugekleistert von getrocknetem Samen, was er wahrscheinlich auch war. Cringle zerzauste das Haar des Jungen, hielt den Mund zugepreßt und schob Tom beiseite.

»Sag Squibb« – seine Stimme bebte –, »ich hätte gesagt, er soll für dich das beste Essen machen, was er kann, Tom.« Und dann zu mir: »Du wirst natürlich niemandem etwas hiervon mitteilen.«

»Natürlich nicht«, sagte ich.

»Es würde der Moral nicht aufhelfen, wenn die Männer wüßten ...«

»Ich habe nichts gesehen«, sagte ich, »frage mich aber: Ist mein Schweigen ein Wort zu meinen Gunsten beim Kapitän wert?«

Seine Fingerspitzen drückten die Tür nach innen. »Geh einfach rein, Calhoun.« Ich zog den Kopf ein und trat hinunter in einen niedrigen Raum, wobei ich hinter mir Cringles Atmen und seine Körperwärme spürte, aber sonst kaum etwas, denn die Kajüte von Kapitän Falcon verströmte die muffige, abgestandene Feuchtigkeit alter Schiffe oder einer Höhle – das und den muschelähnlichen, bakteriellen Geruch tabuisierter Lüste. Die Luft war drinnen dichter, und ich tat mich schwer beim Atmen. Zu meiner Linken sagte eine dünne Stimme, wie die eines Flaschengeistes: »Ziehen Sie bitte die Vorhänge ein wenig auf, Mr. Cringle«, und als der Steuermann das tat und der Raum plötzlich in hellem Licht erstrahlte, sprang mir der Anblick einer Bettstatt mit hohen Pfosten und Volants, deren dreckige Laken verknotet waren, in die Augen. Inzwischen lief mir der Schweiß in Strömen herunter. Von der Decke hing eine pyramidenförmige Hecklaterne mit Hornfenstern so niedrig herab, daß man sich den Kopf stieß, und rechts daneben waren ein Waschzuber und eine Badewanne mit Klauenfüßen, die auf die Fußbodenbretter geschraubt waren – vielleicht der einzige weitere Luxus vom Festland in diesem Raum. Gegenüber stand ein überhäufter Kartentisch. Daran saß, mit dem Rücken zu mir, ein breitschultriger Mann, der sich mit Karten vom Meer und vom afrikanischen Busch eingemauert hatte. Auf seinem Tisch lagen eine vergoldete, verzierte Bibel, ein Quadrant, ein Chronometer, ein Fernglas und das Logbuch, in das ich nun schreibe (aber das erst Monate später, nach Meuterei und Tod, über die ich erst in einer Weile berichten kann). Er unterbrach seine Tätigkeit nicht, weigerte sich, sich umzudrehen, und sagte mit dieser schokkierenden Stimme, dünn, schrill, gespannt wie ein Katzendarm: »In Ordnung, rührt euch und sagt, was ihr mir zu sagen habt.«

Cringle räusperte sich und hustete in eine Hand.

»Wir haben diesen Jungen im großen Beiboot gefunden. Er sagt, er sei Rutherford Calhoun, ein Freund von Squibb. Ich dachte, vielleicht –«

»Haben Sie die Glocke geläutet, um die Wache zu wechseln?«

Der Steuermann hielt inne. »Das wollte ich gerade, als ich entdeckte, daß je-«

»Dann kümmern Sie sich jetzt darum. Und schließen Sie die Tür hinter sich.«

Der Steuermann ging und sah mich hilflos an. Als ich nun allein dastand und auf den gesenkten Hinterkopf von Kapitän Falcon sah und meine Stiefel hinten an meiner Hose polierte, damit sie glänzten, dachte ich, daß mir vielleicht der gesunde Menschenverstand meiner Rasse durch dieses Verhör helfen würde. Vielleicht sollte ich das gar nicht sagen, aber wir wissen es ja alle: daß nämlich ein schlauer Neger, ein gewitzter schwarzer Stratege, einen zukünftigen weißen Chef herumkriegen kann, wenn er klug ist, indem er den armen Schlucker spielt oder dessen Schuldgefühle mit der Geschichte seines schweren Loses anheizt. Zumindest hatte es bei mir bislang immer so funktioniert. Mit klagender Stimme erzählte ich dem Kapitän, wie verzweifelt ich Arbeit suchte, daß ich als blinder Passagier fuhr, weil einträgliche Arbeit schwarzen Männern zuhause systematisch verweigert wurde, und daß

New Orleans so bigott war, daß ein Neger nicht einmal Vanille-Eis kaufen konnte.

»Ach?« sagte Falcon.

Ich erzählte ihm, daß meine Mutter an Überarbeitung auf den Feldern von Illinois gestorben war, als ich drei war. (Sie starb in Wirklichkeit im Bett, aber ich konnte diese Version besser gebrauchen, und ich mochte sie auch lieber.)

»Ach?«

Und dann berichtete ich ihm von den Entbehrungen, die ich unter der Obhut meines gläubigen und strengen Herrn, Peleg Chandler, hatte erdulden müssen, der all seinen Sklaven *jeden* Samstagmorgen zwei Teelöffel Rizinusöl gab, ob sie nun krank waren oder nicht, und das »Vorsorgemedizin« nannte. (Das mag Ihnen nicht sonderlich schlimm vorkommen, aber für mich, der ich zwölf war, war es eine Quälerei.)

»Ach?« sagte er wieder, und diesmal drehte er sich ganz herum, um mich zu mustern, die Ellbogen in die Lederlehnen des Sessels gedrückt, und als sein Blick in dem dämmrigen Kajütenlicht meinen Blick kreuzte, als ich sein Gesicht sah, spürte ich, wie die Haut in meinem Nacken zu kribbeln begann, wie wenn einen ein Scharfschütze ins Visier nimmt, denn der Herr der *Republic*, der Mann, der bekannt war für seine kühnen Heldentaten und die Unterjochung der farbigen Rassen von Afrika bis zur Karibik, war ein *Zwerg*. Nun, vielleicht kein richtiger Zwerg, aber Ebenezer Falcon, das sah ich, war noch kleiner als der arme arschgefickte Schiffsjunge Tom. Obwohl seine Beine kürzer waren als die seines Kartentisches, hatte Kapitän Falcon so breite Schultern wie Santos, und zwischen diesem Knoten monströs entwickelter Deltamuskeln und Latissimus Dorsi erhob sich ein langer Kopf mit einem Wirbel so schwarzer Haare, daß sein Gesicht im Kontrast dazu tot schien: Augenhöhlen wie anthrazitene Öfen, mittelalterliche Falten, die komplizierter verliefen als die Filigranmuster auf seinen Karten, eine Nase, die leicht zu einer Seite gebogen war, und eine gewaltig sich wölbende Stirn, die härter als ein Walknochen wirkte, aber auch intelligent – eine Denkerstirn war das, von der Art, wie sie die utopischen Schriftsteller den Bewohnern des Weltraums andichten, die uns in Wissenschaft und Philosophie weit voraus sind. Sein Bauch war unaussprechlich. Seine Hände wie Wurzeln. Noch bemerkenswerter war, daß ich Zeichnungen von dem Gesicht dieses knorrigen kleinen Mannes schon früher in Zeitungen in New Orleans gesehen hatte, obwohl ich sie nie besonders beachtet und mir auch seinen Namen nicht gemerkt hatte. Er war berühmt. Ja berüchtigt sogar. Diese spezielle Sorte von Reichsgründern, Entdeckern und Imperialisten, die Bildhauer besonders gern streckten, wie El Greco, wenn sie Statuen von ihnen für den Stadtpark entwarfen, bis sie brobdingnianische Proportionen erreichten. Er führte, las ich, Porträts von Pizarro und Magellan bei jeder Fahrt, die er machte, mit sich.

Jetzt . . . ja, jetzt konnte ich mich gut an jene Geschichte erinnern. Falcon, schrieben die Zeitungen, sprach sieben afrikanische Küstendialekte und konnte jede neue Sprache in zwei Wochen lernen. Überdies hatte er es sogar mit der Sprache der Hottentotten bewiesen und einen Monat lang bei diesem Stamm gelebt, in dem er ihre allerheiligsten Schreine plünderte. Er hatte nach der Quelle des Nils geforscht und sie nicht gefunden, aber selbst seine mißlungenen Abenteuer machten ihn zum Rohmaterial für Mythen, die bei Brandy und Cavendish-Rauch in Clubs an der Ostküste gesponnen wurden. Er hatte das *Bardo Thodol* übersetzt – und zwar, nachdem er die einzige Schriftrolle aus einem abgelegenen Tempel in Tibet gestohlen hatte –, und wenn man den Zeitungen Glauben schenken darf, dann war er ein Patriot, dessen brennende

Leidenschaft die erklärte Bestimmung der Vereinigten Staaten war, den ganzen Planet zu amerikanisieren. Wirklich, in seiner Gegenwart wollte ich den Hut abnehmen, aber ich trug keinen. Es war vollkommen unwichtig, daß seine Sünden liederlich waren. Er war lebende Historie. Er reichte mir natürlich nur bis an die Hüften, und ich mußte gegen den Drang ankämpfen, ihm den Kopf zu tätscheln, aber ich war, wie gesagt, beeindruckt.

»Setz dich«, sagte er und deutete auf den Stuhl an seinem Kartentisch. »Ich mag es nicht, wenn die Leute auf mich herunterschauen.«

Das konnte ich verstehen; ich setzte mich.

Falcon wackelte hinüber zu seinem Waschzuber, goß Wasser aus einem Eimer, der halb so groß war wie er selbst, hinein und begann, sich mit einem Schwamm unterm Nachthemd zu waschen, wobei er über seine linke Schulter hinweg mit mir sprach. »Und, ganz allgemein gesagt, mag ich Neger auch nicht.«

»Tut mir leid, Sir.« Er war ehrlich; das mochte ich. Bei Leuten, die zu ihren Vorurteilen standen, wußte man wenigstens, woran man war. »Aber ich kann's nicht ändern, Sir.«

Falcon drehte sich halb herum und zog die Augenbrauen hoch.

»Ich *weiß*, daß du das nicht kannst, Calhoun. Das ist eins der Dinge, die ich über die Neger gelernt habe, seit ich mit den Lotophagen an der afrikanischen Küste gelebt habe. Ihr könnt nicht sehr gut denken und tut es auch nicht oft. Ich mach dir keinen Vorwurf, daß du dich als blinder Passagier an Bord gestohlen hast.« Er drückte seinen Schwamm aus. »Armer Hund, du dachtest wahrscheinlich, dies sei ein Dampfer, oder?«

Ich ließ mich gegen die Lehne fallen. »Dies ist *kein* Dampfer?«

»Dachte ich's mir doch!« Falcon feuchtete seine Hände

an, fuhr sich dann mit den Fingern durchs Haar, schüttelte die Tropfen ab und trug den Zuber zur Tür, goß das Wasser über einen Mann aus, der zu fluchen begann wie ... nun wie ein Seemann, bis er das Gesicht des Kapitäns erkannte und sich duckmäuserisch an den Hut tippte. Als er die Tür zuschlug, fixierte mich Falcon wieder mit beiden Augen. »Dies ist ein *Sklavenschiff*, Mr. Calhoun, und die Ladung, die uns in Bangalang erwartet, sind vierzig Mitglieder des Allmuseri-Stammes, Felle, erstklassige Elfenbeinzähne, Gold und Ochsen, was insgesamt einen Transportwert von beinahe neunzigtausend Dollar ergibt, wovon die Offiziere und ich einen anständigen Anteil erhalten – genug, daß ich nach dieser Fahrt in Ruhestand gehen oder eine Expedition nach Tortuga finanzieren kann, über die ich gerade nachdenke, oder, wenn es mir paßt, auch dabei zuschauen kann, wie mein Anteil sich an den Spieltischen von Franscatis in Paris verdreifacht. Aber wenn du mit uns nach Guinea segelst – das heißt, wenn ich nicht beschließe, dich mit den Füßen an den Boden zu nageln –, dann wirst du das ohne Sold tun müssen. Siehst du das ein, Calhoun?«

»Ja Sir.« Ich nickte. »Ich danke Ihnen, Sir.«

»Gut.« Nachdem er sich die Hände abgetrocknet hatte, holte er ein Rüschenhemd und Pantalons aus einer Kiste neben der Tür. »Ich habe nichts dagegen, daß du hier bist. Oder daß du schwarz bist, aber ich glaube an *hervorragende Leistung* – eine unmodische Sache in diesen Tagen, ich weiß, in denen Schuldirektoren einem leseunkundigen Neger ein Zeugnis geben, weil sie sich zu schuldig fühlen, um ihn durchfallen zu lassen, Unternehmer anschließend dem gleichen Jungen eine Stelle in der Firma anbieten, da er nunmal ein Zeugnis in der Hand hält, und wenn sie nein sagen, haben sie einen Haufen Abolitionisten im Nacken. Aber nein« – er sah gequält aus –, »nicht auf meinem Schiff, Mr. Calhoun. Achtzig Prozent der Mannschaften auf anderen Schiffen, verdammt nochmal fast überall in Amerika, sind *inkompetent*, und das alles, weil jeder bereit ist, die Ansprüche an Leistung zu senken, um die Sklaverei vergessen zu machen oder die Diskriminierung, und das Problem ... das *Problem*, Mr. Calhoun, ist, sage ich, daß die meisten dieser Minoritäten nicht soweit sind, den Titel eines Quartiermeisters oder Ersten Steuermannes zu erwerben, aus genau dem Grunde, weil die Diskriminierung ihnen die Ausbildung versagt hat, die zu echter Leistung führt – sie sind fähig, mittelmäßige Steuermänner zu werden, das gebe ich zu, oder Durchschnittsfunktionäre oder Feld-, Wald- und Wiesen-Arbeiter, aber sie können nichts aus der Position machen oder irgendeinen entscheidenden, bleibenden Durchbruch erzielen. Ach, das ist ein Skandal auf den Schiffen, die ich gesehen habe, und kaum der Fehler eines armen, halb ausgebildeten Negers, der wie jeder andere heutzutage nach dem Glanz von Titeln und Positionen hungert.« Er versank einen Augenblick lang in düsterem Schweigen, gedankenverloren, und obwohl es mich verstört, wenn ich es Ihnen jetzt erzähle, mußte ich ihm beinahe recht geben, wenn auch nur einen Augenblick lang, denn was er als nächstes sagte, genügte, um einem gesunden Mann die Haare zu Berge stehen zu lassen. »Wenn ich jetzt so über dich nachdenke, dann erinnerst du mich an einen farbigen Schiffsjungen namens Fortunata, der bei meiner ersten Fahrt nach Madagaskar an Bord war.«

»Ist er jetzt auch an Bord?«

»Teufel, nein ... Jesus, nein.« Falcons Brauen zogen sich zusammen. »Wir haben ihn gegessen.«

Langsam rutschte ich auf meinem Stuhl vor. »Sir?«

»Schau mich nicht so an. Ich glaube an die christlichen Tugenden und daran, recht zu tun, genau wie mein Nächster. Ich habe eine Familie, weißt du, in Virginia, und die menschenfressenden Wilden, die ich gesehen habe und die daraus eine Gewohnheit machen, ekeln mich an. Aber es gibt kein Gesetz der Zivilisation, das vollkommen wasserdicht wäre« – Falcons Lächeln flackerte kurz auf –, »wenn man erst mal in See gestochen ist.« Er hielt den langsamen, verletzten Blick von der Seite, den er mir zugeworfen hatte, und begann dann sein Nachthemd in die Hose zu stopfen, die man für ein Kind genäht haben mochte. »Wir sind auf eine spanische Galeone gestoßen und haben sie, Gott sei Dank, versenkt – wir hätten wegen Schmuggels gebaumelt, wenn wir das nicht getan hätten –, aber sie hat uns beschädigt, und die Hälfte der Mannschaft war tot. Der Fockmast war fort, die Hauptrah gerissen, und unsere Segel hingen herab wie verfilztes Haar. 's war ein schrecklicher Kampf, das sag ich dir, und wir trieben tagelang ohne Essen und frisches Wasser dahin.« Falcon wieselte näher an mich heran, und seine Augen waren glänzender und wilder, als ich sie bislang gesehen hatte. »Das Meer tut deinem Kopf etwas an, Calhoun, furchtbare Auflösungen von Grundsätzen, die in der Metaphysik eines kultivierten Menschen nicht vorkommen. Wir haben zunächst Talg gegessen, dann Sägemehl, haben uns die Nasenlöcher verstopft und fauliges Wasser aus den Pumpen getrunken, bevor wir diesen Negerjungen gegrillt haben.« Falcon fügte – traurig, schien mir hinzu: »Er war gerade gestorben, natürlich, von einem herabfallenden Mast erschlagen. Er schmeckte ... zäh.«

Zitternd rieb ich mir die Arme und fragte mich, ob die Mannschaftsliste und die Speisekarte für diesen Mann vielleicht das gleiche seien. »Das tut mir leid.«

»Mir auch.«

Dann herrschte Schweigen, während Kapitän Falcon wieder auf seine Erinnerungen an Kannibalismus auf See zurückblickte und ein leicht bitteres Lächeln seine Lippen und seinen Kiefer zucken ließ, und ich sah etwas – oder dachte das jedenfalls – von mir selbst in ihm und haßte es.

Kannibalismus auf See kam oft genug vor, das wußte ich, aber er *genoß* es, diese Geschichte zu erzählen – genoß, wie ich, jede Erfahrung, die das fragile, künstliche Muster des Lebens an Land unterbrach. Wenn er einmal zuhause war, das wurde mir klar, würde er wahrscheinlich mit seinen »Erlebnissen« auf See prahlen, sie dazu benutzen, um denjenigen gegenüber, die ängstlicher und weniger vital waren als er selbst, den Überlegenen rauszukehren und ein Abendessen mit dem Pastor seiner Frau zu unterbrechen – irgendein psalmodierendes Weichei – und zu sagen: »Ich mag heute abend einfach keine Hühnerklößchen, Liebling, nachdem ich gerade Schiffsjunge hatte«, und sie wären gezwungen, ihn voller Schrecken und Faszination zugleich anzustarren; ja, dies vor allem ließ Kapitän Falcon und Welteroberer seines Schlages gedeihen: die Sehnsucht, faszinierende Objekte in den Augen der anderen zu sein.

Selbst damals, während er noch still nachdachte und auf und ab ging und sich an die Nasenspitze tippte, warf er einen verstohlenen Blick auf mich, um auszumachen, mit wieviel Ehrerbietung oder Widerwillen – es war ganz egal, weil beides das Ego päppelte – ich ihn betrachtete. Mit mehr vom letzteren, möchte ich sagen, aber für einen Mann wie ihn – der so erfüllt war von sich selbst, daß er nicht langsam sprechen konnte oder jedenfalls nicht ohne einen Satz in den nächsten zu schieben, die Worte in einem Strom chaotischer Eloquenz ausstoßend – für einen amerikanischen Reichsgründer war sogar mein Widerwille gut genug, um sich als etwas Singuläres, Besonderes, Einzigartiges zu fühlen.

»Laß dir von Muttersöhnchen Mr. Cringle eine Hängematte für dich aussuchen«, sagte er, »und erzähl Mr. Squibb, daß er dir Arbeit in der Küche geben soll. Du wirst sein Gehilfe sein und die Kessel sauber halten und dafür sorgen, daß sie mit Wasser gefüllt sind. Du wirst keine

Guinee auf dieser Fahrt verdienen, Calhoun, aber ich wette, daß du ein Mann unter Männern sein wirst, wenn wir wieder in New Orleans anlegen.«

»Vielen Dank, Sir.« Ich streckte ihm meine Hand hin. »Wie Sie, Sir?«

»Wie ich?« Es schien ihn zu erstaunen. »Sei nicht albern.« Er berührte meine Handfläche kaum mit seinen Fingerspitzen. »Nein, niemals wie ich, Calhoun.«

Das war eine Bestätigung für mich, obwohl er das nie begreifen würde. Ich drehte mich um und ging langsam dorthin, wo Cringle auf Wache stand, denn mir war immer noch weich in den Knien, und mein Magen hatte sich noch immer nicht wieder beruhigt und fuhr fort, weiter sich selbst zu verdauen, während der Steuermann mich durch eine Luke auf dem Hauptdeck führte, dann weiter hinab, ein gutes Stück unterhalb der Wasserlinie, zu einem durchnäßten Loch, das mit dem Geruch alter Pisse neben dem eklig-süßen Gestank verrottenden Holzes einen Anschlag auf meine Sinne verübte. Diese feuchte Höhle hatte einen Namen: Orlopdeck, ein nach Ammoniak stinkender Laderaum mit wenig Licht und noch weniger Luft, wo Hängematten an verschimmelten Balken hingen und wo die Ladung – Seekisten und Trossen – verstaut war. Er gab mir eine Feldkiste und Seezeug und zeigte mir, wie man aus Segeltuch eine Hängematte anfertigte, aber als ich diese Kojen sah, wurde mir nur noch elender. Isadoras von Katzen verseuchte Zimmer waren unerträglich, keine Frage, aber im Orlopdeck der *Republic* trennten nur ein paar Zentimeter Plankenholz meine Stiefel vom Meeresboden. »Es ist verdammt gefährlich da unten«, sagte Cringle, und man brauchte keinen Abschluß in Meereskunde, um das zu begreifen.

Da unten, in dem tropfenden, wie ein Gabelbein geformten Rumpf, wirkte der muffige Laderaum dunkler als der Bauch von Jonas Wal; er war eingeteilt in ein Labyrinth niedriger, in Schichten angeordneter Schotts, vergleichbar dem Querschnitt durch eine archäologische Ausgrabungsstätte – Stockwerk um Stockwerk von Kriechgängen, Kombüsen und beengten Zellen, die so schmal waren, daß wir kaum den Platz hatten, uns umzudrehen – und wenn die Esse einmal lief, war die Küche in der Back, wo ich arbeiten sollte, heißer als die Kochplatten der Hölle. Überall sah ich Kakerlaken. Und Ratten. All das wirkte aber immer noch wie eine Hotelsuite, wenn man es mit der Pütz verglich. Sie bestand aus zwölf splittrigen Brettern im Bug – ein *Pissoir* auf See, das man bei rauher See unmöglich benutzen konnte, weil die faulige, malariaverpestete Suppe menschlicher Fäkalien aus Eingeweiden, die von Ausfluß zuckten, einem hoch über die Füße spülte und über den Kopf spritzte, wenn das Schiff auf hohe Wellen stieß. »Entweder dies«, sagte Cringle, wobei er den Mund mit einer Hand bedeckt hielt, »oder du schwingst deinen schwarzen Arsch über die Reling, wie der Käpt'n und ich es tun.« Seine Augen wurden feucht, und er bedeutete mir, wieder hochzuklettern. »Nach einem Monat ist diese Seite des Schiffs so übelriechend, daß die Behörden in Bangalang uns Order geben, sie zu säubern, bevor wir einlaufen können.«

Alles in allem war es ein typisches Schiff, lernte ich an jenen ersten paar Tagen von Cringle, und damit meinte er, daß es stank und feucht war und Skorbut und gotterbärmliche Krankheiten ausbrütete; aber seltsamer als all das – wenigstens seltsam für mich – war, daß die *Republic* als ganze instabil war. Sie flog ständig auseinander und setzte sich bei der Reise neu zusammen, zerfiel unter uns in Stücke, die großen Segel wurden im rauhen Wind in Fetzen gerissen, der Moder, die Risse und Parasiten im alten Holz waren so krebsartig schnell, tauchten dort auf, wo man sie am wenigsten erwartete, daß Kapitän Falcons Mannschaft die meiste Zeit damit verbrachte, die *Republic* buchstäblich wieder aufzubauen, während wir über die Wellen krochen. In einem Wort, sie war, von vorn bis hinten, ein Prozeß. Sie würde bestimmt nicht, das schärfte Cringle mir ein, das gleiche Schiff sein, das New Orleans verlassen hatte, da es nicht in der Natur eines Schiffes lag, sich auf jener vernichtenden Leere, die man Atlantik nennt, gleichzubleiben. (Den einige, mit Bezug auf den Handel, auch Äthiopischen Ozean nennen.) Die erste Pflicht eines Seemanns war, das Schiff um jeden Preis über Wasser zu halten.

Seine zweite Pflicht war, betrunken zu bleiben. Jedermann »kannte die Taue« – im besonderen die Schoten und Fallen, die die Segel führten; jeder kannte das Schiff von vorn bis hinten, und ein jeder von ihnen, vom Bootsmanngehilfen bis zum Schiffsjungen Tom, konnte die verschiedenen Aufgaben erfüllen – beschlagen, reffen, steuern –, aber nur ein Trottel blieb nüchtern, wenn er nicht auf Wache war. Die ganze *Middle Passage*,* könnte man sagen, war ein einziger langer Kater. Sie hatte den Charakter eines viermonatigen Besäufnisses. Und der größte Trunkenbold von allen, entdeckte ich, die bedauernswerteste Schnapsdrossel, war Josiah Squibb. Als ich ängstlich in die verrußte Küche trat, nachdem Cringle mich verlassen hatte, die Arme überm Kopf, für den Fall, daß Squibb etwas nach mir warf, weil ich seine Papiere gestohlen hatte, fand ich die anschließende Kammer mit dem Alkohol offen und Squibb so besudelt, wie ich ihn in der Kaschemme verlassen hatte. Der Kopf des armen Teufels war auf einen langen Tisch gesunken, der mit Streifen gesalzenen Schweinefleischs und Zwiebäcken wie Ziegel-

* zwischen 1518-1865 gefürchtete 21-90 Tage dauernde Überfahrt von Afrika zur westlichen Hemisphäre auf schrecklich übervölkerten Sklavenschiffen, die afrikanische Gefangene transportierten, um sie zu lebenslanger Knechtschaft in der Neuen Welt zu verkaufen. Zwischen 1699 und 1845 gab es 55 Meutereien. (Anm. d. Üb.)

steinen übersät war. Auch sein Papagei war betrunken, aber seine Stimme war nicht so dünn wie die von Squibb, der sich in dem fortgeschrittenen Zustand alkoholbedingten Stupors befand, in dem sich der Geist vom Körper trennt – seine Augäpfel waren so groß wie Eier – und ausdruckslos in einen Krug warmen Biers starrte, wie Betrunkene es häufig tun, und mit seinem Spiegelbild redete. »Josiah«, schniefte er. Dann antwortete er: »Ja?« – »Wenn du Resspeck' willst, Schatz, dann mussu den verdammten Becher mal stehnlassen, jawohl, das mussu. Du wills' doch, daß sie dich resspecktiern, nich wa?« »Ja«, sagte er, »ja, das will ich ...«

»Hallo?« Ich trat näher. »Mr. Squibb, ist alles in Ordnung, Sir?«

»Seh ich so *aus*?« Er saß da und kratzte sich unterm Arm, wobei er schielte, um mich klarer erkennen zu können. »Ich bin ein klein bißchen besoffen, jetzt, wo ich das Abendessen machen soll, und hilf mir, denn ich *kann's* nicht!« Die Bewegung, die er machen mußte, um aufzusehen, ließ ihn nach hinten kippen (und daß das Schiff gerade nach Backbord abdrehte, war auch keine große Hilfe), und ich war gezwungen, ihn unter den Achseln zu packen und dann nach vorn zu schubsen. Er ließ den Kopf hängen. »Mach mir'n Rum mit Sirup, bitte, und dann mach diesen Mist fertig.«

»Aber ich hab nie-«

»*Mach's.*« Squibb blies die Wangen auf, dann schluckte er. »Ich zeig's dir schon.«

Seinen Anweisungen folgend, half ich ihm, den Mist zuzubereiten. Die Zwiebäcke waren hart und voller Rüsselkäfer (»Heute morgen hab ich in einem von denen zwei Zähne gelassen«, sagte Squibb), das gepökelte Rindfleisch schmeckte nach dem Faß, in dem es aufgebahrt worden war, was sich durch Zwiebeln und Pfeffer, die ich hinzufügte, nicht änderte, und das Ganze wäre unerträglich gewesen, wenn es nicht Bier gegeben hätte – jedes Mitglied der Mannschaft, sagte er, trank vier Liter pro Tag, aber im Fall von Squibb waren es mehr als zwölf. Er war, war es immer schon gewesen, Alkoholiker seit seiner ersten Seefahrt mit elf Jahren, obwohl er sein Alter nicht ganz genau wußte – und auch sonst wenig –, wenn er sturzbesoffen war, was, wie sich herausstellte, praktisch immer der Fall war. Auf seinen Lippen blieb das aufgesetzte Lächeln eines Säufers. Es bestand keine Gefahr, daß er mich aus der Kaschemme noch erkannte; er hatte schon Schwierigkeiten, mich von einer Stunde auf die nächste wiederzuerkennen. Und, bedauerlich, wie es ist, dies war wahrscheinlich Squibbs letzte Fahrt. Nur ein Sklavenschiff nahm ihn noch. Sein rechter Fuß war tot. Er war während seiner letzten Überfahrt im Suff von einem Kreuzbramsegel gefallen, weil er vergessen hatte, wo er sich befand, sieben Meter abgestürzt und wie durch ein Wunder auf seinem rechten Fuß gelandet. Der zersplitterte. Wo der Knochen gewesen war, hatte Squibb jetzt eine Metallstange. Er hinkte natürlich. Wie die meisten dicken Leute trug er sein Hemd über der Hose, wann immer es möglich war. Er war langsam und nicht zu gebrauchen, außer in der Küche, hatte Beulen und Warzen im Gesicht vom Alkohol; eine Belastung auf See, aber welcher Seemann sah nicht in Josiah Squibb das eigne zukünftige Spiegelbild, wenn die Vorsehung ihm den Rücken kehrte? Was seinen Papagei anbelangte, so war der mehr oder weniger der Schatten des Kochs, besaß seinen derben Humor und fragte mich sogar gelegentlich: »Na, Kumpel, hatteste gelegentlich mal wieder einen?«

»Aye«, sagte Squibb und schlürfte seinen Rum-Sirup, während ich Ragout in Eimer goß, um es in die große Kajüte zu schleifen. »Ich hab ein paar Dinge *gesehen*, mein Junge. Der Grund, warum ich so schlecht ausseh, is, weil ich gelebt hab.«

Da blieb ich im Eingang stehen. Wie Kapitän Falcon, wie ich und so viele andere Menschen (nur Isadora nicht) schien er nach »Erfahrungen« zu hungern, so wie die verbürgerlichten Kreolen Besitz anstrebten. Da wir uns für besser hielten als sie, zu verfeinert, um banale, materielle Dinge zu begehren, häuften und sammelten wir statt dessen »Erfahrungen«, wie Mdme. Toulouse ihre Zimmer mit importierten Möbeln füllte, als ob das *Leben* eine Ware sei, ein *Ding*, das wir in uns hineinstopfen konnten. Ich war versucht, ihn nach seinen »Erfahrungen« zu fragen, damit er sie mit mir teilte und vor mir zur Schau stellte, so wie man in der Schule angibt. Statt dessen fragte ich: »War es die Sache wert?«

Er zuckte zusammen. »Wie meinst du das?«

»Sind Sie denn durch Ihr ganzes wüstes Leben ein besserer Mensch geworden?«

Squibb starrte mich an und war auf einmal wieder nüchtern. »Du bist ein seltsamer Kerl, Illinois. Nee, Schatz, besser kann ich nicht sagen.« Er lachte plötzlich, aber mit wenig Humor. »Frag meine Frauen – alle fünf von ihnen –, und die würden vermutlich sagen, es hat mich schlechter gemacht.«

»Fünf sind es inzwischen?«

»Oder sechs.« Squibb zuckte mit den Schultern. »Ich verlier die Übersicht. Ich sauf mich voll, verstehste, und ich vergesse, daß ich schon verheiratet bin, und dann lern ich eine Frau kennen, und bevor ich's weiß, hab ich schon wieder 'nen Antrag gemacht, und weißt du, was komisch is? Ich verlieb mich immer und immer wieder in die gleichen Frauen. Sie sehen alle wie meine Frau Maud aus – Friede sei mit ihr –, als wir uns kennengelernt haben. Sie war ein süßes kleines Ding. Sie hat mich ruiniert, weißt du. Mich verdorben. Ich mein, Maud hatte nicht mal was dagegen, wenn ich unter der Bettdecke gefurzt hab: *Das* ist wirklich Liebe, mein Schatz. Sie hatte langes, dunkles

Haar, eine Taille nicht breiter als so« – er schnippte mit den Fingern – »und Augen, so dunkel wie Wein – wie alle. Sie könnten ihre Schwestern sein, trotz all der Unterschiede, und ich will verdammt sein, wenn ich sie nicht manchmal verwechsel und ihnen den Kosenamen gebe, den ich ihr gab: Stinky.«

Er seufzte bestürzt und hämmerte sich mit seinen Handballen an die Schläfen, als wollte er seinen Verstand zurechtschütteln. »Es ist nicht die Anzahl der Erfahrungen, die zählen, denke ich manchmal, Illinois, sondern die Qualität. Es ist irgendwie, als suchte ich Stinky, wie sie mit siebzehn war, damit ich diesmal gut zu ihr sein kann.«

Ich verließ ihn, während er immer noch in seine Tasse murmelte, und Squibb, da bin ich sicher, bemerkte meine Abwesenheit mindestens eine Stunde lang nicht. Aber was er gesagt hatte, blieb in meinem Geist haften wie eine Klette. Es wirkte wie Sisyphusarbeit, diese endlose Suche nach der Liebe einer einzigen Frau – der Vision des ersten Mädchens, das sein Herz gewann – in all den anderen, weil sie sich doch änderten und älter wurden, und wieder war er auf einer donquichotesken, parmenideischen Suche nach Schönheit jenseits vom Reich des Werdens. Dennoch schien er ironischerweise auch treu zu sein, trotz seiner verschiedenen Frauen, und seine Verehrung für Stinky war so tief wie die eines Mönchs für die Jungfrau. Ein seltsamer Mann, dieser Josiah Squibb, dachte ich, obwohl er in Wirklichkeit nicht seltsamer war als die anderen in Kapitän Falcons maroder Mannschaft. Wir waren insgesamt vierzig. Und alle hatten wir Mist gebaut, auf die eine oder andere Art im bürgerlichen Leben versagt, wir waren, um die Wahrheit zu sagen, alle auf der Flucht vor der Verantwortung und, so wie gesellschaftliche Außenseiter immer westwärts drängen, um dem Stadtleben zu entgehen, flüchteten wir aufs Meer, als letzte Grenze, die Schurken, Träumer und Narren willkommen hieß. Nur vor einem Seemann warnte mich der Steuermann, ihn sollte ich meiden, ein dunkler, glattrasierter Mann mit dünnem braunem Haar und dem Gehabe eines Pfarrers. Cringle zeigte ihn mir, während er ein Stückchen entfernt von uns weiter unten auf Deck Jungfernblöcke festband.

»Also das ist Nathaniel Meadows«, flüsterte Cringle, »und wenn ich du wäre, würde ich ihm nicht in die Quere kommen.«

Ich drehte mich um, um ihn besser mustern zu können; Cringle wirbelte mich herum.

»*Starr* ihn nicht *an*, du Narr!«

»Er sieht ganz einfach nicht gefährlich aus«, sagte ich.

»Dann«, sagte er, »ist deine Fähigkeit, einen Charakter zu beurteilen, noch dürftiger als deine Kochkunst. Meadows hat angeheuert, um den Behörden in Liverpool zu entkommen. Er hat seine ganze Familie ermordet, während sie schliefen, wie der Kapitän sagt. Alle mit der Axt erschlagen. Den Familienhund, zwei Kühe und auch noch einen Ziegenbock.«

Ich versuchte zu schlucken. Es ging nicht. »Warum?«

»Willst du rübergehen und ihn fragen?«

»Oh, nein ... ich will ja nicht rumschnüffeln. Geht mich ja auch gar nichts an, wissen Sie, solche Sachen ...«

Der Steuermann lächelte. »Kluger Junge.«

Langsam bekam ich den Seemannsgang. Nach und nach lernte ich, mein Abendessen bei mir zu behalten und mich in der Küche und auf Deck in dieser Mannschaft von amerikanischen Degenerierten und Abschaum nicht unterkriegen zu lassen; aber es hat wenig Sinn, die anderen Menschen an Bord einzeln zu beschreiben, denn die Reise nach Afrika war ereignislos, jeder der Männer an Bord erfüllte die ihm zugeteilte Aufgabe, und keiner von ihnen sollte New Orleans lebend wiedersehen.

Nur Cringle, glaube ich, spürte, was kommen würde. Er hatte einen sechsten Sinn für die Katastrophe. Bis zu den Knöcheln in Deckwasser, stand er in manchen Nächten am Bugspriet im Licht einer einzigen Laterne, trug einen wollenen Flausch, um dem beißend kalten Wind zu trotzen, und starrte hinaus. Er starrte einfach. Tatsache ist, daß Cringle, mehr als alle anderen, fehl am Platze war: einer, der durch Zufall Offizier geworden war, wie ich erfahren sollte, dessen präzise Ausdrucksweise auf die Mannschaft aufgeblasen wirkte und dessen Sensibilität Kapitän Falcon als Schwäche auslegte. Die *Republic* war, dies vor allem, ein Schiff von *Männern*. Ohne die kultivierende Gegenwart von Frauen spürte jeder den Druck, den männlichen Imperativ, sich einem vagen Maßstab von Männlichkeit gewachsen zu zeigen, um als »normal« zu gelten. Wenn man in diesem Punkt in den Augen der anderen Männer versagte, dann konnte das einem, wie ich Ihnen nicht noch erklären muß, das Leben auf See ziemlich vergällen. Das führte bei der Mannschaft dazu, daß man posierte, und zu einer Neigung, sich in Karikaturen der Vorstellung von Männlichkeit zu verwandeln: zu stolzieren, die Brust ständig herauszudrücken, den Bauch einzuziehen und einsilbig in mürrischem Gemurmel und Gegrunze zu reden, denn sprachgewandt zu sein war weibisch. Gott weiß, es war schwer, diese Fassade allzu lange zu halten. Man mußte daran *arbeiten*, männlich zu sein; es kostete in gewisser Weise mehr Mühe, als die Segel aufzutakeln. Die Männer der Crew hatten fast jeden Tag Trinkwettkämpfe. Sie wetteiferten darum, wer am weitesten über die Reling pissen konnte und wessen unbeschnittener Schwengel der längste war, lagen bis weit in die Nacht hinein wach in ihren Hängematten und rissen Witze über Nonnen, die auf Kerzen saßen. (Einige davon, das muß ich zugeben, waren gar nicht so schlecht, sogar erinnernswert, wie der, den Squibb eines Nachts erzählte.

Q: Was ist der Unterschied zwischen einer Häßlichen und einer Schönen?

A: Ungefähr vier Drinks.)

Aber Cringle hielt Abstand; die Anstrengung, die Echtheit des eigenen Geschlechts beweisen zu müssen, vermute ich mal, war ihm unangenehm, machte ihn sogar melancholisch, und das kostete ihn den Respekt der anderen, die behaupteten, daß der Steuermann im Alter von neunundzwanzig noch eine Jungfrau war. Kaum verwunderlich, daß er sich nur entspannen konnte, wenn er allein war, dort auf der Wache, oder las oder mit mir redete, als er herausfand, daß ich im Hause eines thomistischen Theologen aufgewachsen war.

»Sie können es nicht fühlen«, sagte er in der Nacht, bevor wir Land sichteten, und schaute von der Reling zurück auf zwei Männer, die bei einer Laterne zechten. Sein Blick glitt von mir zurück auf die weißmähnigen, schäumenden Wellen, die Reihe für Reihe ans Schiff schlugen. In dieser Nacht war das Meer voller Explosionen, eines Grollens, das so tief war wie die Erdbeben, die ich in Südillinois zu fürchten gelernt hatte, wie der Teufel, der an die dünne Kruste der Erde klopft. »Dreiviertel der Erdoberfläche«, sagte Cringle, »ist von diesem formlosen Nichts bedeckt, und es mißfällt mir, Calhoun, vom Nichts umschlossen zu sein, dieses bodenlose Chaos brütet alle Arten von Monstrositäten und Kreaturen aus, die den Gesetzen der Zivilisation spotten. Diese Wasser stecken voller Wracks. Und ich habe Ungeheuer gesehen, oh ja, solche Wesen gibt es wirklich dort unten.« Er lachte düster. »Dort unten entspricht die Realität mehr den Träumen von Schnecken und Schlangen als von Menschen. Das erschreckt mich manchmal«, fügte er hinzu und sah von mir auf seine Füße hinunter, »daß all unsere Vernunft und Mühe so provisorisch sind, so verdammt fragil, und eines Tages vergehen wir wie der Atemhauch auf einem Spiegel und sinken *dorthin* zurück, woher wir gekommen sind.« Er grub in seinen Taschen nach seiner

Pfeife, dann zog er hart an ihr, damit sie in Gang kam. »Die anderen treiben auf der Oberfläche; sie spüren überhaupt nicht, was das Meer *ist.*« Er stieß einen langsamen, byronesken Seufzer aus. »Manchmal beneide ich sie um ihre Stupidität.«

Wenn er so redete, erschreckte er mich. Ich fragte mich, ob die anderen nicht recht damit hatten, daß er schwach war oder irgendwie weibisch, und ich wußte kaum, wie ich antworten sollte. »Wir werden bald genug an Land sein. Ich hörte, wie Squibb sagte, daß wir schon in der kommenden Woche bei der Fabrik anlegen werden.«

Der Steuermann lächelte milde, als hätte ich etwas Dummes gesagt. »Wir nehmen Leute vom Stamm der Allmuseri an Bord, Calhoun. Keine Ashanti. Oder meinetwegen Kru oder Hausa – die kann ich wenigstens verstehen. Hast du je einen Allmuseri gesehen?«

Ich mußte zugeben, daß ich noch keinen gesehen hatte.

»Mach dir nichts draus.« Sein Lächeln verschwand. »Nur wenige hatten die Gelegenheit. Arabische Händler werden sie aus dem Landesinnern bringen, wie ich hörte, weil kein Europäer bislang in ihren Dörfern war, der davon auch hätte berichten können. Sie sind ein altes Volk. Älter als der Kung-Stamm in Südafrika, ein Volk, das schon existierte, als der Planet – sogar die Milchstraße – noch ein Ball aus Feuer und Rauch war. Und absolut nicht wie wir. Nein, und auch nicht wie du, obwohl du schwarz bist. In all den Schriften gibt es nur einen Satz über diese Allmuseri, und der stammt von einem spanischen Eroberer namens Rafael García, dessen Haus nun ein Heim für die unheilbar Verrückten von Havanna ist.« Er schwieg wieder, biß heftig auf den Stiel seiner Pfeife. »Ich habe kein gutes Gefühl bei dieser Ladung, Calhoun.«

»Und dieser Satz«, fragte ich ihn. »Was hat García denn gesagt?«

Cringle starrte wieder aufs Meer hinaus, lehnte sich auf

die Reling, und seine Stimme war undeutlich, dann wurden seine Worte vom Wind ausgelöscht; ich mußte mich anstrengen, ihn zu verstehen. »Zauberer!« sagte er. »Der ganze Stamm – Männer, Frauen und Bälger – besteht aus Teufelsanbetern und Hexern.«

DER DRITTE EINTRAG

23. Juni 1830

Einundvierzig Tage, nachdem wir New Orleans verlassen hatten, erreichten wir ruhige Küstengewässer, eine Brise im Rücken, und der Käpt'n befahl der gesamten Besatzung, das Schiff aufzuschließen, und steuerte es langsam wie eine Kutsche zu seinem Ankerplatz am Handelsposten von Bangalang. Es war wirklich ein ziemlich wüstes Fort. Cringle erzählte mir, daß die Sklavenbaracken 1683 von der Royal African Company gebaut worden waren – es war eins von mehreren gut befestigten westafrikanischen Forts, die immer von feindlichen, eingeborenen Kopfjägern nahebei und von konkurrierenden Händlern bedroht waren, und während der letzten zwei Jahrhunderte hatten die Bewohner des Forts erst gegen die Holländer und dann gegen die Franzosen um die Kontrolle über die Negersklaven gekämpft. Kürzlich war es in die weichen, von Schwielen verschont gebliebenen Hände von Owen Bogha gefallen, dem Mischlingssohn eines brutalen Sklavenhändlers aus Liverpool und der schwarzen Prinzessin eines kleinen Stammes am Rio Pongo. Er war ein Sensualist. Ein gepuderter Geck und Anglophiler, der seine Brust- und Schamhaare blond färbte und, wie andere Männer dieser Zeit, die von bohnengroßen Kopfläusen geplagt wurden, rasierte er seine Birne und trug parfümierte Perücken. In England erzogen, kehrte dieser Herr Bogha, der seinen Reichtum und die gleichen Spieltische, die Kapitän Falcon in Paris frequentierte, sehr genoß, zurück, um den Besitz seines Vaters und das Prestige seiner Mutter in Bangalang auszukosten, und übersah von seinem Hügel aus die vielen Lagerhäuser, Basare, Harems und die Moslem-Karawanen, die während der Trockenzeit aus dem Landesinneren herankrochen. Der Kapitän verbrachte die meisten Abende in seinem Haus, aß gefüllten Fisch und trank Rosinenwein und übermittelte Bogha Nachrichten aus der »Zivilisation« drüben in England und Amerika – er hungere nach Nachrichten, behauptete Bogha, in diesem dreckigen, gottverlassenen Loch. Und Cringle, da er Offizier war, wurde auch eingeladen, sagte aber, er könne Menschenhändler nicht ertragen; in der Tat war ihm alles an Bangalang zuwider, und er schlief statt dessen mit dem Rest der Crew auf Deck unter freiem Himmel, um der Hitze unten zu entkommen.

Was mich anbelangte, so war ich einfach froh, wieder an Land zu sein. Es hatte mich aufgerieben und hatte mir zugesetzt dort draußen, wo das Schiff grünschillernde Wellen durchpflügt hatte, wo der Wind rauschte, der die Spinnweben gleichenden Filigranmuster der Takelage wie Fäden zerriß, und Himmel und Meer in einer zinngrauen Düsternis ohne Grenze, ohne Rand, ohne Boden unter ihren Tiefen ineinander verschwammen, und manchmal, wenn wir den Horizont nicht sehen konnten und durch endlosen Nebel und auf- und abschwebenden Dunst segelten, hatte ich das Gefühl, in eine schwindelerregende Falle geraten zu sein – so simple Dinge wie rechts und links, oben und unten existierten nicht mehr –, so daß ich mich nachts wachschrie und fast erstickte an dem ranzigen Männerschweiß, der um meine Hängematte hing wie feuchte Kleidung. Mir tat alles weh vom Reinigen der Töpfe in der Küche, und ich war es müde geworden, daß meine Kleider vom Deckwasser, vom Klatschen der Regenböen und von den Lecks im Orlopdeck ständig so feucht waren, daß ich einmal das Gefühl hatte, die Zehen an meinem linken Fuß hätten Schwimmhäute. Obendrein hatte Cringle mich so oft angeschrien, daß ich zu langsam sei oder während meiner Wache schlafe, daß ich Ihnen sagen könnte, welcher seiner Zähne in Boston oder Philadelphia behandelt oder in einer anderen Stadt oder von einem Zahnarzt in New Orleans gezogen worden war. Ich wünschte mir vergebens trockene Hosen, einen Fußboden, der sich nicht bewegte, ein Schälchen warme Milch zur Schlafenszeit und manchmal – aye – Isadora. Schlimmer noch, ich hatte immer eine leichte Erkältung, und von meinem unablässigen Husten bekam ich Kopfschmerzen. Dennoch konnte ich mich den anderen nicht bei ihren Spielchen anschließen, nachdem wir vor Anker gegangen waren, auch nicht kräftig mithalten beim Trinken – von abgestandenem Bier bekam ich nur Dünnschiß –, sondern nur still in meiner Koje liegen und mich fragen, ob ich an einem einzigen phantastischen Abend Kapitän Ebenezer Falcons Schiffsbraut geworden war.

Ich konnte diese Angst niemandem mitteilen, und ich flehe Sie an, das für sich zu behalten. Sein Werben um mich, denn so muß man es nennen, begann an dem Abend, als Falcon mich dabei erwischte, wie ich seine Kabine durchwühlte. Das war keine Situation, die man einfach so wegerklären konnte. Besonders nach dem, was ich aus seinen Unterlagen, den Hauptbüchern und dem Journal erfahren hatte. Irgendwie hatte ich mich vertan. Eigentlich hatte der Kapitän den ganzen Abend im Fort sein und vier Schaluppen entladen wollen, die mit Kleidern und Perlen, Alkohol und Gegenständen aus Messing und Zinn für den berüchtigten arabischen Händler Ahman-de-Bellah beladen waren, dessen erste Karawane mit gefangenen Negern aus acht, vielleicht neun Stämmen wenige Stunden zuvor nach Bangalang hineingetrieben worden war. Falcons Vorhänge waren heruntergezogen. Seine Tür war mit einem Vorhängeschloß verriegelt. Das bereitete mir natürlich keine Probleme.

Als ich von meiner Wache wegglitt und in sein Zimmer schlüpfte, die Tür mit den Fingerspitzen langsam zuzog, fühlte ich, wie die Veränderung mich überkam, ein vertrautes, sinnliches Kribbeln, das aufstieg, wann immer ich bei irgend jemandem einbrach, als ob ich in eine andere Seele schlüpfte. Alles muß langsam getan werden und überlegt, zunächst der Atem, der tief aus dem Bauch kommt und leicht, als ob der Raum selbst atmete, die Glieder so leicht wie hohles Schilf, von aller Spannung frei, meine Körperteile fließend wie aus einem Guß, denn ich hatte in Louisiana gelernt, daß der Leib sich nicht irren konnte, wenn man sich bewegte wie im Ballett, daß die Ellbogen nicht gegen Sessellehnen im Zimmer eines Fremden krachten und mich verrieten. Wenn Sie die Wahrheit wissen wollen, dann kam von allem, was ich kannte, Diebstahl der Transzendenz am nächsten. Besser noch, er brach die Macht der besitzenden Klasse, was mir Freude bereitete. Als Junge hatte ich nie genug von irgend etwas. Doch, mein Bruder Jackson und ich lebten eng mit unserem Herrn zusammen, aber während der mageren Jahre war das Leben auf dem Makanda-Hof, wie alte Sklavinnen es nannten, »zu wenig zu spät«. Zum Abendessen: wäßrige Suppe und der schlechteste Teil vom Schwein und so wenig davon, daß Jackson oft heimlich die Mahlzeiten ausließ, damit ich ein bißchen mehr haben konnte. Wenn Sie niemals Hunger erlitten haben, dann kennen Sie nicht die *entweder/oder*-Agonie, die ein einziger Hirse-Zwieback hervorrufen kann – entweder kriegt ihn dein Bruder, oder du kriegst ihn. Und wenn *du* ihn ißt, dann weißt du bis in die Knochen, daß du ihm das Essen direkt aus dem Mund gestohlen hast, da so wenig für beide von euch da ist. Dies war die tägliche, lähmende Seite der Armut, von der niemand spricht, der dauernde Mangel, der bei jeder Wendung die einfachste Tat zu einem moralischen Dilemma macht. Auf einem nahegelegenen Hof lebten ein

Sklavenvater und seine zwei Söhne, die eine Bluse und eine Hose miteinander teilten, so daß, wenn einer zur Arbeit ging, die anderen nackt zurückbleiben und sich zu Hause in ihrer Hütte verbergen mußten. Es ist schon wahr, daß es Jackson und mir besser erging, aber in Leinensachen, die uns von Reverend Chandler oder einem seiner frommen Freunde überlassen worden waren – die sich ohne Zweifel gut fühlten wegen genau der Barmherzigkeit, die mich als Person auslöschte –, in ihren parfümierten Westen und stinkenden Stiefeln roch ich den Geruch anderer Männer, ich hörte sogar ihren Tonfall wie ein Echo in den Worten, die ich sprach, nachhallen, als wäre ich niemand – oder nichts – mit einem eigenen Existenzrecht, und ich fragte mich, wie in Gottes Namen man irgend etwas *besitzen* konnte, wenn die Umstände einen zum *Besitz* erklärt hatten. Ach, ich. Die Prophezeiung des Reverend, daß ich zum Einbrecher werden würde, war weiser, als er dachte, denn war ich nicht, als Neger in der Neuen Welt, zum Dieb *geboren*? Oder, um es weniger drastisch auszudrükken, der Erbe von zwei Jahrtausenden von Dingen, die ich nicht selbst gemacht hatte? Aber genug davon.

Auf dem Schiff entschied ich mich gegen meine üblichen Zeichen der Verachtung: Mitten auf das Seidenkissen eines Lokalpolitikers zu kacken, zum Beispiel, oder für seine Frau – irgendeine blaublütige Snobistin – einen Liebesbrief von ihrer schwarzen Kammerzofe aufzusetzen, der eines James Cleveland würdig war, oder schlicht auf die Wand in ihrem Salon mit Kohle aus ihrem Herd, wie ich es oft tat: »Ich kann in Ihr Leben eindringen, wann immer ich es wünsche« zu kritzeln. Nein, ich tat nichts davon, dort in Falcons Quartier. Alles, was ich wollte, war sein Herz kennenzulernen (falls er eins hatte) und, was nur vernünftig war, mit ein oder zwei tauschbaren Schmuckstücken wieder abzuziehen.

Ich glitt zunächst von Gegenstand zu Gegenstand, berührte die Dinge bloß mit meinen schweißigen Fingerspitzen, um sie auf diesem Weg zu beflecken und von ihnen Besitz zu ergreifen – sie ihrem Besitzer zu entwinden –, aber immer langsamer, denn ich entdeckte bald, daß Falcons Zimmer mit Stolperdrähten und explodierenden Sprengfallen genial präpariert war. Er hatte normale Rumflaschen auf seinem Regal mit flüssigem Sprengstoff gefüllt (sie detonierten, wenn man versuchte, sie zu entkorken), und in zwei von seinen Kalebassen-Pfeifen hatte er Gewehrpulver in die Stiele gestopft. Er hielt außerdem alle Waffen an Bord in seiner Kabine unter Schloß und Riegel. Solche Sicherheitsmaßnahmen (oder vielleicht waren sie Ausdruck von Falcons Unsicherheit) erwartete ich, nicht aber, was ich als nächstes entdeckte. Seine größten Kisten mit Plunder aus jeder nur vorstellbaren Kultur, die er hinten im Raum mit einer Persenning bedeckt hatte, waren aufgebrochen, und heraus quollen auf den abfallenden Boden etruskische Vasen in Vogelform, persische Gebetsteppiche aus Seide und Mappen mit japanischen Gemälden auf Reispapier. Ich entdeckte Tempelrollen, wertvolle Tabletts und Gegenstände, die in meinen Augen so exotisch waren, daß Falcons Schar von Glücksjägern sie nur durch mitternächtliche Razzien und durch Mord erworben haben konnte. Langsam kam mir der Gedanke, wie das Geräusch von einem Stein, den man in einen Teich wirft, daß er einen Dauerauftrag von seinen Geldgebern hatte – mächtigen Familien in New Orleans, die für die *Republic* bürgten –, die Yankee-Museen und ihre Häuser mit allem zu versehen, was es nur Wertvolles gab in den Ländern, die er besuchte, und was nicht niet- und nagelfest war. Er sollte Sklaven mit zurückbringen, doch, doch, aber das Beste aus ihren vom Krieg erschütterten Kulturen auch.

Ich bewegte mich nun noch vorsichtiger weiter, schob mir ein paar Dublonen vorne ins Hemd und noch ein paar in den Schritt meiner Hose. Der Sog, den der Mond auf die Wellen unter uns ausübte, ließ das Schiff so plötzlich schwanken, daß ich das Gleichgewicht verlor und mit dem Kopf gegen einen Querbalken stieß. Dann machte meine Kniescheibe Bekanntschaft mit seinem Kartentisch. Nachdem ich ein Streichholz angezündet hatte, sah ich, daß sein Journal aufgeschlagen war, und mein Blick fiel auf Seiten, die in der verkrampften, aber gleichmäßigen Schrift beschrieben waren, die wir mit Schreibern assoziieren, wobei jede neue Seite ungewöhnlicher war als die davor und – in diesem Zeitalter lauer Persönlichkeiten – einen faustischen Charakter mit starker Liebe, mächtigen Leidenschaften und brennendem Haß enthüllte: eine Gestalt mit grotesken, stets wechselnden Widersprüchen. Aus dem, was ich mir zusammenreimen konnte, ging hervor, daß die Nation kaum ein paar Stunden alt war, als Ebenezer Falcon geboren wurde, und Kanzeln, Arbeitsplätze und Kneipen summten von Reden darüber, wie die neue Gesellschaftsordnung aussehen sollte. Er war das einzige Kind eines schweigsamen Priesters aus Nantucket, der zu den »Sons of Liberty«* gehörte, und einer blassen, einsamen Frau aus einer kultivierten Familie, die mit ihrem Mann weder über die Bücher, die sie liebte, sprechen konnte noch über das Theater, über Politik oder ihre Vergangenheit in den Kolonien. Deshalb erzählte sie ihre Geschichten über El Dorado und den Brunnen ewiger Jugend Ebenezer, übertrug ihre Gefühle und Phantasien auf ihn. Sie legte ihm Landkarten hin und gab ihm Spieldosen, und wie die meisten Mütter, die ihre Kinder abgöttisch lieben, lebte sie durch ihren Sohn. Was ihn anbelangte, so wuchs Falcon mit der Entschlossenheit auf, seinen Vater zu übertreffen (und die meisten anderen

* Söhne der Freiheit, amerikanische patriotische Vereinigung (Anm. d. Üb.)

Männer) und ihr Geschenke aus all den Ländern herbeizuschaffen, die sie nie sehen würde. Solch ein Sohn war er. Oh ja, er war so klein, daß er in einer Menschenmenge leicht verlorengehen konnte, aber er besaß einen ungeheuren Kampfgeist und einen Drang zur Überkompensation wie viele Männer von kleiner Statur. Ihr Tod – er war fünfzehn und hatte zum ersten Mal als Schiffsjunge angeheuert – änderte nichts; er wollte, wie die junge Republik selbst, sich ausdehnen, wollte Grenzen überschreiten, sogar beizeiten dazu übergehen, andere zu schikanieren und, wenn es nötig war, an sich raffen, was ihm nicht freiwillig angeboten wurde. Unnötig zu sagen, daß er sich Feinde machte. Unter anderem Namen, einem seiner verschiedenen Pseudonyme, wurde er wegen Mordes oder Verrats in drei Staaten gesucht. Die erste Anklage war die Folge eines Duells bei Tagesanbruch wegen Wettschulden in Philadelphia; die zweite kam nach einem Vorschlag, den er während des letzten Krieges Anthony Merry, dem britischen Gesandten in Washington, gemacht hatte, nämlich die westlichen Gebiete des Kontinents in von den Vereinigten Staaten unabhängige Reiche einzuteilen, von denen eines der Kapitän selbst zu gestalten gedachte, um dort nicht ein Königreich einzurichten – denn er haßte Männer wie Georg III. –, sondern ein echtes amerikanisches Utopia aufzubauen, ein Traum, den nach der Revolution mehr als einer hegte. Seiner Natur nach war er anti-britisch und ebenso gegen Jefferson eingestellt nach dem schlecht geplanten Embargo Act, der Seeleuten und Reedern die Arbeit kostete, und er teilte, mehr als es für einen vernünftigen Menschen gut ist, Pierre-Joseph Proudhons teuflische Ansicht, daß soziale Konflikte und Krieg in einem kantischen Sinne eine *Struktur* des menschlichen Geistes sind. Diese Empfindungen teilte er nur einigen wenigen Mitverschwörern mit, die unter Kapitän William Bathbridge mit ihm gedient hatten, als ihr Schiff, die *Constitu-*

tion, die britische Fregatte *Jaya* vor der Küste von Brasilien angriff und zur Aufgabe zwang. Es waren Freunde, die wie er in dieser Schlacht verletzt und bei der Verleihung von Offizierspatenten übergangen worden waren. Verbittert fanden sie den Krieg gegen England schlecht geführt, eine peinliche Studie militärischer Pannen von erstaunlicher Dummheit (die Nation tat nichts, um ihre Flotte aufzurüsten, so daß Handelsschiffe, die Vorderladerkanonen auf ihren Decks installiert hatten, es im Alleingang mit der größten Kriegsflotte der Welt aufnahmen), so daß der einzige vernünftige Weg für normale Seeleute mit etwas Selbstachtung der war, ihrer Bestimmung als Kanonenfutter zu entgehen und, so gut es ging, vom internationalen Chaos zu profitieren. Die Zeit für Sklavenhandel war, wie sich herausstellte, sehr günstig. Er erhielt durch den Baumwollboom des Südens, nachdem die Pflanzer Whitneys Baumwollmühle übernommen hatten und sich der Bedarf an Negersklaven verdoppelte, einen enormen Auftrieb. Dabei war ganz egal, daß der Sklavenhandel 1808 für illegal erklärt wurde. Wie so viele andere mit einem seetüchtigen Schiff und einer Mannschaft schimpfender Teerjacken, die enttäuscht waren von der Unfähigkeit ihres Landes, das Meer von Piraterie und dem Pressen der Briten freizuhalten, wurde Falcon selbst zum Piraten und wandte sich dann dem Schmuggel zu, den viele in diesen Tagen heimlich betrieben. Mit anderen Worten, in einer gefährlichen Welt, einem Reich der Katastrophen, einem Ort von Kummer und Schmerz, wurde ein kluger Mann *selbst* gefährlich, furchterregender als alle gesellschaftlichen und politischen »Unfälle«, die ihn treffen konnten. Er wurde, in gewisser Hinsicht, ein Spezialist im Überleben. Ein Magister Ludi des harten Lebens.

Der Mann, dessen Wesen in diesen Aufzeichnungen zum Vorschein kam, besaß einige der einsamen Tugenden und den ganzen, verquälten Willen des Puritanismus: den

Drang nach Vollkommenheit; die Einsamkeit, den Hang zur Selbstbestrafung und Selbstmordphantasien, die das mit sich bringt; und eine tiefe Verachtung für jeden, der seine beinahe übermenschlichen Ansprüche nicht zu erfüllen vermochte. Er schrieb sein Talent zum Überleben in unsicheren Zeiten einer Reihe von Übungen zu, die er entwickelt hatte und in Latein, Französisch und Griechisch – denn er dachte in allen drei Sprachen gleichzeitig – unter der Überschrift »Selbstvertrauen« niedergeschrieben hatte.

Draußen waren Schritte auf dem Deck in der Nähe von Falcons Tür zu hören. Jemand hustete, verfluchte dann den Kapitän im sicheren Gefühl, daß er nicht da war, und ich erkannte an der Stimme den Bootsmann Matthew McGaffin. Lange Sekunden vergingen, in denen McGaffin an Falcons Tür pißte und das Meer in ihm selbst von sich gab; dann schwankte er trunken weiter, und ich las von den selbstauferlegten Exerzitien unseres Kapitäns – er trainierte sich, sechs Zeilen eines jeden Buches auf einen Blick zu lesen, zu arbeiten, während andere schliefen, für den Fall eines Schiffbruchs extremer Hitze und Kälte zu widerstehen, alles in seiner Kabine mit verbundenen Augen zu finden, Schmerzen zu ignorieren, von einem einzigen Keks zu leben, und machte Kallisthenie, um seine Augen zu stärken und eine Bifokalbrille überflüssig zu machen. Kultur entstand, in seiner Sicht, aus einem ikarischen *causa sui*-Impuls, den ich schwer zu ergründen fand. Es überraschte mich nicht, daß er sich vollkommen mißverstanden fühlte, seine Taten schrecklich unterbewertet fand. Einer erst einen Tag alten Aufzeichnung zufolge lösten die Forderungen, mit denen er andere konfrontierte, ein Mordkomplott bei jemandem aus – er verdächtigte zunächst Squibb, dann Cringle –, der angeblich Arsen und Thalliumsulfat in sein Abendessen tat, obwohl dies auch schlicht das Mißtrauen eines unbeliebten Kapitäns sein konnte, der in jeder Kabine Messer versteckt hatte und dessen Einbildungskraft, das schwöre ich, sich in künstlerischer Hinsicht beschränkte auf fein geschmiedete, gut gearbeitete Pistolen, die krude Einfachheit von wohlausgewogenen, handgeschmiedeten Waffen. Der Grund dafür war vielleicht, daß er ein geborener Scharfschütze war. Von Geburt an fehlte ihm die beidäugige Sicht. Sein Leben lang hatte er das linke Auge zugekniffen, so daß er, als ihm jemand mit achtzehn eine Pistole in die Hand drückte, ganz selbstverständlich seine Ziele ins Visier nahm und sie mühelos wegblies. Und doch, trotz seiner Obsession mit dem Überleben besaß er die Ausstrahlung eines Mannes, der verzweifelt sterben wollte, was seine Stellung auf dem Schiff – seine Macht über die anderen – noch furchterregender machte.

Kaum einer der Seeleute wollte mit ihm zu tun haben. In manchen Nächten näherte er sich schüchtern einem Kreis witzelnder Männer, dort in Bangalang, und spürte sofort, wie sie erstarrten, in Schweigen verfielen und dann davonschlichen, um sich anderen Dingen zuzuwenden. Oder er lungerte in der Nähe seiner Vortopp-Matrosen herum, während sie arbeiteten, die Finger unter der Weste wie ein neuer Junge in der Schule, und hoffte, daß sie ihn in ihr Geschwätz über die Arbeit und die Frauen einbezögen. Aber niemand tat es. Sie wußten Bescheid. Es waren gewöhnliche Leute. Die meisten konnten nicht lesen, im Gegensatz zu Falcon, einem Polyhistor, der zwanzig Stunden in der Woche damit verbrachte, über alten Wälzern zu schwitzen, wenn das Wetter gut war – und zwar, weil er es als Kapitän nicht ertragen konnte, wenn irgend jemand, insbesondere sein Erster Steuermann, ihn korrigierte. Cringle und er stritten sich natürlich erbittert darüber, ob er seine Mannschaft zu hart rannahm. In einigen Nächten konnten alle auf Wache ihr Geschrei in Falcons Kajüte hören. Es wurde nach und nach deutlich, daß die

Mannschaft – wie in einem Haus, das aus dem Ruder läuft, weil die Eltern sich zanken – davon profitierte, wenn sie den Konflikt zwischen den beiden Offizieren am Köcheln hielt. Wenn Falcon Sonderrationen verweigerte, konnte es sein, daß Cringle sie genehmigte. Wenn Falcon die Klage eines Leichtmatrosen vom Tisch wischte, der sich elend fühlte, erlaubte der Steuermann ihm vielleicht, im Bett zu bleiben. Jedoch, der Kapitän brauchte ein Publikum. So sehr er sich auch bemühte, konnte er doch nicht bekommen, was er sich am meisten wünschte, als wir Afrika endlich erreicht hatten: die Loyalität seiner Mannschaft. So hatte er nur wenige Verbündete. Nur heuchlerische Schleimscheißer wie Nathaniel Meadows, der ihn, weil er sich davon Vorteile versprach, anlächelte und hinter seinem Rücken schlecht über ihn redete. Wie zu erwarten, war die Mannschaft ständig wütend und unzufrieden. Das Seltsame daran war, daß es überhaupt nicht *ihr* Ärger war – sondern Falcons. Seine Gefühle durchdrangen das Schiff wie der Geruch von Rum und verfaulendem Holz, und diese Gefühle – wie immer bei Gruppen, die auf kleinem Raum eingepfercht sind, oder bei Ehepaaren – nahmen die Männer auf im Glauben, daß diese unbestimmte, ziellose Wut ihre eigene sei. All dies erklärte (für mich) Falcons Spinngewebe aus Sprengfallen und von einer Feder betriebener Pfeile, die mit Curare vergiftet waren. Aber nicht viel mehr, denn in seiner letzten Eintragung sprach er von seinen Plänen, vierzig Allmuseri und etwas anderes zu erwerben, bei dessen Fang Ahman-de-Bellah fünf Diener verloren hatte, einen Koloss, den er in Europa für ein Vermögen verkaufen zu können glaubte. Sonst schrieb er nichts von diesem Wesen, sondern notierte nur, daß er es nicht an Bord bringen könnte, bevor die Zimmerer der *Republic* nicht Beineisen und Planken im Frachtraum verstärkt hätten.

Als ich dort stand und auf diese Seiten starrte, um sicher

zu gehen, daß ich sie richtig gelesen hatte, mit einem Gefühl, als ob ich in den Alptraum eines anderen hineingeraten wäre, und in der Hitze seines abgeschlossenen Zimmers schwitzte, weil es keine Lüftung gab, war ich so vertieft, daß ich überhörte, wie sich der Riegel hob, und merkte erst, daß ich nicht mehr allein war, als plötzlich Luft hereinströmte, den Luftdruck im Raum änderte und mein linkes Innenohr verschloß. In meinem rechten klingelte es. Die Ränder meines Blickfeldes verschwammen. Dann war diese Empfindung ganz schnell wieder verflogen, und ich hörte eine schrille, näselnde Stimme, die die meisten weichen Konsonanten verschluckte, sagen: »Was immer du klauen wolltest, ist längst weg.«

»Käpt'n«, sagte ich, »dies ist nicht, wonach es aussieht. Ich hab bloß 'ne Laterne gesucht. Ich hab wohl'n Fehler gemacht.«

»Hast du wohl.«

Wie er sich da abzeichnete, sein wildes Haar wie Taugarn, die Haut trockener als Schuppen und der Bart von oben bis unten fast eine Elle lang, sah sein Gesicht, ich schwöre, wie sieben Kilometer schlechter Louisiana-Straße aus. Der Rumgestank, der seinen Kleidern entströmte, war wie ein Schlag ins Gesicht. In seinem Gürtel steckte eine Waffe. Dennoch war sein Blick nach innen gerichtet, eisig, als er mich in den Raum stieß und dabei auf seinen Füßen schwankte wie eine beschädigte Rigg, betrunken und meiner Anwesenheit kaum wirklich bewußt. Er ließ sich mit dem Hintern auf seinem Sesselkissen nieder, wobei sich eine Hand in die Armlehne krallte und die andere gegen seine Brust gepreßt hielt: dann hob er leicht das Kinn, drehte es nach links und von mir weg, um einen Rülpser von vulkanischen Dimensionen auszustoßen. »Zünde bitte eine Kerze an. Und bring mir den Krug dort in der Ecke und eine saubere Tasse – und bring dir auch gleich eine mit.« Ich fühlte mich auf der Stelle elend, beeilte mich aber zu gehorchen, wobei jeder meiner Schritte die Dublonen zwischen meinen Beinen klimpern ließ. Nach Recht und Gesetz hätte er mich mit Ruten verdreschen oder kielholen oder am Pollerarm auspeitschen lassen können. Aber noch schlimmer war, wie mir klar wurde, daß er mich wieder *belehren* könnte, indem er, wie so oft, mit einer persönlichen Anekdote begänne, die dann *endlos* weitergehen konnte, wobei er jede Äußerung in einem Dialog ausschmückte und jeden Teil der Geschichte als Belehrung für mich verwandte. Noch schlimmer, er könnte sich entschließen, mir geheime chinesische Kampftechniken zu demonstrieren, die er, als er für ein Jahr im King Miu Dorf wohnte, gelernt hatte, wobei er *mich* als hypothetischen Gegner bei Lektionen benutzte, die regelmäßig damit endeten, daß mir der Hals noch Tage danach wehtat. Vorsichtig goß ich ihm eine Tasse Feuerwasser ein. Dann machte ich einen Schritt zurück und maß meine Entfernung zur Tür.

»Soll ich jetzt gehen, Sir? Ich hab die Laterne gefunden.«

»Ach wirklich? Eine Laterne, das war's? Und sonst nichts?«

»Auf mein Wort.«

Falcons Hals und sein Gesicht liefen rot an. Sein Atem war laut, stoßweise, und wieder preßte er seine Handfläche gegen die Körpermitte, als wollte er irgendeinen tiefen, wiederkehrenden Schmerz oder einen inneren Brand runterpressen, mit dem er irgendwie zu leben gelernt hatte. Sein Gesicht zuckte nach links in einen düsteren Ausdruck. »Du warst nicht etwa hier, um mich in meinem Schlaf zu ermorden und dann vom Schiff zu verschwinden?«

»Nein! Natürlich nicht, Sir!«

»Sechs Männer haben das heute nacht an Land versucht. Das ist nicht mal 'ne Stunde her, Mr. Calhoun.« Da sein

Glas leer war, nahm er mir den Krug aus der Hand, hob ihn und schüttete sich noch mehr Rum direkt in die Kehle, wobei sein Körper eine Sekunde lang erschauerte; dann warf er mir einen rumgetränkten Blick zu. »Ich war unbewaffnet, bis auf diese Stiefel, die ich trage. Gefallen sie dir?«

»Ja Sir, das sind ganz feine Stiefel, Käpt'n.«

»Nee, du *siehst* sie ja gar nicht richtig, mein Junge.« Er hob einen Fuß, zeigte mit dem Zeh auf mich. »Das sollst du auch nicht! Das ist ja gerade der Witz an Stiefeln wie diesen! Die Zehen sind mit Stahlplatten verstärkt. Ich bin nicht groß, wie du vielleicht bemerkt hast, und als ich klein war, wurde ich immer von den größeren Jungs schikaniert. Ja, so war das. Kaum ein Tag verging, als ich klein war, ohne daß irgend jemand mich rauspickte, um mich zu verprügeln oder irgendeinen grausamen Scherz mit mir zu treiben. Hat meiner Mammi fast das Herz gebrochen, wirklich, aber ich sag dir mal was: Heute, wenn ich so 'nem Offizier ans Schienbein trete, dann steht er nicht mehr auf. Ich rate dir, dir ebenfalls so ein paar von diesen nützlichen Stiefeln für die Rückreise anzufertigen. Hast du eine Pistole?«

»Nein, Sir.«

»Dann müssen wir dir eine besorgen.« Aus den Sachen in seiner Kiste fischte Falcon eine 45er Kentucky heraus. »Hübsch, nicht? Ich habe das Visier nachgestellt, im Lauf einen Präzisionszug hinzugefügt, und verdammtnochmal, diese Perle ist auch mit einer meiner eigenen Erfindungen ausgestattet. Siehst du, wie schwer der Griff ist? Da ist ein Magnet drinnen. Der sperrt den Abzug, so daß niemand die Pistole abfeuern oder sie dir auch nur entreißen kann, der nicht einen magnetisierten Ring trägt, so wie ich einen trage, sogar nachts, wenn ich schlafe.«

Falcon zog vom Mittelfinger an der rechten Hand einen Metallring, schob ihn mir auf den Finger, und legte mir dann ein selbstentworfenes Halfter um die Hüfte. »Du wirst sehen«, sagte er, indem er einen Schritt zurücktrat, um mich zu mustern, »Platz für Ersatzmunition ist in den drei Taschen an den Seiten und der kleinen am Rücken. Das Halfter hat einen Druckknopf, so daß man mit einer einzigen Bewegung ziehen und das Hemd wegschieben kann. Von nun an tätest du gut daran, eine Regel zu befolgen, die ich entwickelt habe. Alle paar Sekunden solltest du dich selbst abtasten: Messer, Pistolen, Schlüssel, in der Reihenfolge, um sicher zu gehen, daß du alles hast. Eine leichte Berührung dann und wann ist alles, was man braucht; dann wird es instinktiv. Ich rate dir, keinen der Schwarzen an dich ranzulassen, wenn wir sie an Bord bringen – vor allem nicht die Frauen. Sie kommen dir ganz nahe, bis ans Gesicht – sie machen das gern beim Reden –, also halte sie auf Abstand, mindestens eine Armlänge, achte darauf, daß sie nicht ans Halfter kommen können. Iß oder trink nichts, was sie dir anbieten. Wenn du einen von ihnen erschießen mußt, nimm Schrot, keine Kugel. Is ein bißchen gnädiger. Und wenn wir sie von unten raufholen, damit sie Auslauf haben, arbeitet zu zweit – Cringle und Meadows, zum Beispiel. Squibb paßt auf Flechter auf. Und du und ich, wir passen aufeinander auf.« Seine Augen blickten hoch, zwinkerten. »Du wirst dir doch nicht deinen verdammten Fuß wegschießen, oder?«

»Ich glaub, ich werd den Dreh rauskriegen. Aber, Käpt'n, warum brauch ich das alles?«

Er begann, sich langsam zu entkleiden, das Mondlicht und die Kerzen warfen seinen Schatten doppelt an die Wand. Falcons knopflose Bluse bereitete ihm Schwierigkeiten, als er versuchte, sie sich über seinen gewaltigen Kopf zu ziehen; ihr Kragen blieb unter seinem Bart hängen, so daß er einen Augenblick lang eine Kapuze zu tragen schien (ich glaube, ich hätte ihn in diesem Augenblick erschießen können, und ich richtete sogar die Pistole auf seinen Kopf, um zu sehen, was für ein Gefühl das war), wobei er beide Arme hilflos in die Luft streckte. »Hilf mir mal eben, Mr. Calhoun. Ich hoffe, du kannst sehen, daß ich dir vertraue. Ich brauche einen farbigen Kumpel, der für mich Auge und Ohr ist, sobald die Afrikaner an Bord sind. Das gilt übrigens auch für die Mannschaft. Ich will wissen, was jeder so denkt.« Entgegen meinen besseren Instinkten, den Kapitän gleich an Ort und Stelle niederzuschießen, half ich ihm, aus dem Hemd zu kommen. Nun war er bettfertig in seinem Nachthemd und den Stiefeln mit Stahlspitze. »Einmal in der Woche möchte ich einen vollständigen Bericht. Wenn es irgendein Gerede gibt, dann sagst du's mir.«

»Ihr Judas sein?« fragte ich. »Ein Spion?«

Seine Augen füllten sich mit Schmerz, richteten sich auf eine Ecke des Zimmers, als ob sich das richtige Wort, das er suchte, dort befände. »Nee, ein Freund! Ich brauche jemanden, der die Augen offenhält und mir Bescheid gibt, sobald Ärger droht.« Er legte sich aufs Bett zurück, trank jetzt direkt aus dem Krug und begann, mehr an sich selbst gerichtet als an mich, über seine Offiziere zu murren, berichtete voller Bitterkeit über jeden von ihnen private Dinge, von denen ich mir nie hätte träumen lassen und die ich auch gar nicht wissen wollte. Er verriet eindeutig ihm anvertraute Geheimnisse und betrog jeden von ihnen in einem Ton so voller Gift, daß ich mir die Ohren zuhalten wollte. Ich fühlte mich unwohl. Mehr noch: Ich fühlte mich beschmutzt, während er detailliert all den Dreck und Klatsch beschrieb, die Schwächen und Fehler von jedem einzelnen an Bord. Jeder, so schien es, hatte ein Geheimnis. Einen Schatten. Eine verbuddelte Vergangenheit, die so skandalös war, daß ich den Rest der Nacht nervös war. Warum erzählte er mir diese Dinge? Ich konnte nur vermuten, daß irgend etwas mit diesem Schiff ganz und gar nicht stimmte – er sagte nie genau, was – und daß seine

Lösung die älteste und einfachste von der Welt war. Teile und herrsche. Vergifte jedermanns Sicht des anderen. Indem er mich dazu *zwang*, mir die Fehler aller anderen anzuhören (ich hatte keine andere Wahl), kompromittierte er mich stillschweigend, machte mich in gewisser Weise ebenfalls zum Verräter, und ich seufzte und schloß die Augen, dachte an Isadora, die sagen würde, diese Dinge seien uns gesandt worden, um uns zu versuchen. Einen Augenblick später schlief er schon. Ich beugte mich über ihn und wollte die Pistole, die er mir gegeben hatte, in seinen Kopf entleeren, bemerkte aber, daß ich durch die zwillingsgleichen Ringe, die auf seiner linken Hand und auf meiner steckten, wie festgebannt war, als ob, der Himmel steh mir bei, wir verheiratet wären und genau das, wovor ich in New Orleans geflohen war, mich hier, vor der unbeleuchteten Küste von Senegambia, wieder eingeholt hätte.

Der Schlaf und ich waren Fremde in dieser Nacht. Den ganzen Abend lang wehte der Wind das Stöhnen und die heftigen Schreie, wie nur Negerfrauen sie ausstoßen können, vom Lagerhaus herüber, wo lebende, sterbende und tote Afrikaner zusammengewürfelt worden waren. In der Hoffnung, meine Gedanken zu beruhigen, die schlimmer verheddert waren als eine Takelage nach dem Sturm, rüttelte ich Squibb wach, dort auf dem Deck, und fragte ihn über unsere Ladung aus. Seeleute, das weiß ich, können mit der Wahrheit sehr locker umgehen, aber er erzählte mir, daß die erste Karawane von Allmuseri für den Verkauf von morgen selektiert wurde: Männer wurden von ihren Frauen, Kinder von ihren Eltern, die Gebrechlichen von den Gesunden getrennt, wobei jede Trennung wie eine Amputation oder Häutung war, denn als Clansvolk waren sie so eng miteinander verwachsen wie Zellen in einem Körper. »Zunächst wird Ahman-de-Bellah ihnen die gesamte Behaarung von seinen Leuten abrasieren lassen. Das ist die erste Erniedrigung: sie so weich zu machen wie Babies, die grad aus dem Mutterleib kommen, als wär'n sie vlleich' ers' gestern geboren. Er läßt sie baden und in Palmöl einweichen, damit ihr schwarzes Fell glänzt wie Leder, und dann kriegen sie ein Festmahl, um sie für die Käufer von morgen zu mästen.«

Im Dunkel sagte ich zu dem schattigen Klumpen, der er dort auf dem Deck war: »Wie Rindvieh?«

»Wie Allmuseri«, entgegnete er. »Sie kriegen, was Afrikaner gewöhnlich essen. Sowas wie Wurzeln, grün gekocht oder sonstwie getrocknet und zu Mehl gemahlen, dann zerstampft oder zu Porridge verkocht. Dazu kriegen sie eine schmackhafte Sauce und wahrscheinlich auch etwas Honigbier aus Mais zum Runterspülen.« Er hob die Hüften etwas an und ließ dann sanft einen fahren, ein schwaches, säuselndes Geräusch, als hätte er seine Schließmuskeln angespannt, um den Laut zu dämpfen. »So gut sollten wir auch mal essen, mein Schatz.«

»Squibb!« schrie Cringle. »Wenn du das noch mal machst, du Schwein, dann laß ich dich unten schlafen oder auf der anderen Seite des Schiffs!«

»Entschuldigung, Sir, aber das ist die Natur, wissen Sie. Ein Mann sollte das nicht drinnen lassen und so. Is nicht gesund, wie meine Frau Maud zu sagen pflegte. Ist schlecht fürs Herz, sagte sie. Ja, als wir frisch verheiratet waren, sagte Maud immer –«

»Es *interessiert* mich nicht, was sie sagte! Ich bin nicht deine verdammte Frau, Mann!«

»Aye« – er blinzelte in meine Richtung – »dafür sei dem Himmel gedankt.«

Leise vor sich hin murmelnd, wiederholte Cringle eine seiner Stellen aus der Schrift, rollte sich dann auf die Seite und schlief, so wie auch Squibb, der auf dem Rücken lag mit seinem Papagei auf dem Bauch, wie eine Seemöwe auf einem Wal in einem tropischen Strom.

Am nächsten Tag schloß ich mich der Gruppe an, die an Land ging. Die *Republic* lag zehn Kabellängen vom Fort entfernt vor Anker, McIntosh stand am Ruder, und die Ankertrossen waren mit Sliptauen belegt und das Schiff bereit, die Segel zu setzen, wenn Bogha uns aus irgendeinem Grunde betrügen sollte. Als die letzte Allmuseri-Karawane ankam, war es schon stockdunkel. Eine linde Nacht. Squibb und ich besoffen uns mit Bier am Marktplatz, warfen Bettlern Münzen zu, die von ihren Eltern bei der Geburt verkrüppelt worden waren, damit sie bessere Schnorrer wurden, und beobachteten ein Harem-Mädchen mit Turban, dessen Figur und verschleiertes Gesicht mich mit solch einem Verlangen füllten, daß ich das Gefühl hatte, als ob mein Lebenssaft jedes Mal zu Boden spritzte, wenn sie vorbeistolzierte, so faszinierend war dieses Mädchen und so lange hatte ich mich wie ein grüner Junge und in einem unfreiwilligen Zölibat auf dem Meer gefühlt. Ich wußte, daß mein hungriger Blick sie entzündet haben mußte, denn ihre braunen Finger, lang und dünn, mit Knochen, die so zerbrechlich waren wie die eines Vogels, strichen sanft über meine Hand, als sie mir zum vierten und fünften Mal den Krug füllte. Zu dem Zeitpunkt schlug mir das Herz bis zum Hals, und ich sah kaum, wie zwei afrikanische Jungs an uns vorbeirannten und die Ankunft einer Karawane aus dem Landesinneren ankündigten. Ich stand auf, fühlte mich schwach auf den Beinen und setzte mich wieder hin, als ich Schüsse aus der Ferne hörte. Hinter uns antworteten die vielen Gewehre des Forts, und die Luft vibrierte vom Donner. Plötzlich war alles ein einziges Durcheinander. Jeder Händler stieß Schreie aus. In jedem Basar wurde die Ankunft des Sklavenzugs mit Begeisterung gefeiert. Ich sah mich suchend nach dem Mädchen um, aber sie war fort. Ich stand auf, um besser sehen zu können. Squibb riß mich auf meinen Platz zurück.

»Du hälst lieber deine Gummel unten, Illinois.« Er war auf der Stelle nüchtern, und sein Griff war fest wie ein Schraubstock. »Oder du wirst auch noch verkauft. Direkt vom Schiff geklaut, würde ich mal sagen, und in eine Kolonne gepreßt. Ist alles schon dagewesen.« Er zupfte ein bißchen an meinem Ärmel. »Diese Idioten wissen doch nicht, daß du'n Seemann bist. Und es interessiert sie auch nicht.«

Er mußte mir das nicht zweimal sagen. Ich drückte mich etwas in den Schatten hinein und beobachtete, wie Boghas Diener Palmöl-Lampen oben auf den Fortmauern anzündeten. Vorsichtig glitt ich in die Menge zurück, um besser sehen zu können, während mir der Schweiß im Hemd herablief und sich unten am Rücken über meinem Gürtel sammelte. Am Rande der Menge entdeckte ich Cringle, und als ich mich ihm von hinten näherte, ertappte ich ihn, wie er mit sich selbst redete, sich mit dem Pfeifenstiel ans Kinn stupste und die Allmuseri abschätzte, die in Zweierreihe an ihren Knöcheln zusammengekettet waren. Wie ich gehört hatte, waren sie ein erstaunlich *alter* Stamm. Sie umgab der Geruch alter Tempel. Von Städten, die untergingen, als Europa noch im Embryo-Stadium war. Wenn man sie ansah, ihre dunkle Haut, die sich weich wie schwarzes Leder gegen ihre knielangen Kleider abhob, die griechischen Chitons ähnelten, hatte man das Gefühl, sie hätten die ganze Palette kultureller Möglichkeiten durchlaufen oder jede politische und soziale Option durchgespielt und wüßten jetzt nicht, wo sie *noch* hinsollten. Ein hochgewachsenes Volk, größer noch als die Watusi; ihre Handflächen waren leer und besaßen keine Linien. Keine Fingerabdrücke. Aber alle Allmuseri, hatte man mir erzählt, besaßen ein zweites Gehirn, ein kleines unten am Rückgrat. Ein Volk, das zur Abstraktion so unfähig war, daß für sie »heiß« oder »kalt« keine zwei Augenblicke lang das gleiche waren, dieses heiße Porridge von heute war so spezifisch und einzigartig und an die Gegenwart gebunden, daß es eine bloß nominale Ähnlichkeit mit dem heißen Porridge von gestern besaß. Physisch wirkten sie wie die Synthese aus verschiedenen Stämmen, als ob ihre lange Existenz in diesem Land sie zu einem biologischen Archiv von ägyptischen oder subsaharischen Absonderlichkeiten gemacht hätte oder – in der hegelschen Gleichung – zu einem Clan, der aus dem Wesen all derer, die vorher gekommen waren, destilliert war. Oder um es anders auszudrücken, sie hätten auch der Ur-Stamm der Menschheit selbst sein können. Etwas Vergleichbares hatte ich noch nicht gesehen. Oder solch eine ungeheure Vergangenheit, so ein Alter in der Gegenwart von anderen verspürt; ein Clan von *Sphärikern*. In der Tat, was ich fühlte, war die Gegenwart von zahllosen anderen *in* ihnen, einer Menge, die aus allem, was dieser riesige Kontinent geschaffen hatte, gesponnen war.

Ahman-de-Bellah, ein froschähnlicher Araber mit einem gewaltigen Bart, der berüchtigt dafür war, seinen Feinden das Gehirn mit einem Eisenhaken herauszuzerren, trieb die Allmuseri am Wachturm vorbei zur breiten Piazza des Empfangshauses, damit sie sich vor Bogha und Kapitän Falcon aufstellten, der Bellah mit dem fingerzermalmenden Händeschütteln der Küste begrüßte. Dort, neben den Bäumen, stellten seine Leute ihre Zelte auf und drängten die Allmuseri dann zu den Lagerhäusern.

»Arme Schweine«, sagte Cringle, der sah, wie ich die Fäuste ballte, unfähig zu schlucken. »Ihre Dörfer wurden durch eine Hungersnot zerstört.« Er hämmerte mit seiner großen Kalebassen-Pfeife auf die Bibel, die er mitführte und die in gepreßtes Schweinsleder gebunden war, um die Tabaksreste rauszuklopfen. »Ahman-de-Bellah hat sie kampflos gekriegt. Ihre Flüsse trockneten aus. Die Trokkenheit hat ein Jahrzehnt angehalten, glaube ich, was bedeutet, daß sie die Rückreise nie überleben werden, wenn es das ist, worüber du nachdenkst. Der Käpt'n wird unter zehn nicht drei finden, die gesund genug sind, um zwei Monate im Frachtraum zu überleben. Besser«, sagte er, »tot im Graben liegen als in ihrer Haut stecken.«

»Peter, was passiert auf dem Schiff?«

»Was meinst du?«

»Der Kapitän, der hat mir da was erzählt, was ich mir nicht erklären kann. Er hat mich gebeten, ihm zu helfen –«

Der Steuermann schüttelte zwei, drei Male den Kopf. »Geh ihm aus dem Weg, Rutherford. Er ist verrückt« – Cringle tippte sich mit zwei Fingern an die linke Schläfe –,« und wenn du New Orleans wiedersehen willst, dann ist es das beste, du trennst dich jetzt von Falcon.« Die Muskeln um seine Augen schwollen an. »Er wird dieses Schiff versenken und uns mit sich in die Tiefe reißen. Er *will* überhaupt nicht zurückkehren. Weißt du das? Deswegen fährt er zur See. Ist dir nicht aufgefallen, daß ihm nie etwas recht ist? Daß es, auch wenn er Witze macht, eine zynische Art von Humor ist? Niemand weiß das, aber er ist seit dreißig Jahren verheiratet und spielt immer noch mit sich selbst. Seine Frau Molly, eine Xanthippe, wenn es je eine gegeben hat, zwingt ihn dazu, sich die Hände und seinen Schwanz zu waschen, bevor sie Verkehr haben. Sie bohrt in der Nase, wenn sie miteinander schlafen, so sehr langweilt es sie. Wundert einen kaum, daß er nicht zu *ihr* zurück will. Wenn sie wütend ist, näht sie, wie ich höre, seine gesamte Kleidung zusammen. Auf dem Hochzeitsphoto, das ich gesehen habe, ist sie so dünn, daß sie gut und gerne Modell für El Greco stehen könnte. Jetzt ist sie solch ein Kloß, daß sie gut für Peter Paul Rubens posieren könnte. Und das ist noch die geringste seiner Klagen über das Leben. Er ist eitel. Und deshalb auch voller Selbstmitleid. Und bösartig, mein Junge. Er hat eine Liste der Angriffe, Beleidigungen und Beschimpfungen, die er hinnehmen mußte oder glaubt, hingenommen haben zu müssen, und *datiert* sie –, er geht sie durch, wenn er betrunken ist, führt sie sich immer wieder vor Augen und hält bei jedem, der neu angeheuert hat, nach Schwächen Ausschau. Er weiß, daß meine Tommy ist, daß ich es nicht ertragen kann, wie er diesen Jungen behandelt.« Cringle stand da, vornübergebeugt, als stemmte er sich gegen eine steife Brise, eine Gewohnheit, die er auf See angenommen hatte. »Da draußen, auf dem Meer, in Afrika, oder bei irgendeinem ›Abenteuer‹, hofft er, daß irgend etwas das für ihn tun wird, was er nicht selbst tun kann.«

»Du sagst also, daß wir nicht nach Hause kommen werden?«

»Nicht mit dem, was er da an Bord bringt.«

»Die Allmuseri?«

»Nein«, sagte Cringle, »das andere Ding ...«

»Was?«

»Ich weiß nicht, was es ist! Es hat keinen Namen. Ich weiß bloß, daß es den Allmuseri gehört und in unserer Welt nichts zu suchen hat.« Er sah weg, zu den Schiffen in der Ferne hinüber, deren wie Finger wirkende Masten einer dunklen Reihe von Winterbäumen auf dem Wasser glichen, dann wieder weg. Seitdem wir an Land gegangen waren, war er nervös wie ein Eichhörnchen. So angespannt, daß jede Uhr, der er nahekam, nach meiner Schätzung vierzig Sekunden schneller tickte. »Bist du auf meiner Seite und der von den wenigen Kameraden, die gegen ihn sind?«

»Ich denke schon, ich weiß nicht –«

»Entscheide dich bald«, sagte er. »Falcon hat Freunde hier, aber wir werden handeln, sobald wir wieder in See stechen.«

Dann war er weg, von Kapitän Falcon herbeigerufen, um bei der höllischen Arbeit zu helfen, die von Löchern befallenen Zähne, rasierten Schädel und gesprenkelten

Genitalien von vier Männern zu inspizieren, für die der Käpt'n je 100 Bars bezahlt hatte (wobei ein Bar einen halben Dollar wert war, ein Pfund Pulver oder einen Faden gewöhnlichen Tuchs); dann die Frauen über fünfundzwanzig (Bellah gab Falcon auf diese eine 25prozentige Ermäßigung); und schließlich die Kinder, die, wie Forellen, einen Meter zehn groß sein mußten, oder man jagte sie zurück in den Busch. Und Falcon war stinksauer. Ahman-de-Bellah hatte mindestens einen »frisierten« Schwarzen an ihn verschachert, einen alten Mann, der mit einer unbekannten Medizin behandelt worden war, die seine Haut schwellen ließ. Er schwitzte nach Zwiebel riechenden Schweiß aus von den Pulver-Behandlungen. Als Falcon einen Finger an seine Zähne preßte, sickerten Blasen von Eiter aus seinem Zahnfleisch. Sein Körper war mit Zitronensaft abgetupft worden, damit er glänzte, aber das machte auch keinen Unterschied. Er starb im Delirium, bevor Falcon sein Geld zurückkriegen konnte. Der Kapitän war natürlich auch kein Muster von Ehrlichkeit. Die Baumwollballen, die er als Tauschmittel verwandte, waren im Innern hohl, der Whiskey war sorgfältig verwässert worden, und das Gewehrpulver war von minderer Qualität. Kapitän Falcon wurde zunehmend nervös, nehme ich an, daß sein Betrug entdeckt werden könnte, und ließ uns fast die ganze Nacht arbeiten, um die Ladung von den Booten in den Schiffsbauch zu überführen. In sein »vorläufiges« Logbuch (dasjenige, das ein Schiffsführer überarbeitete, um seinen Auftraggebern eine etwas bereinigte Version zu überreichen), das ich später sehen sollte, schrieb er:

3 500 Felle	$ 1,750
19 große und ausgezeichnete Elfenbeinzähne	$ 1,560
Gold	$ 2,500
600 Pfund kleineren Elfenbeins	$ 320

15 Tonnen Reis	$ 600
40 Sklaven	$ 1,600
36 Ochsen	$ 360
Schafe, Ziegen, Gemüse, Butter	$ 100
900 Pfund Bienenwachs	$ 95
Totaler Karawanen Wert	$ 8,885

Der Gewinnanteil des Käpt'n vom Profit waren hübsche 25 Prozent der Beute. Die Mannschaft erhielt mitleiderregende zwölf Dollar im Monat, eine Sache, die bei den meisten Matrosen zunehmend Anstoß erregte, als die Nachricht von Falcons geheimnisvollem Fund – der als letztes auf das Schiff in einer Kiste verladen wurde, die groß genug war, einen Elefantenbullen zu bergen, der Preis war aus dem Logbuch gestrichen – wie ein elektrischer Schlag von einem Matrosen auf den anderen übersprang. Darüber hinaus, und das war vielleicht das Schlimmste von allem, murmelten unsere Schiffszimmerer von Wasser im stinkenden Frachtraum. Als die Allmuseri das große Schiff sahen und das schmutzige Loch, in dem sie hausen würden, wie die Sardinen Bauch an Hintern eingequetscht im Orlopdeck mit seiner stickigen Luft und den Schiffsratten mit ihren rasierklingenscharfen Zähnen, wobei jeder Sklave gezwungen war, in Löffelstellung auf der linken Seite zu liegen, um den Druck auf sein Herz zu lindern –, nachdem sie *das* gesehen hatten, gerieten die Afrikaner in Panik. Ob Sie's glauben oder nicht, ein Marktschreier erzählte uns, daß sie dachten, wir seien Barbaren, die sie nach Amerika schifften, damit sie dort gefressen würden. Sie betrachteten uns als Wilde. In ihrer Mythologie waren die Europäer einmal Mitglieder ihres Stammes gewesen – sogar für eine gewisse Zeit Herrscher –, aber in das verfallen, was für dieses Volk die schwärzeste Sünde von allen war. Das Unvermögen nämlich, überall die Einheit des Seins zu erfahren, war der Allmuseri Vorstellung von der Hölle. Und das war es, wo wir lebten: das Fegefeuer. Das war der Ort, wo wir sie hinbrachten – in den Wahnsinn der Vielzahl –, und der Gedanke daran machte sie verrückt. Ein einhändiger Allmuseri-Dieb griff Cringle mit einem Belegnagel an und wurde vom Steuermann erschossen. (Ich sollte erklären, daß das Abhacken der rechten Diebeshand die Strafe dieses Stammes fürs Stehlen war, denn die Allmuseri aßen mit der rechten Hand und wischten sich den Arsch mit der linken ab; indem sie diesen Mann seiner rechten Hand beraubten, zwangen sie ihm die Schmach auf, mit ebendemselben Körperteil zu essen und die Exkremente abzukratzen.) Eine Frau warf ihr Baby über Bord ins Wasser unter uns. Mindestens zwei Männer versuchten zu folgen, rissen an ihren Ketten, und dieser plötzliche hektische Widerstand brachte Falcons schlimmste Eigenschaften zum Vorschein, wenn Sie sich das überhaupt noch vorstellen können. Er schlug sie solange, bis Blut kam. Die männlichen Sklaven ließ er in doppelte Ketten legen, ließ die Leiter in den Lagerraum bringen und die Sklaven an Seilen herunter, damit keiner wieder hochklettern konnte. Die Frauen mußten in den Kajüten schlafen, kleine Kinder wurden auf Deck in den Großbooten unter Segeltuchplanen zusammengewürfelt, und wenn irgendein Neger auch nur so aussah, als denke er an Rebellion, dann sollte er mit Ruten geschlagen werden und den Schmerz von Schlinge und Rahnock zu spüren bekommen.

Damals begann mein Haar, weiß zu werden. Ich begab mich, unfähig, mir so etwas anzuschauen, in die Schiffsküche, den Kopf zwischen meinen Händen und den Rücken an einen Ofen von solchem Alter gelehnt, daß er gewöhnlich auf der einen Seite heißer war als auf der anderen, so daß Squibbs Suffkuchen (so genannt, weil Squibb immer einen Schuß Rum dazugab) schief aufgingen und, wenn sie erstmal glasiert waren, die oberste Schicht allmählich abrutschte. Auf der *Republic* war eindeutig nichts so, wie es sein sollte, aber schäbig, wie es vielleicht ist, muß ich doch, um meiner eigenen Haltung willen, erklären, wie mörderisch meine Gedanken wurden, nachdem ich an der Gefangennahme der Allmuseri teilgenommen hatte. Ich fragte mich, ob die Schwarzen, die mit Balboa und Cortez gereist waren, ihre Führer so sehr haßten wie ich Ebenezer Falcon, ob Estéban, der legendäre Entdecker aus Marokko, so kühl seinen Kameraden, drei spanischen Offizieren, gegenüberstand wie ich manchmal Cringle, der in diesem Leben niemals sich selbst und seine eigene verkorkste Geschichte in den Sklaven wiedererkennen würde, die wir verkaufen wollten, oder sich, wie ich es tat, fragen würde, wie in Gottes Namen ich nach dieser Sache weiterleben konnte? Wie konnte ich mich, nachdem ich das gesehen hatte, noch ganz fühlen? Wie konnte ich meinen Kindern davon erzählen, ohne für immer einen Fluch auf sie zu laden? Wie konnte ich überhaupt wagen, in einer so sinnlosen Welt Kinder zu *haben*? Wie konnte . . .

»Mr. Calhoun?«

»Hier, Sir.«

»Noch eine Stunde bis Tagesanbruch.« Falcon steckte seinen Kopf in die Luke. »Ich habe neue Befehle für dich.«

Ich stand da, bürstete mir den Gesäßteil meiner Hose ab.

»Sir?«

»Wir sind kurz davor, Anker zu lichten. Du bist dafür zuständig, die Afrikaner in Gruppen zu zehn um neun Uhr morgens und um vier Uhr nachmittags zu füttern und ihnen dreimal am Tag ein halbes Pint Wasser zu geben. Squibb ist wie bisher für die Mannschaft zuständig, aber niemand sonst füttert die neue Ladung oder kommt auch nur in ihre Nähe, außer mir.«

»Nein? Darf ich fragen, was sie *ißt*?«

»Frag nicht«, sagte er. »Nichts von euren Vorräten, also mußt du dir keine Sorgen machen.«

Das war natürlich eine Lüge.

Es gab reichlich Gründe, sich Sorgen zu machen. Kapitän Falcon verriet niemandem den Inhalt der geheimnisvollen Kiste, die mit einem Floß gebracht und von Boghas Dienern in einen Laderaum hinter dem Vorstevenknie durch ein in die Deckbalken gesägtes und dann verschaltes Loch heruntergelassen worden war. Bevor der Käpt'n die *Republic* wendete und aufs Meer hinaus steuerte, wetteten einige aus der Mannschaft, ich selbst unter ihnen, fünf Schilling darauf, was dieser Fund wohl sei. Squibb behauptete, es sei das »Missing Link« zwischen Mensch und Affe; Cringle sagte, daß es höchstwahrscheinlich eine beinahe ausgestorbene Echse sei, vielleicht sogar intelligent, die die Gelehrten von Cambridge bis zum Queen's College zwingen würde, die Naturgeschichte umzuschreiben; und Meadows berichtete, um uns alle zu erschrecken, daß er gehört habe, wie jemand im Fort sagte, das Wesen sei in der Nähe der Allmuseri-Dörfer vom Himmel gefallen, die einst im Busch zwischen Kap Lopez und dem Kongo-Fluß versteckt lagen, und sei jahrhundertelang von ihnen beschützt worden. Wir zogen Lose, um auszumachen, wer sich als erster, während der Kapitän schlief, nach unten schleichen und eine Planke hochbiegen sollte, um hineinzulugen. Tommy O'Toole, der Schiffsjunge, zog den kürzesten Faden. Er ließ sich an einem Seil herunter, das mit Kreuzknoten um seine Hüfte geschlungen war, so daß wir ihn hochziehen konnten. Nach zehn Minuten zupfte Squibb am Seil und entdeckte, daß es gerissen war. Wir wollten gerade *ihn* herunterlassen, als der Junge halb von Sinnen zurück an Deck kroch –, oder konnte es sein, daß er nun doppelt soviel Verstand hatte wie vorher? Seine Haut war kalt, ganz bläulich gefärbt, als wäre er in der

Tiefe getauft worden. Sein Gesicht war blank wie eine Pfanne. Und seine Worte, als sein Mund sich öffnete und wieder schloß wie der eines Fisches, waren seltsam: ein Gemisch aus einem Bantu-Dialekt, Buschmänner-Sprache, Kuschitisch und sudanesischen Mundarten, und wenn Sie sich fragen, wo er sie gelernt haben könnte, dann sind Sie genauso weit wie ich. Seine Augen glühten wie Decksleuchten, sie waren aber nicht so sehr homogene Farbkörper, wenn man sie ganz aus der Nähe sah, als vielmehr Splitter von luziferischem Indigo, das wie eine Emulsion den Kampfer eines Feuers, das einmal vor ihnen geflackert, aufgefangen hatte.

Als man ihm Cringles Weste über die Schultern legte, um ihn zu wärmen, und ihm ein Trinkhorn Rum in die Hände drückte, gab es eine Lücke in seinem sporadisch auftretenden Wahn, in der er erzählen konnte, wie er sich der Kiste auf einen Meter genähert hatte, um sie aufzubrechen, nachdem das Seil gerissen war, aber von der Dichte der Luft gestoppt worden war, offenbar einer natürlichen Verteidigungsmaßnahme des Dinges darin, welches nicht so sehr Platz einnahm, als vielmehr Raum und Zeit um sich herumzubiegen vermochte wie einen Übermantel. Er konnte seine nackten Füße nicht dazu bewegen weiterzugehen. Das war auch gut so, denn überall waren dunkle Kringel von den Ausscheidungen dieser Kreatur, auf denen Insekten, Würmer und schneckenähnliche Wesen herumkrochen, die offensichtlich in seinen Eingeweiden lebten. Ganz plötzlich schwankte die Kiste sanft, als etwas wie eine Krabbe von einer Seite der Kiste zur anderen kroch, mit seinen Nägeln an die Wände kratzte und sich selbst zumurmelte wie ein Teufel, der für tausend Jahre in einem Berg angekettet ist, und seine Stimme artikulierte sanft und honigsüß, so feierlich wie die einer Sirene, oder vielleicht war sein Atem ein Gesang so voller Liebe und Poesie, seherischer Klage und vedischem Leid, daß des

Jungen Herz ihn anflehte, noch mehr zu hören. Er preßte die linke Hand auf den Mund, schob die rechte Hand über die linke und beugte sich aufs Knie, da der Junge dieses Lied, eine Art Gehirnwäsche, irgendwie zu kennen glaubte. Unten in dieser von Flechten überzogenen Kammer, in dieser abgestandenen Luft, wo überall Küchenholz und Vorräte verstreut waren, unten in einer Wölbung, in der lauter Imponderabilien herumschwammen, vergaß er, wo er war und warum er gekommen war: eine Verwandlung weit schöner, als sie je einer von uns kennengelernt hatte, sagte er; und dann kam das pfeifende Lied dieser Kreatur von seinen eigenen Lippen wie die süßeste aller Flüssigkeiten, die durch seine Luftröhre strömte, und er war drinnen in dem leuchtenden Dunkel der Kiste – jetzt selbst angekettet und doch irgendwie losgelöst von allem anderen – und beobachtete traurig den jungen Tommy O'Toole, nahm wahr wie durch die wasserdurchlässige Haut eines Stechrochens oder einer Krabbe, und sie waren eins: Sänger, Zuhörer und Gesang, Licht, was ins Licht fiel, und die Grenzen zwischen innen und außen, hier und da, heute und morgen waren ausgelöscht wie im Allerheiligsten der dichtesten Sterne oder am weitest entfernten Saum des Himmels.

Als er fertig war und seine Augen schimmerten, nachdem er ins Herz der verborgenen Dinge geschaut hatte, und sein Körper zu Musik schwang, die nur er zu hören vermochte – danach war vorn oder achtern kein anderes Geräusch zu hören als das Knarren der Takelage, laut wie prasselndes Feuer. »Verflucht.« Ein Matrose fuhr sich mit den Fingern durchs Haar. »Es frißt Menschen, das tut es.« Squibb war blau wie gewöhnlich und versuchte, aufrecht zu stehen, schwankte auf beiden Füßen, kippte erst nach links und dann nach rechts. Er hob das Kreuz an seinem Hals und küßte es mit geschlossenen Augen. »Ihr Heiligen, schützt uns.« Ein paar Kumpel zitterten, und nicht bloß vom frostkalten Wind, der sich durch unsere Mäntel biß. Alle konnten sehen, daß der Schiffsjunge niemals wieder bei sich sein würde. Er war für uns verloren.

»Du sollst dieses Gerede lassen«, sagte Cringle und knöpfte seinen Mantel, den er dem Jungen umgelegt hatte, zu. »Ich nehme an, ihr habt was zu tun, also macht zu. Und zwar sofort, wenn ihr so gnädig sein wollt.« Cringle legte den Arm um Tommy und versicherte ihm, daß ihm nichts widerfahren würde. Er versprach ihm, seinen Namen vom Dienstplan zu streichen, und, da er der Typ des Quartiermeisters war, der dazu neigte, nachts aufzustehen, um die anderen wieder zuzudecken, wenn sie ihre Decken im Schlaf weggestoßen hatten, aus Furcht, sie könnten sich erkälten, führte er ihn zu seiner eigenen Koje, die der Schiffsjunge für den Rest unserer Heimreise haben sollte.

DER VIERTE EINTRAG

28. Juni 1830

Als wir am 30. Mai die Heimreise antraten und das Fort verließen, leckte die *Republic* wie ein Sieb, aber wir hofften wieder auf eine gute Überfahrt, doch diesmal waren die Schiffswände aufgequollen, von der Sonne verbrannt und der Achtersteven von Krebsen verklumpt. Das Schiff erreichte 20 ° südlicher Breite und 10 ° westlicher Länge und segelte ohne ernsthafte Pannen hart am Wind vor nordatlantischen Passatwinden, bis das Wetter am fünfzehnten Tage stürmisch wurde. Regentropfen, hart wie Kugeln, prasselten so schwer auf die Segel, daß Kapitän Falcon gezwungen war, das Groß-Marssegel reffen zu lassen und das Schiff mit bloßen Rahen zu segeln. »Mach dir deswegen keine Sorgen«, sagte er zu mir. »Achte bloß darauf, daß Squibb und du die Beiboote doppelt vertäut, und sichert die Kombüse.« Aber seine Stimme schwankte, und ich wußte, daß er mir das Schlimmste nicht gesagt hatte. Es war die stürmische Jahreszeit vor der Westküste Afrikas. Und in den trübsten Nächten, als dichter Nebel aufkam, die Sterne und den Himmel verdunkelte und eine präzise Bestimmung unseres Standortes unmöglich machte, als der Wind unerwartet von NW zu NNW abdrehte, uns wie eine Streichholzschachtel oder wie ein Spielzeugschiff aus Balsaholz herumwirbelte –, in diesen Nächten blieben Falcon und die wenigen Männer, die noch loyal zu ihm standen, alle Wachen hindurch auf bei ihm in der Kapitäns-Kajüte, tranken Kaffee mit einem Schuß Rum und beugten sich mit gerunzelter Stirn über

Landkarten, während die Kompaßnadel verrückt spielte. Jüngere Leichtmatrosen verloren den Appetit. Tommy, von all seinen Pflichten entbunden, konnte nicht einmal einen Schiffszwieback bei sich behalten, und ich konnte es auch nicht, hauptsächlich, weil Squibb und ich die Brühe anrührten und ich sah, wie er hineinspuckte, wenn er wütend auf die Mannschaft war. Ältere Matrosen fluchten, wurden plötzlich gläubig (auf der See gibt es keine Atheisten, wie man sagt) und fummelten an ihren Kreuzen herum, flüsterten Gebete für besseres Wetter und machten die ganze Zeit Pläne – jeder konnte das sehen –, wie sie das Schiff in ihre Gewalt bringen und die Ladung stehlen könnten.

Da wir so abhängig voneinander waren, erzeugte die Not Freundlichkeit in kleinem Maße ebenso wie Grausamkeit, sogar bei den scheinbar ganz ungeeigneten Menschen, unter ihnen auch Nathaniel Meadows, ein Wundarzt, der trotz des ganzen Geredes über ihn, daß er ein Axtmörder sei, im biblischen Sinne lammfromm aussah: ein krummer, kleiner Streckbauch mit trüben Augen und großen, scharlachroten Ohren, der sein Haar mit Seehundöl zurückkämmte. Er hatte kein nennenswertes Kinn, seine Kiefer endeten direkt am Hals. Er roch wie der Schiffshund. Er trug aus Aberglauben einen Klumpen Liverpooler Erde in seiner Hose mit sich herum, wenn er auf See war, eine Gewohnheit, die er mit vielen anderen alten Seebären teilte; aber anders als alle, die ich je gekannt habe, hatte er die irritierende Angewohnheit, rasend schnell zu zwinkern, wenn er redete. Zwischen seinen Zähnen war ein Spalt, was seinen S-Lauten ein leicht pfeifendes Geräusch verlieh, wenn er sie artikulierte, als hätte er eine Flöte verschluckt, aber nur halb die Luftröhre heruntergekriegt. Einige Matrosen sagten, Feldmäuse hätten seine Mutter erschreckt, als sie mit ihm schwanger gewesen war. Das war nicht schwer zu glauben. Er sah aus wie eine Meise in menschlicher Form. Und Meadows besaß überhaupt keine Brust – das heißt, im Profil krümmte sich sein Körper wie ein Fragezeichen, und man assoziierte sein kontrolliertes, stilles Betragen mit, sagen wir, geheilten Alkoholikern oder Männern, die sich von einem Schlaganfall erholen. Lammfromm hin oder her, ich machte nach wie vor einen großen Bogen um ihn.

»'Allo, Kumpel. Wollte gerade meine Wäsche machen«, sagte er zu mir. »Fragte mich gerade, ob Sie irgendwas gewaschen haben wollen, Mr. Calhoun.«

Die Arme voller Wäsche anderer Leute, näherte er sich mir am Besanbaum, wo ich gerade in die Reste meines Frühstücks biß, einen Zwieback, der gerade verdarb, am Rande des Verschimmelns, wissen Sie, dem Anschein nach in Ordnung, aber als ich die Zähne hineinsenkte, schmeckte er, als wäre er voller Staub. Ich warf ihn einem der Kinder in einer Schaluppe zu, setzte dann meine Eßschüssel ab und stand auf, als hinter Meadows Beinen plötzlich ein Knurren zu hören war. Er hatte einen der Hunde mitgebracht, einen halbverhungerten Köter, der offensichtlich etwas Dunkles zum Kauen wollte. Ich wich zurück.

»Ach, mach dir nichts aus ihm«, sagte Meadows. »Der's bloß hungrig.«

»Nicht zu verkennen.« Sein Hund begann, in meinem Schritt zu schnüffeln, steckte seine Nase zwischen meine Beine, was mich davon überzeugte, daß es also doch an der Zeit sein könnte, meine Wäsche zu machen.

»Willst du dein Hemd gewaschen haben oder was?«

Ich streifte es ab und legte es oben auf seinen Haufen, entdeckte darunter eine von Cringles Blusen und die Lumpen, die einige der Allmuseri benutzten, um sich zu bedecken. »Meadows«, sagte ich durch verstopfte Nebenhöhlen, »du schrubbst auch die Wäsche für die Sklaven?«

»Ach, warum nicht. Wenn man waschen will, ist's

besser, gleich die ganze Ladung zu nehmen, meinst du nicht auch? Spart Seife und Wasser.«

Er *war* der Typ, der bei der Grundversorgung sparte, fiel mir ein, er war der Mann, der Seifenscheibchen, die von den anderen übriggelassen waren, zusammenknetete, um daraus ein neues, schiefes Stück Seife zu formen. Als ich nachsah, machte ich mir Vorwürfe, so mißtrauisch gewesen zu sein, und wünschte, die anderen wären so hilfsbereit wie Meadows, besonders, wenn es darum ging, die Leiden der Afrikaner zu lindern. Wie ich schon sagte, das Schiff lief dauernd voll Wasser. Tag und Nacht ließ Falcon die Pumpen laufen. Dennoch lagen die Sklaven weiterhin in einer Lache von Salzwasser in einem Laderaum, der schwärzer war als der Bauch von Jonas' Wal, unten gehalten von der neunschwänzigen Katze des Bootsmannes. Einige ruhten in den Schößen anderer, dort unten in der schleimigen Dunkelheit, faulig von Ausscheidungen, rutschig von Wasserschlangen. Jedem von ihnen gab man Klötze von Feuerholz als Kissen, was sich später als Fehler entpuppte. Oben ließ uns der Käpt'n Öffnungen herausschneiden, Gitterluken und Bullaugen, damit die Allmuseri mehr Luft bekamen, von denen die Männer nur für ein paar Stunden am Tag zum Haare- und Nägelschneiden an Deck kamen, damit sie sich bei ihren Kämpfen um hinreichend Platz, die jede Nacht unvermeidlich ausbrachen, nicht selbst verletzten. Um genau neun Uhr jeden Morgen, wenn das Wetter es gestattete, ließ ein Maat namens Fletcher sie raus und ein bißchen zur Flötenmusik des Schiffsjungen tanzen, damit sie etwas Bewegung hatten, dann jagte er sie wieder hinunter. Es war Kapitän Falcons Überzeugung, daß man Sklavenaufstände vermeiden konnte, wenn man je unter zehn Gefangenen einen auswählte, um die anderen zu beaufsichtigen und darauf zu achten, daß sie in der Reihe blieben. Er verteilte an diese Bord-Majordomusse, von denen einer Ngonyama hieß, den ich in diesen ersten Wochen gut kennenlernte, alte Hemden und teerbespritzte Hosen, was ihnen den Vorteil verschaffte, wie die Mannschaft gekleidet zu sein; sie hatten größere Freiheiten, sich auf dem glitschigen Deck herumzutreiben, und Falcon gab ihnen außerdem besseres Essen und ein paar kleinere Aufgaben, wie zum Beispiel alte Taue auseinanderzunehmen. »Der beste Weg, einen rebellischen Nigger zu bändigen«, sagte er, »ist, ihm etwas Verantwortung zu übertragen.«

Wie dem auch sei, bei Ngonyama funktionierten die Sklavenhalter-Rezepte kaum. Eingekleidet war er nun, in teerigen Kniehosen und einer Seemannsjacke, die ihn von den anderen unterschied, trotz der roten Perle in seinem rechten Nasenloch, und während unserer ersten zwei Wochen auf See war er still, ungeachtet des Windes, der teuflisch auf die Segel einpeitschte, und der Tatsache, daß das Meer sich manchmal fünf Häuser hoch auftürmte und unser Vorderdeck völlig unterm Wasser verschwand, was die anderen Sklaven dazu brachte, sich noch fester aneinanderzuklammern und noch lauter zu jammern. Aber Ngonyama, das war mein Gefühl, wartete. Er war manchmal so still, daß er mit dem Leben an Bord zu verschmelzen, ja schließlich ganz darin zu verschwinden schien. Still und schlau, würde ich sagen, weil er alles – alles –, was wir taten, genau beobachtete und mich sogar bat, ihm ein paar Brocken Englisch beizubringen und zu erklären, wie die Steuerung funktionierte, zum Ausgleich dafür, daß er mir Allmuseri beibrachte. Von all den Spielern, die durch diese Erzählung spazieren, war er sicherlich der rätselhafteste. Zunächst konnte er keinen von den Weißen in der Mannschaft voneinander unterscheiden und fragte mich: »Wie halten ihre Familien sie bloß auseinander?« Ich nehme an, er wählte mich aus, weil ich der einzige Neger an Bord war, obwohl der Abstand zwischen seinem Volk und dem schwarzen Amerika ungeheuer war – sein Volk betrachtete Weiße als rohe Barbaren und mich (der ich ein farbiger Matrose war) als einen Gekochten. Und seine räumliche Wahrnehmung unterschied sich so sehr von meiner, daß er mich, als er Isadoras Portrait betrachtete, das ich in meiner Tasche trug, fragte: »Warum ist ihr Gesicht denn mit Flecken bekleckst?«, womit er die *Schatten* meinte, die der Künstler ihr unter Kinn und ihre Augen gemalt hatte, denn sein Stamm gebrauchte nicht unsere Technik der Perspektive, sondern eher die flache, auf Räumlichkeit verzichtende Methode der ägyptischen Kunst. (Er fragte mich außerdem, warum ihre Nase wie eine Meeresschnecke aussah, ob vielleicht auch das eine Sinnestäuschung war, dann bemerkte er meine Wut und ließ die Frage fallen.)

Manchmal half er Squibb und mir in der Küche, und die Art, wie er eines der Schweine des Käptn's tranchierte, ließ mich unvermittelt innehalten. Ich, also ich konnte noch nie tranchieren. Aber Ngonyama hielt, während er die Schultern locker hängen ließ, erstmal den Atem an – stundenlang, so schien mir –, bevor er anfing, den Blick konzentrierte, als könnte er durch das Schwein hindurchsehen, und seine rechte Hand packte das Messer des Kochs, als wäre es ihm gerade aus dem Handgelenk gewachsen. Es war unheimlich, wenn Sie mich fragen. Es schien plötzlich, als ob die Kombüse aus der Zeit fiele und transparent würde, als ob alles um uns herum aus Glas gemacht wäre. Ngonyama begann zu tranchieren. Er fuhr mit Stahl durch das Fleisch, als ob es gar nicht da wäre oder wenigstens nicht fest, ohne auf Knochen zu stoßen und in einem Muster, dem ich nicht folgen konnte, ohne zu hacken oder das Fleisch zu zerreißen – ohne etwas zu beschädigen –, die Klinge wurde, denke ich, mit einer Geschicklichkeit geführt, die dem Gefühl glich, das ich als Dieb entwickelt hatte – ich konnte, Sekunden, *bevor* es wirklich herunterfiel, spüren, daß gleich ein heiles Glas umfallen würde –, indem er dem unsichtbaren Gitterwerk von Muskeln, Sehnen, Gewebe und Zellen folgte, bis das Schwein unter seinen Händen auf magische Weise auseinanderfiel. Das Messer hinterließ keine Spuren. Nicht eine einzige Einstichstelle. In der Küche war es still wie in einem Sarg, als er fertig war.

»Spiegel!« flüsterte Squibb mir zu, fassungslos. »Das is irgendso'n heidnischer Trick!«

Dennoch war kein Zauber im Spiel. In jeder Fiber ihres Lebens konnte man diese gleiche stille Magie spüren. Um die Wahrheit zu sagen, sie waren nicht einmal »Neger«. Sie waren Allmuseri. Als wir spät in der Nacht miteinander redeten, während auf dem Deck bläuliche Bäche hin und herschossen und wir die Augen wegen des Wetters zusammenkniffen, entfaltete Ngonyama vor mir die offizielle Geschichte seines Stammes wie der Händler sein Tuch, die Geschichte über sich selbst, an die sie sich hielten. Einst waren sie Seefahrer gewesen, lange, lange war es her, und ließen ihre Seeleute in dem Teil von Indien, der später Harappa genannt wurde, wo sie sich mit den Einwohnern, den Draviden, vermischten, in den Tagen, bevor die Arier mit ihren Götzen – »Städtezerstörer« – die Kultur von Mohenjo-Daro über Nacht dem Erdboden gleichmachten. Zwischen 1 000 und 500 v. Chr. segelten sie mit dem Nordäquatorialstrom nach Zentralamerika – sie bewältigten die Reise von der Westküste Afrikas in die Karibik in nur dreißig Tagen – und brachten ihre Kenntnisse im Ackerbau und in der Metallurgie den Olmeken, die, um diese afrikanischen Seefahrer zu ehren, ihre Ebenbilder in Stein schlugen und in ihren Gesängen die Tapferkeit dieser Krieger verewigten. Ihre Kampftechniken glichen genau der *Capoeira* der Brasilianer. Im Laufe der Zeit waren diese eleganten Bewegungen, die Ngonyama mir beibrachte, wenn wir Zeit hatten, um uns auszuruhen, Bestandteil ihrer rituellen Tänze geworden.

Ich kann mich erst später wieder mit ihrer Kampftechnik beschäftigen, denn faszinierender als ihre weltumspannenden Reisen in der Antike und ihre Form der Selbstverteidigung war die merkwürdige gnomische Sprache, die die Allmuseri gebrauchten. Wenn Ngonyamas Stamm sprach, erinnerte das weniger ans Reden als an die Geräusche, die die Savanne bei Nacht macht, wenn sie im rauhen Gras der Ebenen wisperte oder wie trockener Wind von Baum zu Baum seufzte. Gar keine Sprache im eigentlichen Sinne, wenn Sie mich fragen, sondern vielmehr eine lyrische, vom Gesang geprägte Form des Atems tief aus dem Zwerchfell, bei dem man die Artikel mit den Substantiven und die Substantive mit den Verben verschmolz. Ich bin mir nicht sicher, ob ich wirklich weiß, was ich jetzt sage, aber Ngonyama erklärte mir, daß die Prädikation »ist«, die jeglichem erst sein Sein verleiht, im Laufe der Zeit für sie zu nur noch einem schlichten Glaubensartikel erodiert war. Substantive oder statische Substanzen existierten in ihrem Wortschatz kaum. Ein »Bett« nannten sie »zum Ausruhen«, einen »Umhang« »zum Wärmen«. Darüber hinaus veränderte sich jedes Verb je nachdem, um welches Objekt es ging, etwa ein Gemüse, ein Mineral, ein Säugetier, ob es länglich oder rund war. Wenn Ngonyama mit seinen Stammesbrüdern sprach, war es so, als ob die Gegenstände und die anderen, auf die er sich bezog, wie Wasser ineinanderflössen und verschiedene Formen annähmen, so wie das Meer bald flüssig, bald hartes Eis, bald Dampf sein konnte, der um den Kreuzmast wirbelte. Ihre geschriebene Sprache – diese Afrikaner besaßen eine – war nicht weniger ungewöhnlich und von solch exquisiter Klarheit, solch Farbnuancen, Litotes' und Kontrapunkten, daß ich sie nicht überfliegen konnte, von links nach rechts, ohne daß sich in mir alles entspannte. Sie bestand aus Piktogrammen. Man mußte die Zeichen so betrachten, lehrte mich Ngonyama, wie man einen alten Freund anschaute, den man schon viele Male gesehen hatte, und begriff die Bedeutung – und die Beziehung zu anderen Zeichen – in einem einzigen, intuitiven Aufblitzen. Es war, schloß ich daraus, nicht gerade die richtige Sprache, um großartig zu analysieren oder etwas in seine Teile zu dekonstruieren, was vermutlich auch erklärt, warum die Allmuseri keine nennenswerte empirische Wissenschaft kannten, jedenfalls nicht so, wie wir diesen Begriff verstehen. Für Falcon waren sie deshalb auch Wilde. Trotzdem schien es die passende Ausdrucksweise für die begehrtesten Schwarzen der Welt zu sein.

Verglichen mit anderen afrikanischen Stämmen waren die Allmuseri die beliebtesten Diener. Sie waren doppelt so teuer wie ein Bantu oder Kru. Der Legende nach führten Allmuseri-Älteste überall Besen aus Zweigen mit sich und fegten damit den Boden vor sich, um nicht aus Versehen auf Lebewesen zu treten, die für das bloße Auge nicht auszumachen waren. Da sie kein Fleisch aßen, waren sie leicht zu ernähren. Da sie Besitz verachteten, waren sie einfach zu kleiden. Da sie sich selbst heilen konnten, brauchte man keine Medikamente für sie. Sie kämpften selten. Sie konnten nicht stehlen. Sie wurden *krank*, sagte man, wenn sie jemandem Unrecht taten. So wahr ich lebe, sie beschämten mich so, daß ich ihre zeitlose Kultur zu meiner eigenen machen wollte, wenn Ngonyama die Wahrheit sagte. Aber wem wollte ich da etwas vormachen? Wenn Rutherford Calhoun auch vielleicht die Allmuseri um bestimmte Züge ihrer traditionellen Lebensweise beneiden mochte, so konnte er doch niemals etwas für sich in Anspruch nehmen, das er nicht selbst erschaffen konnte. Ich respektierte sie viel zu sehr, um sie auf diese Weise zu beleidigen – besonders eine Frau und ihre acht Jahre alte Tochter Baleka, die eines Tages einen Zwieback aufgefangen hatte, den ich ihr zuwarf, als ich mit Meadows sprach. Ihre Mutter schnappte ihn ihr weg. Sie betrachtete ihn prüfend wie eine Frau, die Melonen auf dem Markt untersucht, wobei ihr Gesicht einen strengen Ausdruck annahm. Sie roch daran, sie probierte ihn, indem sie ein winziges Stück abbiß, und spuckte es dann aus ihrem Mundwinkel ins Meer. Dann stampfte sie übers Deck und warf ihn mir wieder in den Schoß. Baleka kam hinter ihr herangeschlichen und streckte, halb von Mamas Beinen verdeckt, die Hand aus. Ihr Blick brannte mir ein Loch in die Stirn. Vor meinem Gesicht wedelte der Finger der Mutter hin und her, und bei dem wenigen, was ich von ihrer Sprache verstand, sagte sie wohl naserümpfend, daß ihr Baby etwas viel Besseres verdiene als einen verfaulten Zwieback. Dem konnte ich bloß zustimmen. Um mit ihnen ins reine zu kommen, teilte ich an jenem Abend mein gepökeltes Rindfleisch, Senf und Tee mit Baleka: ein großer Fehler. Ihre Erwartung, und die von Mama, von nun an *jede* Mahlzeit mit mir zu teilen, wurde zu einer stillschweigenden Abmachung, die nicht weniger bindend war als ein Handschlag. Nach und nach wurden wir unzertrennlich. So wollte es Mama haben, da sie beschlossen hatte, daß das Überleben ihres Kindes von der Nähe zu demjenigen Mitglied der Schiffscrew abhängen könnte, der am ehesten afrikanisch aussah, und sie bat mich, ihr das seltsame Verhalten der Weißen zu erklären und für sie zu intervenieren. Also blieb mir das Kind auf den Fersen, wenn ich Taue drehte, und lehnte sich, wenn ich auf Backbord-Wache an der Heckreling war, an meine Beine und blickte traurig zurück nach Senegambia.

So war es auch bei fünf Glasen am Vormittag des 11. Juni. Der Wind blies kräftig, die Wellen stiegen hoch; die See füllte sich mit dem Rollen des Donners und Ranken weißer Blitze aus dem Südwesten. An meinem Posten war ich eine Weile hypnotisiert von den sich überschlagenden, bunt schillernden Wasserschaufeln, von den Strudeln, die in mir Widerhall fanden, da wir sowieso überwiegend aus Wasser bestehen – wie der Steuermann sagte –: Die See schien ein Energiemonstrum zu sein, ohne Anfang oder Ende, ein tobender Kessel von Meereskraft, Form, der Form aufgedrückt wurde, etwas, das weder größer noch kleiner wurde, das ohne Ende alle nur vorstellbaren Kreaturen hervorbrachte und sich selbst dabei nie verzehrte und hundert Formen des Wassers enthielt, wenn man sie nur alle sehen könnte ... so hypnotisiert war ich von diesem Theater der Verwandlungen, daß mir der Kopf schwirrte und mein Blick verschwamm, nachdem ich zu lange ins Meer gestarrt hatte, mir zitterte der Bauch, und dies war der Zustand, in dem ich mich befand, als heftige Windböen über uns hinwegpfiffen und die *Republic* mit der Breitseite luvwärts drehten und *zurück* in die Richtung, aus der wir gekommen waren. Lose Taue, Zimmermannswerkzeug und Fässer mit Rindfleisch, die nicht ordentlich vertäut waren, flogen wie Kanonenkugeln umher und schlugen mehr als einen Schädel ein. Der Käpt'n, der sich voll bis unter die Halskrause auf dem Fußboden seiner Kajüte ausgestreckt hatte, kroch an Deck, brüllte »Gangway!« und blickte sich wild nach denen um, die auf seine Befehle warteten. Sagte: »Sichert alles lose Gerät.« Cringle schrie zurück, daß das Ruder nicht reagiere. »Mr. Fletcher«, befahl Falcon, »schau nach, ob die Leinen verknotet sind.« Der Segelmacher prüfte sie und gab Antwort, daß sie es nicht waren. »Verdammt«, sagte Falcon, »der weht heftig.« Seine Finger klammerten sich, erst weiß wie ein Fischbauch, dann leicht bläulich, an das Ruder, und in diesem Zustand bot er einen erbärmlichen Anblick, wie er vorgebeugt dastand und so fest am Steuerruder zerrte, daß seine Schläfen anschwollen, dabei war er kaum in der Lage zu stehen. Seine Männer sahen dies. Seine Bewegungen waren langsamer als die eines Mannes unter Wasser, wie ein Schauspieler, der die Normalität verspottet. So sternhagelvoll war er, so unsicher auf den Füßen, und niedergeschlagen sagte er, sich seines Zustandes bewußt: »Sie müssen mir hier helfen, Mr. Cringle.« Und dann kam es mit Macht über uns: das Meer, kochend vor Wut, dessen Wellen die Höhe der Anden oder der Rocky Mountains erreichten, und ich will verdammt sein, wenn ich in den Bramsegeln nicht blaue Blitze einschlagen sah. Das Vorderkastell verschwand hinter einem Vorhang von Gischt. Der Bug lag tief im Wasser. In diesem Moment kamen Schreie aus dem Laderaum. Mit einer Hand klammerte ich mich an den Fockmast, preßte meinen Kopf dicht an Baleka, die ich so fest an mich drückte, daß sie fast nicht mehr atmen konnte. Und auch ich war ziemlich atemlos. In diesem Sturm gerieten einige der Matrosen in Panik. Rannten von ihren Posten weg, was ein Fehler war, fielen hin, kletterten zu ihren Hängematten unter Deck und flehten ihre Schiffskameraden an, sie festzubinden, schrien dann wieder. Andere banden sich an Gittern fest, an das Beiboot und aneinander. »Hart leewärts.« Das Steuer drehte sich in den Händen des Käptn's. »Haltet das Schiff hart leewärts.« Bald schon überwältigten ihn die wirbelnde Luft und die Brecher. Er überließ Cringle das Ruder und brüllte in den hundert Pferdestärken starken Wind: »Beidrehen.« Fünf Minuten lang konnte man nichts mehr vom Schiffsrumpf erkennen – nur zitternde Masten, die sich wie ein Wald über der schäumenden Meeresgischt erhoben, und der Himmel darüber wie eine aufbrechende Narbe, und die *Republic* legte sich quer im Wind, die Nägel sprangen heraus, die Bohlen knarrten wie in einem alten Haus oder einem schrumpfenden Sarg. Cringle hatte die Lippen an die Zähne gepreßt. »Beigedreht ist, wenn Sie es sagen, Sir.« Falcon sah gereizt aus. »Wollen Sie mich hochnehmen?«

»Nein – nein, Sir!«

Was als nächstes über uns kam, ist nicht ganz klar. In dem Augenblick, als Cringle sprach, schwang das Schiff herum und wies nach Westen, tauchte in eine Rinne wie in die Hölle und unter Wassersäulen, die über uns hereinbrachen so hoch wie Salinge – zwei solide Wände auf jeder Seite, die standhielten, als hätte Moses das Rote Meer geteilt. Die Sonne blieb stehen. Der Mond hielt inne. Mein Herz setzte aus. Es hat seitdem nie mehr richtig geschlagen, denn als die aufgetürmten Wellen wieder zurückschwappten und das Schiff bis auf die Spanten durchschüttelten, sah ich, wie zwei Jungs über Bord geschleudert wurden und sofort in der Untiefe ertranken. Inzwischen wurden die Hälfte der Allmuseri-Kinder und -Frauen – darunter auch Balekas Mutter –, fünf von Falcons Schafen, seine Schweine und sein Federvieh von Deck gefegt. Das Backbord-Seitenboot wurde fortgerissen und verschwand in der Flut.

Dann –

Wie durch ein Wunder drehte sich der Wind wieder in die alte Richtung, der Sturm zog vorüber, und wir waren durchgekommen, als wäre alles bloß ein Zaubertrick gewesen. Das Schiff kämpfte sich zurück auf Kurs, und der Bann war gebrochen, obwohl der Atlantik noch immer grollte. Die halbe Crew rannte in die Grogkammer und begann, sich zu betrinken. Unser einziger Moslem an Bord fiel auf die Knie und schlug dabei so hart mit dem Kopf aufs Deck, als wollte er sich den Schädelknochen brechen, und heulte: »Inschallah! Es *gibt* keine Majestät und keine Macht außer in Allah!« Was auch immer es damit auf sich haben mag, drei jüngere Leichtmatrosen, zu erschrocken, um sich zu rühren, hatten die Sprache verloren und blickten stumm auf die Stellen, wo ihre verlorengegangenen Kameraden gestanden hatten. Über uns hingen, verknotet in der verwickelten Takelage, kopfunter drei Leichname. Matthew McGaffin, der Bootsmann, früher der »starke Mann« im Zirkus, mit einer mächtigen Kinnlade und einem Walroß-Schnauzer, schwarzer Augenklappe und einer mächtigen, tyrannischen Stimme, schwor, der Sturm habe bewiesen, daß das Schiff wegen seiner schwarzen Fracht und seiner teuflischen Kargo verflucht sei. Nathaniel Meadows machte sich, zitternd, die Faust im Mund, um einen Schrei zu ersticken, in die Hose. Zweimal. Ohne zu sprechen, falteten wir alle die Hände wie ein Mann – zweiunddreißig klatschnasse Halsabschneider, Schwerenöter mit schwarzen Zähnen, Verräter, Säufer, Schufte, Diebe, Feiglinge, Dummköpfe, Trunkenbolde, Tölpel, Sodomisten, aus dem Knast Entronnene und Abgehauene beteten gleichzeitig wie die Chorknaben, mit gesenktem Kopf, und flehten in Irisch, Cockney, Spanisch und Hindi nach diesem Zusammenstoß mit dem Tod um Vergebung für eine Litanei von kollektiven Sünden, die so lang war, daß ich sie nicht aufzählen könnte. Außerdem war ich so damit beschäftigt, zwischen meinen Fingern hindurchzulugen und Gott zu versprechen, daß ich für immer gut sein würde, wenn Er bloß damit aufhören würde, solche Spielchen mit uns zu treiben. Hätte es nur einen Moment länger gedauert, soviel wußten wir, wäre das Schiff in Stücke gerissen worden. Mehr noch: Solche Stürme trieben Seeleute in den Wahnsinn; führten zu akuten Blinddarmentzündungen, Atemstörungen und im Gefolge auch zum Selbstmord – die Art von Unwetter, von dem man seinen Enkelkindern erzählt, falls man alt genug wird, sie noch zu sehen, wenn sie an Feiertagen zu Besuch kommen. Doch dicht neben mir, die tropfnasse Crew beobachtend, wie sie sich bekreuzte und ihre erstgeborenen Bälger der Priesterschaft weihte, und mit einem ruhigen, distanzierten Blick auf sie starrend, stand der stille, katzenfüßige Ngonyama. Er war trocken. Nicht ein Tropfen hatte ihn berührt. Er war vollkommen ungerührt. Wie Schauspieler, die ich in New Orleans kennengelernt hatte (alle arbeitslos), hatte er die irritierende Fähigkeit, einen anzustarren oder eine lange Rede zu halten, ohne einmal mit der Wimper zu zucken oder wegzuschauen. Vielleicht war dies ein Trick, den er kultiviert hatte, aber dann dachte ich plötzlich, daß er gewußt haben mußte, daß der Sturm kommen würde, und ich zuckte aus Angst zurück, als er mich am Ärmel packte und mit seiner brüchigen, hohen Stimme sagte:

»Legen Sie sich morgen mittag vorn oder unten hin.«

»Was?«

»Wenn Sie irgendwelche Freunde auf diesem Schiff haben« – er blickte auf Baleka, die sich weigerte, ihre Finger von meiner linken Hand zu lösen –, »sagen Sie ihnen auch, daß sie sich nach unten legen sollen.«

Er war fort, bevor ich irgendeine Erklärung von ihm bekommen konnte. Nachdem er verschwunden war, um sich zu den Stammesbrüdern nach unten zu gesellen, blieb ich eine Weile an der Geschützpforte stehen, wobei der Griff des Mädchens noch fester wurde als zuvor. »Es wird schon alles gut werden«, sagte ich, obwohl ich selbst kein Wort davon glaubte und mich, was Ngonyama, dieser schlaue Hund, gesagt hatte, beunruhigte, auch wütend machte wegen dieser kryptischen Redeweise, die er manchmal benutzte. Wirklich, wenn er so redete, mit einer Andeutung in seiner Stimme, hatte ich nicht übel Lust, ihm zu seinem eigenen Besten eins mit dem Kalfathammer überzuziehen. »Die universelle Eingeborenensprache« würde ich das nennen, diese hochtrabende, unergründliche Art, wie Weiße Irokesen in Groschenheften reden lassen oder Chinesen in schlechten Theaterstücken. Es würde ihm mit Sicherheit drüben in den Staaten nicht sehr dienlich sein oder ihn bei den Sklavenherren, die in Louisiana auf ihn warteten, besonders beliebt machen. Dennoch beunruhigte mich seine Warnung. Halb glaubte ich ihm; halb tat ich es nicht. Aber wir hatten wohl nur noch wenige Stunden Tageslicht, bevor die undurchdringliche Dunkelheit des Ozeans sich auf uns senken würde. Also peitschte der Käpt'n die Crew an, das Schiff zu reparieren – »In die Takelage, Männer!« –, zerrte sie einen nach dem anderen auf die Füße, damit sie alle Segel mit zusätzlichen Beschlagleinen sicherten. »Und haltet gut Ausschau!« Andere hielt er an, wegen der Schäden unten Meldung zu machen und die Unterdecks doppelt zu verschließen. Und wieder andere, die Boote festzuzurren und überflüssige Ladung – aber nicht seine kostbare Kiste – zur Reling zu schleifen und über Bord zu werfen, um uns zu erleichtern. Zuvor gingen seine Leichtmatrosen an den Pumpen fieberhaft ans Werk, aber sie waren nicht bei der Sache; sie arbeiteten nervös und warteten darauf, daß das Meer seinen nächsten Anfall bekam. Ein paar Matrosen sprachen davon, das Schiff zu verlassen, sich die verbliebenen Boote zu schnappen und die Schwarzen sich selbst zu überlassen, die – wie der Bootsmann behauptete – diesen schlimmen Sturm und das kochende Meer verursacht hatten, um uns zurück nach Bangalang zu jagen.

»Jetzt beruhigt euch mal da!« sagte Cringle eisig, als er sie hörte. »Und dieses Gerede könnt ihr gleich wieder sein lassen. Der Kapitän sagt, er wird jeden einzelnen schinden, der versucht, das Schiff zu verlassen.«

»Dann« – der Bootsmann spuckte nur ein paar Zentimeter vor den Stiefeln des Steuermanns aufs Deck; er schob seinen flachen, schwarzen Hut auf dem Kopf zurück, und das Band hing ihm übers linke Auge – »sind wir jetzt schon tote Männer.«

»Vielleicht haben Sie mich nicht *gehört*, McGaffin!«

Cringles rechte Hand berührte die Pistole mit dem Eulenknauf in seinem Hosenbund. Der Bootsmann atmete nur aus, spuckte dann wieder aus und traf diesmal das Bein des Steuermannes. »Sie sind derjenige, der mal das Maul halten sollte, Cringle – oder Sie können mich mal und dieser Saufkopf Falcon, der nur in die eigene Tasche wirtschaftet, auch, denn das Meer war schon meine Frau, als Sie noch gar keine langen Hosen trugen, und ich weiß, wenn Gefahr im Verzuge ist. Diese Nigger sind seltsam. Ein Stamm von Hexen und komischen Typen. Die haben magische Kräfte. Und falls Sie's noch nicht gemerkt haben, *Sir*, da ist Wasser unterm Kielschwein, eine der verdammten Handkurbeln ist zerbrochen, *Sir*, und die Handpumpen sind verstopft. Sie sind sicher ein ausgezeichneter Schiffskamerad, Mr. Cringle, da hab ich keinen Zweifel, aber manchmal denk ich, Sie sind Quartiermeister geworden, weil sie durchs Kajütenfenster gekrochen sind, statt durch die Ankerklüsen wie der Rest von uns. Beim Herrgott, jede Teerjacke an Bord wird Ihnen sagen, daß der Käpt'n dieses verrottete Stück Treibholz nicht nach Hause kriegen wird – er wird uns alle ertränken –, und es ist Ihre Aufgabe, sag ich, die Dinge zu richten, bevor's zu spät ist. Wissen Sie, worum ich Sie bitte? Haben Sie genug Courage dafür? Wenn Sie nämlich zu hasenherzig sind, das zu tun, was Sie versprochen haben, dann werden ein paar von uns es tun, die genug haben. Passen Sie bloß auf!«

Cringle konnte nicht antworten. Diese Problemliste nahm dem Steuermann den Wind aus den Segeln. Er sah nervös und verärgert aus, seine Lippen waren zusammengepreßt. Und so drehte er sich um und war weg. Und ich, ich hatte in der Kombüse ebenfalls zu tun und eilte notgedrungen nach unten, wobei mir Baleka an den tropfenden Rockzipfeln hing wie ein Boot im Schlepptau.

Als die Nacht heranbrach, hatten Squibb und ich die Kombüse wieder in »Schiffsform« gebracht, wenn Sie den Ausdruck gestatten. Der Steward war sehr mit sich zufrieden. Tatsächlich war er wahrscheinlich angesäuselt von der wohltuenden Wirkung eines Schlückchens Rum. Baleka war schließlich in der Ecke eingeschlafen, und der Koch und ich lagen gerade auf unsern Knien und wischten und scheuerten, als McGaffin, der sich aus seinem Ölzeug schälte, durch die Luke trat, gefolgt von Cringle und fünf Männern, die so grimmig ausschauten wie nur irgend möglich, und der Schrecken des Sturms lag noch auf ihnen. Ich sah zuerst ihre Stiefel, als sie an mir vorbeischlupften und den Fußboden schmutzig machten. Schweigend nahmen sie auf den Bänken Platz, wie Geschworene es tun würden oder Männer, die kommen, um jemanden zu hängen. Ich bemerkte sofort, daß sie mit Entermessern, Dolchen und Schiffswerkzeug bewaffnet waren, das man leicht als Keule benützen konnte. McGaffin saß auf der Ecke der Küchenanrichte, auf diese Weise ein bißchen erhöhter als die anderen, seine großen Hände mit dem schwarzen gekräuselten Haar auf dem Handrücken um die Hüften gelegt. Cringle schloß die Tür mit einem leisen Klick, als Holz auf Metall traf. Squibb trocknete sich langsam die Hände an der Schürze ab, erhob sich erst auf ein Knie, dann aufs andere, warf mir einen Blick zu, und sein ganzer Ausdruck besagte: *Achtung!*, als er jedem von ihnen einen Becher Tee eingoß. »Illinois, ich denke, du solltest vielleicht gehen.«

»Nein«, sagte Cringle. »Wir brauchen jeden Mann, den wir hier haben.«

»Ach, tun wir das?« McGaffin hielt inne, als der Becher schon fast an seinem Mund war. »Jeden Mann, da stimme ich zu, aber das hier ist kein Seemann, sondern ein blinder Passagier, weißt du das nicht mehr? Ein Hinüberarbeiter. Ich beobachte den, seit du ihn im Großboot gefunden hast. Ich hab nicht gesehen, daß er 'nen Heuervertrag unterschrieben hätte. Der hat hier überhaupt keine Aktien drin.«

»Worin?« fragte ich.

»Im Schiff, mein Junge! Du bist hier bloß mitgefahrn, nehm ich mal an. Aber wenn du schon wieder auf'm Hof arbeitest oder Seidentücher jagst, dann müssen wir übrigen an unsere Zukunft und die Familie denken, Gott schütze sie, wenn wir je noch einmal Land sehen, was ich mit jedem Tag mehr zu bezweifeln wage.« Er stellte seinen Becher ab.

»Hast du eine Familie?«

Ich dachte an meinen Bruder und sagte: »Nein.«

»Hast du ein Mädchen?«

Ich dachte an Isadora und sagte nichts.

»Na, siehst du? Was aus *dir* wird, ist doch egal, oder?« In dem Augenblick ließ Cringles Hand, die die Luft durchschnitt, um McGaffin zum Verstummen zu bringen, die Kerzen, die hinter ihm an der Wand hingen, flackern und tauchte sein Gesicht in Schatten. Er hustete, räusperte sich dann und sagte: »Rutherford, wir sind hier zusammengekommen, um zu entscheiden, welches der beste Weg ist, um dieses Schiff wieder auf sicheren Kurs zu bringen. Eine Mannschaft muß ihrem Kapitän vertrauen können. Wir hier tun dies nicht mehr. Wir denken, daß der Zeitpunkt gekommen ist, um die Führung auszuwechseln.«

»Du meinst Meuterei?«

»So hab ich das nicht genannt.«

McGaffin runzelte die Stirn. »Stört dich das?«

Ihre Blicke verbissen sich voller Härte in mich und fixierten mich, um auszumachen, ob es mich störte; Blicke, die wie Gewehre auf mich zielten, Blicke, so anhaltend und kritisch, daß sie mir das Gefühl gaben, als stünde ich auf einer Bühne oder wäre wie ein Ölgemälde eingerahmt. Zu meiner Linken knackte Feuerholz in Squibbs Ofen, warf ein unheimliches, korallenrotes Licht auf ihre Gesichter und verströmte eine seltsame Wärme an meinen Beinen, denn meine Kleidung war noch immer feucht, bis auf meine Hosenbeine, die von der Hitze hart wurden. Die ganze Zeit stand ich bewegungslos da und wußte nicht, was ich sagen sollte. Schweigen, daran hegte ich keinen Zweifel, war in ihren Augen genauso eine Sünde – Augen, wie ich sie zuvor, wie ich jetzt feststellte, unter den von der Sonne geschwärzten Brauen von Sklaven gesehen hatte: Männern und Frauen, die sowenig Anteil an den Feldern hatten, auf denen sie arbeiteten, wie diese Männer an den Profiten eines Schiffes, das Eigentümern gehörte, die so weit von den Gefahren auf See entfernt waren wie die Herren von den Baumwollreihen, die ihre Leibeigenen pflückten. Nicht weniger als die Schwarzen im Laderaum waren auch diese seegehärteten Mordgesellen Frachtgut. McGaffins Blick wanderte zu meiner linken Hand.

»Dieser seltsame Ring, den er trägt, hast du den gesehn? Ich hab bislang nur einen davon gesehen. Und der sitzt auf der Flosse von dem Schurken, der uns heute abend beinahe versenkt hat. Wißt ihr«, sagte er zu den anderen, »ich glaube, ich hatte unrecht. Dieser Kerl hier ist kein blinder Passagier, das ist ein verfluchter Spion.«

»Nein! Ich habe den Ring geklaut.«

»Oho! Dann vertrittst du hier nicht die Sache von Ebenezer Falcon?«

»Ganz und gar nicht.«

»Du würdest dich nicht grämen oder Asche auf dein Haupt schütten, wenn durch irgendeinen unerwarteten, aber normalen nautischen Zwischenfall auf See der alte Mann zu einem plötzlichen und unerwarteten tragischen Ende käme?«

»Nein.«

»Oder vielleicht« – er beugte sich vor und ließ den Kentucky Burley in seiner riesigen Pfeife Feuer fangen –, »wenn *du* der Grund dafür wärst?«

»Halt deinen Schnabel«, seufzte Cringle. »Wir dürfen den Kopf nicht verlieren. Rutherford ist auf *unserer* Seite.«

»Ja«, sagte ich schnell. »Wie kann ich helfen?«

»Genau, wie *kannst* du uns helfen? Er ist Treibholz,

dieser Kerl hier. Ein Flüchtling und ein Vagabund. Er hat nichts zu verlieren. Wenn wir dieses Schiff ausrauben, dann ist klar, daß du, Mr. Cringle oder Fletcher dort oder dieser Bettschwenker Josiah, der mehr Frauen hat als ein Mormonen-Ältester –, daß wir wegen Piraterie hängen werden. Die Makler, für die Falcon arbeitet, werden uns von der Chesapeake Bay bis ins Südchinesische Meer jagen lassen. Unsere Frauen werden Witwen sein. Unsere Schwestern, die armen Schätze, werden pflücken gehen müssen, um ein paar Pfennige zu verdienen. Und unsere armen Kleinen? Sie werden ins Waisenhaus kommen, das sag ich euch, oder ans Arbeitshaus verkauft werden. Aber was, wenn *er* es gemacht hat? Was ist, wenn wir ihnen erzählen, daß ein blinder Passagier den Käpt'n eingemacht hat? Na, was sagt ihr *dazu*? Häh? Wenn wir erstmal in New Orleans sind, kann der Rest bei anderen Schiffen anheuern, und Calhoun geht seiner Wege, wie er es immer getan hat, einer, der an nichts glaubt, nirgendwo hingehört, hierhin und dorthin gerät und wahrscheinlich in einem Graben stirbt, ohne auch nur eine Spur in der Welt zu hinterlassen – oder höchstens eine, wie wenn man auf Wasser schreibt.«

»Also, jetzt will ich mal was sagen –« sagte ich.

Aber die anderen nickten. Einer sagte: »Das könnte klappen, Mr. Cringle, wenn Sie das Ruder übernähmen –«

»Und«, sagte ein anderer, »vielleicht kann der Anteil des Kapitäns an der Ladung unter uns allen verteilt werden. Darauf könnten Sie doch achten, oder nicht, Sir, wenn Sie doch der Kapitän wär'n, wenn wir nach Hause kommen?«

»Ja, darauf würde ich achten.« Er rieb sich die Stirn, atmete tief durch die Nase. Ein Nasenloch pfiff, von etwas verstopft, über das man besser nicht spricht. Er holte sein Taschentuch heraus, preßte das eine Nasenloch mit dem Finger zu und blies. »Aber was ist mit Calhoun?«

»Ja was soll mit ihm sein?« sagte McGaffin.

»Kriegt er auch einen Anteil?«

»Aye, wenn er tut, was ich sage. Es würde zeigen, zu wem er hält. Einmal im Leben würde er etwas Nützliches tun.« Er blickte mich von der Seite an. »Hast du schon mal jemandem die Kehle durchgeschnitten, Calhoun?«

»Oh, andauernd.«

»Laß ihn in Ruhe.« Cringle blies nochmal. »Niemand sagt doch, daß wir dem Kapitän was antun müssen. Ich bin kein tollkühner Mann, aber ich verabscheue ihn genauso sehr wie ihr. Meuterei« – er wandte sich dem Bootsmann zu – »macht mir auch nichts aus. Der Herr weiß, daß Yankee *sein* Meuterer sein heißt. Das verdammte Land verdankt seine ganze Existenz der Rebellion. Aber laßt uns fair sein, bis hierher hat uns Falcon sicher geführt.« Er hielt betrübt inne und faltete sein Taschentuch zusammen. »Das zählt schon irgendwie.«

»Dann sollten wir ihn aussetzen.« Fletcher strich sich übers Gesicht mit dem langen Kinn. »Ich sag, laßt uns den Mistkerl mit etwas Proviant in eine Jolle setzen, wenn wir an einer Insel vorbeikommen. Höchstwahrscheinlich kommt er wieder auf die Füße, so, wie man ihn kennt.«

»Das hab ich auch grad gedacht«, sagte ein Junge im Hintergrund, ein Zimmermannsmaat, der im allgemeinen still war und dies nur herausbrachte, nachdem er allen Mut zu sprechen zusammengenommen hatte. Ihre Blicke, die sich auf ihn richteten, ließen ihn erröten. Ein bißchen leiser, als nähme er zurück, was er gerade gesagt hatte, fügte er hinzu: »Ihn aussetzen?«

McGaffin schnaubte verächtlich. »Aye, und so, wie ich den Alten kenne, wird er durchkommen, eine neue Crew zusammenstellen, die Piratenflagge hissen und jeden von uns einzeln aufspüren. Nee, nee, das paßt mir nicht.«

»Aber fair ist es doch«, sagte Cringle. »Er hätte wenigstens eine Chance. Soviel sind wir ihm schuldig.«

Der Bootsmann war anderer Meinung, merkte aber, daß

alle anderen sich Cringles Standpunkt anschlossen. »Also gut. Wenn ihr das so wollt. Aber ich seh nicht, wie irgend jemand ihn dazu *bringen könnte,* freiwillig in die Barkasse zu klettern.«

Fletcher drehte sich weg; einige sahen auf den Fußboden.

Leise, mit stockender Stimme, sagte Squibb: »Ihr seid sieben.«

»Sicher, Josiah, und es sind doppelt soviele Dummköpfe, die sich auf seine Seite schlagen werden, wenn's auf dem Mitteldeck erst mal zur Sache geht.« McGaffin zog seine Brauen fest zusammen. »Man muß den Scheißkerl erst mal entwaffnen oder ihn von den anderen isolieren, ihn irgendwie allein erwischen oder wenn er schläft. Das Problem ist, daß er einen leichten Schlaf hat. Das wißt ihr alle. Und seine Kajüte hat mehr Sacknetze und teuflische Fallen, als ich sie von den Rothäuten kenne. Nee, nee, der ist nicht alt und häßlich und böse geworden, weil er blöd ist, nicht solange ihr lebt.« Einige Augenblicke lang sog er an seiner Pfeife und blies Säulen von Rauch in die Luft, der sich in mehreren Lagen über dem Boden zu seinen Füßen sammelte. Dann: »Calhoun?«

»Was?«

»Du hast den Ring geklemmt, sagtest du?«

»Das hab ich.«

»Wo hast du ihn geklemmt?«

»In der Kajüte des Alten.«

Es herrschte Schweigen, ein kollektiver Schock, vermischt mit Mißtrauen, als ob sie vielleicht dächten, daß ich gelogen hatte. Was auch stimmte. Aus Prinzip und als allgemeine Maxime log ich immer, solange ich Sklave war, und manchmal auch nur, um mich an der Wirkung zu erfreuen, wenn mein Zuhörer seinen Glauben und sein Verhalten auf etwas gründete, das es nicht gab. Aber verurteilt mich nicht zu sehr; das war eine der wenigen

Vergnügungen, die wir Leibeigene hatten. Wie dem auch sei, wenn ich gewußt hätte, wohin mich diese Lüge führen würde, dann hätte ich kein Wort gesagt.
Cringle beugte sich vor. »Du warst *drinnen*? Du bist mit all den Schlössern klargekommen? All den Riegeln?«

»Ja, Sir.« Das wenigstens stimmte.

»Na«, sagte McGaffin, »wenn er einmal eingebrochen ist, dann kann er das auch nochmal machen. Aber diesmal soll er aus den Waffen des Käptn's die Kugeln entfernen, wenn er draußen ist, sein Pulver anfeuchten, all die Stolperdrähte kappen, und unsere Jungs können ganz leicht eindringen. Vielleicht kann Squibb auch ein bißchen was Nettes in sein Abendbrot tun.«

»Nein.« Der Koch schüttelte den Kopf. »Ich halte es für richtig, was ihr tut, aber darum bittet mich nicht.«

McGaffin spuckte einen Tabakfaden auf den Boden. »Josiah, du machst mich krank. Weißt du das?«

»Sag ruhig, was du willst. Sowas mach ich nicht.«

»Moment mal, Boss. Über was für'n Tag reden wir jetzt?« fragte Fletcher. »Das muß bald sein, sag ich.«

»Morgen um sechs Glasen«, sagte McGaffin. »Also, wir finden irgendeine lästige Aufgabe, die Falcon achtern festhält, irgendwas, was er beaufsichtigen muß, zum Beispiel, die Schwarzen überwachen, wenn sie hochgebracht werden, um Luft zu schnappen – er ist immer da, wenn's soweit ist –, und dann hat Calhoun die Zeit, die er braucht. Wir können Falcon an dem Abend beiseite schaffen. Cringle kann dafür sorgen, daß wir morgen Nachtwache haben.«

Fletchers Lippen öffneten sich zu einem meckernden Lachen. »Erzählen den andern, daß er über Bord *gefallen* ist.«

»Besoffen wie die Frau des Pastors, häh?« McGaffin schlug sich auf die Schenkel. »Das gefällt mir. Was sagen *Sie*, Mr. Cringle? Sind Sie dabei?«

»Ich bin dabei. Aber wenn Rutherford erwischt wird ...«

»Also, er ist ein *Dieb*«, sagte McGaffin. »Niemand wird sich was dabei denken, wenn er erwischt wird. Es ist seine Natur, an Orten aufzutauchen, an denen er nichts zu suchen hat. Schlimmstenfalls kriegt er ein paar Striemen ab, das ist alles.«

Cringles Augen blickten milder, so sympathisch, freundlich, wie ich sie seit Tagen nicht mehr gesehen hatte. Anders als die anderen trank er nicht, sondern bewegte sich zwischen ihnen mit dem Krug in der Hand, damit er sie nicht vor den Kopf stieß, wobei er ihn gelegentlich an die Lippen hob, aber niemals einen Schluck trank.

»Kannst du das hinkriegen, mein Junge?«

In einer engen Kombüse voller ergrauter, verzweifelter Seeräuber, die sich alle einig (und bewaffnet) waren, bis auf Josiah Squibb, der ein wenig abseits stand und hinter den anderen, der an seinen Fingern zerrte und den Kopf schüttelte, was nur ich sehen sollte – umgeben von Verschwörern wie diesen, und während die Kuppe meines Zeigefingers schmerzte, da ich mir aus lauter Nervosität den Fingernagel eingerissen hatte, konnte ich nur tun, was sie von mir wollten, und sagte: »Ist schon erledigt.«

So standen die Dinge, als unser Treffen beendet war. Jeder Seemann schnitt sich eine Kerbe in den Daumen, ließ ein paar Blutstropfen in den Becher von McGaffin laufen und trank davon, womit er das Übereinkommen besiegelte. Trank auch ich aus diesem Becher? Ja. Als sie erst einmal fort waren, die Lippen und Zähne purpurrot, begannen Squibb und ich sauber zu machen. Wir arbeiteten schweigend. Was ich wirklich am Koch mochte, war, daß er wußte, wann er den Mund zu halten hatte, auch wenn er bedrückt war und unbedingt reden wollte. Manchmal spürte ich, daß seine Augen versuchten, wie Angelhaken meinen Blick zu erhaschen, wenn wir uns in der engen Küche aneinander vorbeidrückten, aber er hielt seine Zunge in Zaum. Was mich anbelangt, so war ich zu verblüfft, um meinen eigenen Worten zu trauen. Meine Augen begannen zu stechen und sich ein wenig zu trüben; ich wischte mir mit dem Ärmel darüber und kehrte Squibb den Rücken zu, nicht wenig beschämt darüber, daß ich vorher nicht meinen Mann gestanden hatte. Aber lassen Sie es sich hier gesagt sein, daß ich in so seltsamen Gewässern wie diesen, in denen jeder Treueschwur fehl am Platz wirkte, nicht mehr wußte, zu wem ich halten sollte. Alle Bande, an Land oder auf Schiffen, zwischen Herren und Dienern, Frauen und Männern, dachte ich plötzlich, waren eine Lüge, kurzfristig zusammengeschweißt im Namen der Konvention und genauso schnell wieder gebrochen, wenn sie nicht mehr den eigenen Interessen dienten. Aber welches waren denn meine Interessen? Es war offenkundig, daß ich seit meiner Freilassung einen ganzen Berg von Kummer auf mich geladen hatte, aber, zum Kuckuck damit, ich wünschte verzweifelt, ich könnte jemand anders – meine Eltern, der Jackson-Regierung oder den Weißen im allgemeinen – die Schuld an diesem ganzen verwickelten Dilemma geben.

»Woran die Schuld geben?« Squibb starrte mich an.

»Nichts. Ich habe bloß laut gedacht.«

»Oh.«

Er war sehr still, dieser Squibb. Er bereitete sorgfältig einen Teller mit frischen Garnelen, Erdäpfeln und Kohl zu, die er eigens für Kapitän Falcon in Bangalang gekauft hatte. Kein französischer Koch hätte ein besseres Mahl komponieren können, um das Auge und den Geist eines hungrigen Mannes zu verführen. Für mich war das genau das, wofür man in den vornehmen Restaurants von New Orleans bezahlte: eine dürftige Mahlzeit, die einen Stunden später verhungern ließ, aber so wunderschön dekoriert, als würde Tintoretto ein Stilleben arrangieren, das mit seinen Farben und Formen die Blicke auf sich zog. Darüber hinaus bestand Falcon auf dem besten Silber und einer frisch angezündeten Kerze bei seinem Abendbrot. Das Komische war: Obwohl er wie die Reichen verlangte, daß man seine Mahlzeiten in immer phantasievolleren ästhetischen Konfigurationen servierte, für deren Zubereitung der arme Steward Stunden brauchte, machte er sich nach einer Sekunde der genußvollen Anerkennung ans Essen wie an eine Pflicht, mit schweigender, konzentrierter Entschlossenheit, wobei er selten vom Tisch aufsah und das Essen herunterschlang mit kräftigen, regelmäßigen Gabelstichen, die so aussahen, als ob ein Bauer Heu stapelte. Im Handumdrehen war er fertig, sprang auf, warf seine verdreckte Serviette zu Boden und war fort, um irgendeine Arbeit an Bord zu beaufsichtigen.

»Willst du ihm diesen Fisch- und Vorspeisenteller rüberbringen?« Squibb wischte sich die Finger an der Schürze ab. »Wenn du jetzt mit den andern drinhängst, dann hast du, schätze ich, eine gute Gelegenheit, dich in seiner Kajüte ein bißchen umzusehen, wenn du ihm seine Futterage rüberbringst. Aber wisch dir erstmal den Fleck am Mund weg.«

Ich nahm Falcons Mahlzeit und kletterte durch die Luke, wobei ich mir eine saubere Serviette über den Arm gelegt hatte. An seiner Tür angelangt, klopfte ich dreimal mit den Knöcheln ans Holz und fühlte mich wie ein Kellner, während der Kiel und die Bodenplanken unter mir von Wellen schwankten, die im Sog des Mondes pulsierten. Ich hörte, wie Stuhlbeine auf Holz scheuerten. Riegel wurden zurückgeschoben, ein Schlüssel wurde im Schloß gedreht, und als die Tür aufschwang, stand der Alte nackt bis auf seinen Patronengurt und die Stiefel mit den Stahlbeschlägen vor mir. Instinktiv wandte ich den Kopf ab und trat einen Schritt zurück.

»Verzeihung, Sir!«

»Bleib da nicht stehen, Mann.« Er schnüffelte sein Essen. »Bring das rein.«

Ich stand im Eingang, als er vorausging, stiernackig und über den halben Körper tätowiert, und zurück zu seinem Kartentisch, seiner Schreibfeder und seinem Logbuch lief. An diesem Mann war eine Menge Fleisch. Mir dämmerte, während ich draußen wartete und seine nackten, mit Sommersprossen übersäten Schultern beobachtete, gebeugt über was auch immer er da gerade schrieb, daß er aus rein literarischen Gründen sein Ornat abwarf und nackt wie ein Neugeborenes schrieb. Ich hatte in New Orleans einen Dichter gekannt, der mir erzählte, daß er das gleiche tue. Es gibt Gerüchte, daß auch Benjamin Franklin ein Nudist war. Das hatte wohl etwas zu tun mit Inspiration und Selbstbefreiung. So etwas in der Art. Natürlich verstand ich überhaupt nichts von diesen Dingen; ich wußte nur, daß ich kein Interesse daran hatte, einen Erbauer des Empires nackt zu sehen, und so blieb ich im Eingang stehen. Falcon bemerkte meine Irritation, grummelte etwas in sich hinein, einen kaum hörbaren Fluch über Philister; dann öffnete er einen Sekretär mit geschwungenen Messinggriffen und holte einen violetten Morgenrock mit chinesischem Muster heraus. Er friemelte sich hinein, rollte die Ärmel bis zu den Ellbogen auf und kam dann wieder zu mir getrippelt.

»Na, also *jetzt* kommst du aber rein, ja?« Seine Stimme klang gereizt. »Schließ die Tür und dreh den Schlüssel um, Mr. Calhoun.«

Ich tat, wie mir geheißen. »Ich habe Ihnen Ihr Abendessen gebracht.«

»Und einen Bericht, hoffe ich.« Er enthüllte das Essen, das ich auf seinem Kartentisch neben einem höchst merkwürdigen Glasbehälter absetzte, der mir zuvor noch gar nicht aufgefallen war. Darin befand sich eine 45 Kaliber

Kugel, die an einer Seite abgeflacht war. Falcon breitete die Serviette über die Knie, zupfte mit den Fingerspitzen eine Haarsträhne von einer Kartoffel und gab mir seine Gabel.

»Sie zuerst, Mr. Calhoun.«

»Sie wollen, daß ich etwas esse?«

»Essen Sie von *jedem etwas*, wenn Sie so freundlich sein wollen.«

In Wirklichkeit war ich sogar froh, zu gehorchen. Ich eilte von einem Teil zum anderen, begann dann wieder von vorn und versuchte, mich vollzustopfen, bevor der Käpt'n mir die Gabel wieder abnahm und sagte: »Langsam, *langsam.*« Er blinzelte mir mehrfach zu, um sicherzugehen, daß ich nicht würgen mußte oder die Farbe wechselte oder Gesicht voran zu Boden krachte, schien schließlich beruhigt und setzte sich zurück, den Kopf zum Gebet gebeugt, dann goß er sich Kaffee ein. Zu irgendeinem Zeitpunkt in seiner Kindheit, vermutete ich, hatte er gelernt, heißen Kaffee genauso zu trinken, wie er Suppe aß, mit einem Löffel, das schwarze Zeug in sich hineinzuschlürfen wie Fleischbrühe. So tat er auch jetzt; höchstwahrscheinlich eine Angewohnheit seines Vaters. Zwischen dampfenden Löffeln mit Essen fragte er:

»Glauben Sie, daß ich übertrieben vorsichtig bin?«

»Naja – ein kleines bißchen schon, ja.«

»Ich nehme an, Sie vertrauen anderen Menschen, ja *mögen* sie sogar, stimmt's?«

Ich war ein wenig überrascht über diese Frage. Wollte er sich über mich lustig machen? Ich lachte eine Sekunde zu spät. »Ja, das stimmt, Sir. Sie nicht?«

»Kein Stück. Noch nie. Ich glaube, sie waren noch nie real für mich. Nur ich bin real für mich. Sogar Sie sind nicht real für mich, Mr. Calhoun, aber ich glaube, Sie mögen mich ein wenig, also mag ich Sie auch.«

»Danke, Sir.«

Falcon brach ein Stück von seinem Zwieback ab. »Dein Bericht, mein Junge.«

Denken Sie bitte nicht allzu schlecht von mir, wenn ich Ihnen nun beichte, daß ich mich während der nächsten halben Stunde offenbarte. Ich verschwieg nichts. Fehlte es mir an Mut? Vielleicht mußte ich einfach nur reden. Vielleicht war ich im Grunde ein Feigling mit zwei Gesichtern und genauso schlimm, wie mein Bruder war, wenn es darum ging, aufsässige Sklaven an Master Chandler zu verraten. (Ich werde Ihnen von diesem Verrat erzählen, wenn Zeit dafür ist.) Wie man es auch nimmt, ich enthüllte ihm jedenfalls den Plan der Meuterer, ihn über Bord gehen zu lassen, nannte jeden einzelnen Meuterer beim Namen und beschrieb die zentrale Rolle, die sie mir bei dieser Übernahme zugedacht hatten, wobei ich die ganze Geschichte stockend und schluckend hervorsprudelte, weil ich Falcons jupiterhaften Zorn mehr fürchtete als ihren. Mehr als einmal hatten seine Wutanfälle dazu geführt, daß Männer sich, um sich in Sicherheit zu bringen, in den Ausguck geflüchtet hatten, worauf er sich an einen seiner Offiziere gewandt und gekichert hatte: »Die glauben, ich bin bekloppt.« Ich erzählte alles, wurde sogar gegen Ende lauter, weil die Schiffshunde draußen ein Heulen und Gezänk anfingen, lauter als je zuvor, wie Wölfe oder Kojoten. Als ich fertig war und aufsah, lächelte Falcon und fuhr sich mit dem Daumennagel zwischen den Zähnen umher.

»Also das ist ihr Plan. Sie glauben, es wäre die Lösung, wenn sie mich aussetzten? Hah! Hört, hört! Mich kann man nicht so *leicht* ausschalten, Mr. Calhoun. Nicht mal ich selbst.« Er schlug mit dem Löffel gegen den Behälter auf seinem Tisch. »Ich hab einmal versucht, mich umzubringen. Und das ist dabei rausgekommen. Die Kugel ist durch meinen Schädel nur abgeflacht worden. Nee, der Frieden, den sie wollen, ist unmöglich, ob nun Cringle am Ruder ist oder McGaffin oder ich.«

»Wie meinen Sie das?«

»Ich meine, daß nicht ich das Problem bin.« Anscheinend saß ihm der Patronengurt zu fest, nachdem er gegessen hatte; er nahm ihn ab und legte seine Pistole und die Schlüssel auf den Tisch zwischen uns, wodurch ich mich noch unbehaglicher fühlte. Ich versuchte, die Waffe nicht anzusehen, in der Angst, daß sie, angestarrt, losgehen würde. »*Der Mensch* ist das Problem, Mr. Calhoun. Nicht bloß Männer, sondern auch die Frauen, alles, was *denken* kann. Nun, warum sage ich etwas so Seltsames? Denke einen Augenblick darüber nach. Du bist ein Junge mit einiger Bildung, das merkt man bald. Hast du auch die Lehren von Ancillon, de Maistre oder Portalis studiert? Du erinnerst dich, jeder sagt, daß der Krieg göttlich ist und ebenso ein Kind unserer Seele wie Musik und Poesie. Damit ein Selbst handeln kann, muß es etwas haben, *worauf* sein Handeln sich richtet. Ein Nicht-Selbst – einige nennen dies Natur –, das Widerstand leistet, den Willen durchkreuzt und dem Handelnden ein *Nein* entgegenschleudert. Kann ich fortfahren? Nun, nehmen wir an, das Nicht-Selbst ist ein anderes Selbst? Was dann? So lange, wie jeder eine Situation anders sieht, wird es Gemetzel und Sklaverei und die Unterwerfung des einen unter den anderen geben, weil zwei Wahrnehmungen einer Sache niemals gleichberechtigt nebeneinander existieren. Warum nicht – ich frage dich ernsthaft –, wenn beide wahr sind? Bücher leben gemeinsam in der Bibliothek, oder nicht, Teresa von Avila neben Aristipp, Bacon neben Berkeley? Der Grund – die unwiderlegbare Wahrheit ist, daß jeder tief im Herzen glaubt, daß sein Glaube der *beste* ist. Tatsache ist, daß tief im Innern niemand demokratisch ist. Wir sind geheime Anarchisten, darauf wette ich. *Ouk agathón polykoiranín eis koíranos éstos.*

Wir glauben, was wir glauben. Und der endgültige Beweis für unsere Wahrheit ist Krieg auf fremdem Boden. Krieg im Vorgarten. Krieg im eigenen Schlafzimmer. Krieg im eigenen Herzen, wenn man zu sehr auf andere Menschen hört. Und in jeder Schlacht ist es der Glaube des Siegers, der zur Wahrheit wird, und der Eroberer, dessen Sicht die wahre ist.«

»Nein – nein, Sir!« sagte ich lauter, als ich beabsichtigt hatte. »Bei meinem Herzen, Sir, wenn irgend etwas wahr ist, kann es nicht unterdrückt werden, oder?, ganz gleich, ob alle Armeen der Welt Gewehr bei Fuß stehen, um es zum Schweigen zu bringen?«

»Du bist ein kluger Junge. Was glaubst du? Schwebt die Wahrheit dort draußen herum, losgelöst von den Menschen? Nun, sei ganz offen.«

»Nein, aber –«

»Konflikt«, sagte er, »*ist*, was es heißt, bewußt zu sein. Dualismus ist die verdammte Struktur unseres Geistes. Subjekt und Objekt, Wahrnehmender und Wahrgenommenes, das Selbst und der andere – diese uralten Zwillinge sind in unsern Geist eingebaut wie das Stevenstück in ein Handelsschiff. Wir können ohne sie nicht *denken*, Sir. Und was, wenn ich mir die Frage gestatten darf, kann das bedeuten? Nur dies, Mr. Calhoun: Sie sind Zeichen für einen transzendentalen Fehler, einen tiefen Riß im Bewußtsein selbst. Der Geist wurde zum Mord *geschaffen*. Sklaverei, wenn du dies zu Ende denkst und dich zwingst, nicht zurückzuzucken, ist das soziale Korrelat für eine tiefere, ontische Wunde.« Er konnte sehen, daß ich mich wand, und lächelte. »Sollen sie mich doch über Bord werfen. Noch bevor mein Dinghi außer Sicht ist, werden sie sich streiten und die Messer zücken, bis nur noch eine Teerjacke übrig ist. So sehe ich das.« Er stieß sich vom Tisch ab. »Planst du immer noch, den Rebellen dabei zu helfen, mich auszusetzen?«

»Nein.«

»Das heißt, du *unterwirfst* dich, oder?«

»Das heißt es wohl.«

»Siehst du, so ist das immer.«

An Deck knurrten die Hunde noch immer, als hätten sie etwas in die Enge getrieben. Ich saß einen Augenblick lang elend da und dachte, ich sei erledigt worden. Ich stank. Ich konnte mich selbst riechen und stand da, auf der Suche nach einem Gegenargument gegen Falcons dunklen Rat und seine Argumente, die mir den Kopf zerbrachen. Zu meiner ewigen Schande fiel mir nichts ein. Als meine Finger sich um seinen leeren Teller krümmten und über seine Schüssel strichen, dort verharrten, dann über seine Pistole fuhren, schlang er seinen Rock fest um sich.

»Glaub nicht, daß ich nicht dankbar wäre für das, was du mir erzählt hast. Du wirst belohnt werden. Brich morgen ein, wie du versprochen hast, aber laß meine Sachen so, wie sie sind. Ich werde ein paar Matrosen auf unserer Seite bewaffnen, und wir werden die Rebellen zusammen mit den Schwarzen im Laderaum anketten.«

»Das ist alles? Ihnen wird nichts widerfahren?«

»Ich werde sie freilassen. Sie werden natürlich ihre Anteile einbüßen, und ich werde ihnen allen wohl eine Bastonade verpassen, um den anderen eine Lektion zu erteilen. Aber ja, ich werde sie freilassen. Wenn alles gut geht, werde ich deinen Anteil am Kargo verdoppeln. Du wirst bald genug Mäuse haben, das verspreche ich dir. Es wird einen Bonus für den Fund geben, den wir da unten haben.«

»Können Sie mir verraten, was es ist?«

»Ich denke, das kann ich jetzt. Wir müssen nun keine Geheimnisse mehr voreinander haben.« Ein leiser Rülpser bahnte sich den Weg zu seinen Lippen. Die Hunde waren etwas leiser geworden, und in der nun folgenden Stille konnte ich nur noch ihr Winseln und Falcons Stimme hören, als er sich zu mir vorbeugte und mir mit einem gekrümmten Finger zu verstehen gab, daß ich meinen Kopf dem seinen nähern sollte. »Setz dich hier neben mich hin, Mr. Calhoun. Du solltest, was ich zu sagen habe, nicht im Stehen hören.«

FÜNFTER EINTRAG

30. Juni 1830

»Es ist ein Gott.« Falcon sprach mit leiser Stimme; er blickte sich verstohlen um, als ob die Möbel lauschen würden. »Wir haben einen afrikanischen Gott gefangen.«

Ich sagte nichts. Sie verstehen sicher warum.

»Oh, ich glaube keineswegs an heidnische Götter, aber ich weiß, daß dies hier anders ist als alles, was ich in den Staaten gesehen habe. Die Allmuseri verehren ihn seit der Steinzeit. Sie sagen, er hält alles im Universum in Bewegung. Er schläft niemals. Tag und Nacht arbeitet er, wie ein Weber – wie Rost oder wie ein Feldarbeiter in Alabama –, um dafür zu sorgen, daß Galaxien sich ausdehnen und daß Partikel, die vom Auge nicht unterschieden werden können, in ihrem endlosen, ziellosen Wirbel tanzen. Er ist die Hitze im Feuer, sagen sie. Die Feuchtigkeit im Wasser. Einmal im Jahr bleibt der gesamte Stamm die ganze Nacht über wach, damit er ruhen und anschließend sein Werk, den Kosmos zu erschaffen und wieder zu zerstören, wiederaufnehmen kann, um ihn erneut zu erschaffen, Zyklus um Zyklus. Wie die Allmuseri-Priester sagen, leistet er all dies mit nur einem Viertel seiner Kraft. Das allein genügt schon, um, sagen wir, die Photosynthese zu sichern und den Planeten auf seiner Achse zu halten. Vielleicht gebraucht er die anderen drei Viertel, um andere Universen, Parallelwelten und Gegenhistorien in Gang zu halten, in denen zum Beispiel du der Kapitän der *Republic* bist und ich der Gehilfe des Kochs. Natürlich sprechen sie nicht seinen Namen aus. Das dauert zu lange. Er hat tausend Namen. Auch stellen sie kein Abbild von ihm her. Alle Dinge sind sein Abbild: Stein und Sand. Herr und Sklave. Als Ahman-de-Bellah ihr Dorf vor zwei Monaten überfiel, fand er ihr Allerhöchstes in einem Schrein, denn wie der Gott des Alten Testaments gefällt es auch diesem, weit davon entfernt, in bloßem Schweigen zu verharren, sein Volk zu begleiten und mit ihm zu reden. Bei mir ist er ein gewitzter Gesprächspartner, das kann ich dir sagen, obwohl er zu Perioden des Selbstmitleids und der Depression neigt. Weiß ein bißchen von allem, aber natürlich nicht so, wie wir Dinge wissen, und scheint leicht amüsiert darüber, daß Ahman-de-Bellah ihn in Ketten gelegt hat.«

»Das kann man tun?«

»Ganz genau, mein Junge. War natürlich nicht *leicht*. Manchmal nimmt er körperliche Gestalt an, weißt du, wie du und ich. Aber nur für ein paar Sekunden hintereinander. Meistens ist er immateriell, so wie Götter und Engel sein sollen. Unkörperlich zu sein bedeutet, es kann jeweils nur *einen* Gott oder Engel geben – einen Thron, einen Prinzipal, einen Erzengel, denn es gibt nur einen formalen (keinen materiellen) Unterschied zwischen ihnen, so daß derjenige in der Hierarchie darunter die einzige Kreatur seiner Art im Universum ist – das Universum *ist*, wie die Allmuseri sagen.« Er hielt inne, räusperte seine trockene Kehle und hob einen Teelöffel Kaffee an seine Lippen. »Eine weitere Folge der Tatsache, daß er die meiste Zeit immateriell ist, ist, daß er keine der Wissenschaften verstehen kann, die auf Materie gründen, wie Geometrie. Hehe. Er kann keine Geometrie, verstehst du, weil er ein Gott ist.«

»Wollen Sie damit sagen, daß sogar ein Gott Grenzen hat?«

»Genau das sage ich. Und nicht nur Grenzen, mein Junge. Ich wage zu sagen, daß er sogar handfeste Widersprüche hat. Zum Beispiel kann ein Gott seine eigene Natur nicht kennen. Für sich selbst kann er nicht zu einem Gegenstand des Wissens werden. Erkennst du die Logik hier? Der Allmuseri-Gott ist alles, so daß die Erkenntnissituation, auf die wir Sterbliche uns verlassen müssen – eine Trennung zwischen Erkennendem und zu Erkennendem –, in seiner Erfahrung nie auftaucht. Du kannst sagen, empirisches Wissen ist Sache des Menschen, nicht die Gottes. Es ist unser Ruhm und Leid, eine Funktion der Dualität des Geistes, die ich eben erwähnt habe. Oh, es ist eine seltsame Kreatur, die wir da unten haben, Mr. Calhoun. Omnipräsenz bedeutet, daß er unsere Art von Wissen verwirkt hat. Omnipotenz bedeutet ironischerweise, daß er einen Stein erschaffen kann, der so schwer ist, daß er diesen Stein nicht heben kann.«

Nichts davon war mir verständlich. Sprachlos nickte ich trotzdem. Mein Gehirn hatte schon vor fünf Sätzen vollständig kapituliert. Konnte es sein, daß ich in einer Dimension parallel zu dieser ein Zwerg war, der in einem chinesischen Morgenrock dasaß, einem weißen Matrosen erzählte, daß er einen europäischen Gott gefangen hatte und der Laderaum unter uns gerammelt voll mit weißer Kargo war? Grotesk! Wenn man sich Gedanken wie diesen hingab, war das, als stünde man am Rand einer Klippe. »Käpt'n«, sagte ich und schluckte, »Sie haben einen Gott an Bord?«

»Du solltest mich nicht so anglotzen«, sagte er. »Sieht irgendwie schwachsinnig aus, Mr. Calhoun. Wir transportieren nicht bloß Allmuseri auf dieser Fahrt, wir bringen auch ihre Gottheit mit zurück. Ich wage zu behaupten, daß diese Fracht mindestens eine Fußnote in den Geschichtsbüchern wert ist, meinst du nicht? Besser als über Lemuren zu stolpern oder die Quellen des Nils zu entdecken. Die meisten Nationen würden eine ganze Stange Geld zahlen, um eine Kreatur wie diese zu besitzen. Aber er ist ein verschlagener Gauner, wenn man nicht aufpaßt.«

»Verschlagen, Sir?«

»Ich meine, was er mit Tommy O'Toole gemacht hat. Der Legende nach hat diese Kreatur hundert Mittel und Wege, um Menschen um ihren Verstand zu bringen. Es lockt sie in die Falle, lockt sie in den Himmel. Es ist Loki und Brer Rabbit in einem. Deshalb kommt ihm keiner nahe außer mir.«

»Und Sie, nehme ich an, sind immun gegen den Himmel?«

Er warf mir einen Blick zu, stand dann auf, legte seine Hand auf meinen Arm, um mich zu bitten, aufzustehen, und lotste mich dann nach draußen. »Mach es morgen so, wie ich gesagt habe. Erzähl niemandem, daß wir miteinander gesprochen haben – und, um Himmels willen, schau nach, was für ein Spuk in die Hunde gefahren ist.«

Ich schloß die Tür, indem ich mich gegen den Mittelpfosten lehnte und runzelte die Stirn (ich haßte es, wenn irgend jemand von »Spuk« sprach), den Kopf auf der Friesreling, und horchte auf das Blut, das in meinen Schläfen klopfte. Ich wartete auf meinen zweiten Furz. Er kam nie. Dann ging ich durch Nebelschwaden auf die Tierverschläge zu und hielt Falcons Tablett fest an meine Brust gepreßt, einfach nur, weil ich etwas Festes und Stabiles zum Festhalten wollte, hielt außerdem einen Schlüssel in der Hand, den ich von seinem Tisch gestohlen hatte. Ich konnte mir nicht helfen. Manchmal war das Stehlen eine nervöse Angewohnheit für mich, eine Form, Streß abzuschütteln und meine Hände beschäftigt zu halten. Und ich *war* nervös gewesen in seiner Kajüte, da so wenig auf diesem Schiff solide und verläßlich wirkte. Wenn ich, bevor ich Falcon alles anvertraute, nicht gewußt hatte, wem ich trauen konnte, so mißtraute ich nun meinen eigenen Augen und Ohren. Eine Gottheit im Laderaum? Ich schloß die Augen und zwang mich, die Folgen der Tatsache zu überdenken, daß das Wesen, das die Welt in Gang hielt, in die Hände eines amerikanischen Glücksritters gefallen war. Kein Entdecker konnte Falcon jetzt noch das Wasser reichen. Er hatte sich seinen tiefsten Wunsch erfüllt. Vom Vatikan bis zu politischen Kreisen in Virginia würde man ihm nachjagen, ihm vielleicht die Präsidentschaft anbieten oder sein eigenes Reich, von dem er seit der Revolution geträumt hatte. Wenn seine Ladung erst mal in Gewahrsam war, hinter Schloß und Riegel in irgendeinem College (oder wahrscheinlicher noch in einem Lager), würde sich die Geschichte ändern. Die Geschichte, so wie wir sie kennen, würde *enden*, denn es gäbe keine Grenzen mehr zwischen dem Weltlichen und dem Sakralen. Ich begann, mir selber Angst zu machen, und dachte, daß ich besser aufhören sollte. Götter erschienen erst, wie Reverend Chandler gesagt hatte, am Jüngsten Tag. Ich für meinen Teil wollte noch ein bißchen leben. Ich war erst dreiundzwanzig Jahre alt. Die Apokalypse würde in jedem Fall ein Hindernis für meine Karrierepläne bilden. Ich wollte, daß die Welt, wie ich sie kannte, böse und entstellt, wie sie war, noch eine Weile so *blieb*. Auf der anderen Seite, wenn Falcon nicht gelogen hatte, ergaben sich sofort ein halbes Dutzend Fragen, die ich demjenigen – wer oder was immer den Kosmos Sekunde um Sekunde erhielt – stellen wollte. Ich schüttelte den Kopf, um ihn klar zu kriegen, und schob mich weiter zu den Ställen vor, wobei meine zitternden Hände das Silber auf dem Tablett klappern ließen, denn ich konnte mir alle Konsequenzen aus Falcons Entdeckung nicht vorstellen oder welche Schocks mich als nächstes auf dem Meer erwarteten.

Ich bekam meine Antwort auf der Stelle.

Die Hunde heulten, wobei ihnen der Sabber aus den Mäulern wie Gischt tropfte, weil Meadows sie bösartig mit einer Nilpferdpeitsche schlug. Im Funzeln einer

Decklampe konnte ich erkennen, daß er meine Kleidung trug. Was mich fertigmachte, war, daß mein Hemd ihm besser als mir stand. Während er die Schiffshunde auspeitschte, sprach er mit ihnen in einer unverkennbaren Imitation von schwarzem Englisch und einem passablen Südillinois-Akzent, seine Rede war durchsetzt mit meinen verschrobenen, rhetorischen Wendungen, die ich mir in diesem Augenblick nie wieder zu verwenden schwor. Einen Augenblick lang war ich fasziniert. Es war, als beobachte ich einen Voodoo-Priester, der eine Locke von meinem Haar manipulierte. Der mit Nadeln eine Puppe, die für mich stehen sollte, durchbohrte. Meadows gelang es sogar, einige meiner körperlichen Eigenheiten nachzuahmen wie die Art, mit der ich mir an meinem rechten Ohrläppchen zupfte, wenn ich perplex war – ich bemerkte in dem Augenblick, daß ich es gerade tat, blickte zu ihm hin und schnappte nach Luft –, oder wie ich mir manchmal die Nase mit einem schnellen Zucken meines Daumens rieb, so wie ein Boxer: Gesten, die typisch Rutherford Calhoun waren und die den schäumenden Hunden nun mit intensiven, herzlosen Portionen Schmerz vermittelt wurden. Meadows schälte sich meine Kleidung vom Leib, ließ die Hunde ein letztes Mal daran schnuppern und danach schnappen; dann zog er eine Kniehose von Cringle über seine eigene und rollte die Ärmel auf. Wieder peitschte er sie und schraubte seine Stimme zu den höheren Registern hoch, damit er wie der Erste Offizier klang, der Anweisungen erteilte. Es haute mich um, zu sehen, wie Meadows verschwand und eine vernichtende Karikatur von Peter Cringle auftauchte, auf seine kruden Eigenschaften zusammengestrichen. Der Bader war ein geborener Mime. Da er jeden Matrosen medizinisch kannte, verlieh ihm das, so nahm ich an, die Gabe der brutalen Satire. Nachdem er ihnen den Schritt von Cringles stinkender Hose in die Nase gerieben hatte, um ihnen seinen stärksten Geruch einzutrichtern, wickelte Meadows einige wenige Beispiele von farbenprächtiger afrikanischer Kleidung – Abo Po und Abada – um seine breite Taille, verteilte eine weitere, schmerzende Runde von Schlägen und sprach diese eindringlichen Worte, die Allmuseri-Männer und -Frauen gebrauchten, wie ein Duft, der in die Luft gehaucht wird. Für die Hunde aber waren dies hassenswerte Worte, verknüpft mit zwanzig Hieben. Sie würden sich, die Fänge entblößt, ohne einen Gedanken an die eigene Sicherheit auf jeden stürzen, der Allmuseri sprach, sich die Stirn kratzte wie Cringle oder die Sprachen von Haus und Feld, Straße und Seminar mischte, wie ich es oft tat.

Schweiß tropfte fingerdick von Meadows' Gesicht, sein Peitschenarm schmerzte, und er rieb ihn, schaute sich dann um in meine Richtung. Ich preßte mich zwischen dem Toppsegelpoller und dem Fockmast auf den Boden, und auf meinem Rücken bekam ich eine Gänsehaut. Er zuckte mit den Schultern, griff nach seinem Wäschekorb und machte sich auf den Weg zum Back. Es dauerte Minuten, bevor ich mich wieder rührte. Mein Kopf war schwindlig. Ich war mir nicht sicher, was ich da eigentlich erlebt hatte. Aber ich wußte, was es bedeutete. Dies war kein Schiff; es war ein Sarg. Der folgende Tag würde eine Katastrophe bringen, weil Meadows dem Alten einen Schritt voraus war, da er Falcons Parteigängern eine lebende Waffe für den Fall an die Hand gab, daß die Meuterer die Waffen des Schiffes zu fassen kriegten oder die Afrikaner nicht in Zaum gehalten werden konnten. Daß er Cringle zur Zielscheibe machte, damit er zerrissen wurde, verstand ich. Aber warum mich? Waren hier alle Treuebekenntnisse bloße Lüge? Wir würden auf den Meeresboden versenkt werden, wenn nicht ohne Wissen dieser Parteien jemand einen Trumpf ausspielte, eine Karte ausspielte, von der keiner wußte, daß sie existierte.

Ich begriff, daß ich diese Trumpfkarte in der Hand hielt. Bevor ich aber irgend etwas tun konnte, mußte ich mich ausruhen. Um zu der Küche zurückzukommen, war ich gezwungen, langsam nach achtern, über und um menschlichen und nautischen Abfall herum, zu steuern, mit dem das Mitteldeck des Schiffs an der Backbordseite übersät war. Der Sturm hatte unten einige Kojen überflutet. Also brachten mehrere Matrosen ihre Sachen an Deck, um neben Sklavenfrauen und den Kindern unter freiem Himmel zu kampieren. Mit Leibern übersät, mit Holzkisten, die zuvor aufgeplatzt waren und deren Inhalt in der ganzen Gegend verstreut lag und mit herabbaumelnden Segelfetzen bedeckt, wirkte der eingesunkene Teil der *Republic* von der Pinne bis zum Heck wie ein behelfsmäßiges Flüchtlingslager, wie ein stinkender, chaotischer Streifen von Bidonville, wo die Verletzten und die Kranken wild durcheinandergewürfelt waren. In vom Dunst gemilderten Licht konnte man Meuterer, Afrikaner und Vollmatrosen nicht unterscheiden. So kurz, wie dieser Augenblick vielleicht währte, waren keine unterschiedlichen Ränge unter der Gesellschaft auf dem Schiff mehr erkennbar. Konnten diese Menschen einander nach Sonnenaufgang noch abschlachten, wie einige planten? Es schien kaum möglich. Oder notwendig. Auf dem Wasser, Wegstunden entfernt von jeglicher Kultur oder Zivilisation, sah ich keinen Sinn darin, die Verrücktheiten vom Leben an Land fortzusetzen. Das Meer hatte einiges davon nur für einen Augenblick fortgespült. Niemand hatte die Kraft, die Götzen des Stammes oder der Höhle hochzuhalten. Sogar die Hühner in ihren Käfigen waren müde. Von Zeit zu Zeit sprühten Wände von Gischt aufs Deck, Regenfällen in New Orleans während des Frühlings vergleichbar, an die ich mich erinnerte, die erfrischend und kurz waren und genauso plötzlich wieder fort. Unsere Segel schliefen. Unter einer feuchten Decke schlief

McGaffin neben dem Schiffsjungen. Ein chinesischer Matrose und Ngonyama, der wachhabender Offizier für diese Nachtwache war, verbanden den Arm eines Ruderers, der im Sturm verletzt worden war. Cringle döste mit Squibbs Papagei auf seiner linken Schulter. Er hatte sich mit dem Rücken an das Obergeländer gelehnt, beide Augen geschlossen, und sein Kopf lag ganz auf seiner rechten Schulter. Ich sah, daß er schwitzte. Die Armbeugen seines Mantels waren feucht, was seltsam war. Alles war nun kühler um acht Glasen und, seit Meadows die Ställe verlassen hatte, still bis auf ein gelegentliches Husten und das Geräusch des Meeres, das die Geräusche, die wir machten, wie ein Schwamm absorbierte, ja trivialisierte. Mannschaft und Kargo, so erschöpft – durch die Ereignisse und die eigenen heftigen Emotionen –, schienen es zufrieden, eine Weile in den verschiedenen Posen der Ermüdung beisammenzuliegen, kaum noch in der Lage, einen Finger zu heben, als ob sie erfroren wären oder Soldaten, die sich nach einer Schlacht hatten fallen lassen, zu durchnäßt und abgestumpft, um mehr zu tun, als auf ihre eigenen Lungen zu horchen; und das fragile, zarte Seufzen des Ein- und Ausatmens in jedermanns Brust war nur der feinste der Laute neben dem Gemurmel der Wellen und dem Wind des Atlantiks.

Ich kam durch die Luke und hielt das Tablett mit einer Hand vor mir. Squibb, der auf dem Küchentisch ruhte, erhob sich erwachend, als er mich hörte, schwang die Füße über die Seite und blies die Laterne überm Kopf wieder an, so daß sie hell aufleuchtete. Er streckte sich wie ein Bär aus, dann gähnte er und hielt sich die linke Hand vor den Mund. »Hörte sich an, als hätte der Sturm die Hunde total erschreckt.« Ich beschloß, nichts über die Hunde zu sagen; Meadows hatte Squibb in die Sache nicht mit einbezogen. Dann wanderten meine Blicke in die Ecke und zu Baleka, die im Schlaf wunderschön zerzaust war. In ihrer linken Hand hielt sie ein leeres Weinglas, eins von Falcon, aus dem sie gern Wasser trank oder Ziegenmilch, womit sie die Crew nachahmte, die sich um ihren Verstand soff. Ähnlich wie andere Kinder, die ich gesehen hatte, wirkte sie knochenlos in ihrem Schlaf, ihr Körper schien schlaff, eine Hand (die rechte) lag auf ihrer Stirn wie bei einer Dame der Gesellschaft, die gerade in Ohnmacht fällt. Aber sie atmete nicht gleichmäßig. Als ich mich herunterbeugte, um ihr einen Kuß auf die Stirn zu drücken, sah ich dunkle Flecken auf ihren Wangen.

»Sie ist ein hübsches Mädchen«, sagte Squibb. »Ich wollte nicht zu viele Decken über sie breiten.«

»Wohl nicht«, sagte ich. »Sie ist ganz heiß. Ist sie aufgewacht, während ich weg war?«

»Einmal. Ich hab ihr ein Glas Milch gegeben. Hör zu, Fletcher ist vor einer Minute dagewesen und hat mir seine Seekiste gegeben. Sagte, er bräuchte sie nicht mehr, da sowieso alles zu Ende ginge. Er kratzte an ein paar Stellen auf seinem Arm herum, die so aussehen wie ihre. Ich denke, sie hat die ganzen Jungs angesteckt, als die hier waren. Wie fühlst du dich, Illinois?«

»Ich habe das Gefühl, ich bin schon so lange auf diesem Schiff, daß mir Schwimmflossen zwischen den Zehen wachsen ...«

Squibb änderte vorsichtig seinen Tonfall, um mich zu trösten. »Manchmal bringen die Sklaven ihre Krankheit mit. Sie leben nicht sehr lange. Wir leben weiter, um Schlimmeres zu sehen und davon zu berichten. Aber« – er zwinkerte – »es ist nicht so schlimm, wenn du dein Testament gemacht hast. Hast du Familie unten in Makanda?«

»Einen Bruder, wenn man ihn so nennen kann.«

Er merkte, daß meine Stimme schwankte, wann immer ich von Jackson sprach, und er hielt inne. »Zwischen euch gibt's Spannungen, was.«

»Das kann man wohl sagen.«

»Naja, das ist schade, besonders da deine Verwandtschaft ja alles kriegt, was du hinterläßt.«

Der Gedanke ließ mich gequält auflachen. »Du kennst ihn nicht. Seinetwegen *hab* ich nichts zu vererben, Josiah.«

»Er hat dich darum gebracht?«

»In gewisser Weise ja.«

Als ich nichts mehr sagte, fragte er schließlich: »Erzählst du mir davon oder muß ich auf deine Biographie warten?«

»Nein.«

»Du wirst dich besser fühlen, mein Lieber. Komm schon. Hat doch keinen Sinn, so alte Fracht mit sich rumzutragen. Du hast doch die ganze Zeit den Leuten erzählt, daß er dich betrogen hat. Ist es nicht so?«

»Mich, ja – bloß mich.«

»Hat dich nicht gerade wie einen Bruder behandelt, willst du das damit sagen?«

»Ja. Ich meine, nein! Er hat jeden gleich behandelt, und genau das war das Problem! Verwandtschaft hat ihm nichts bedeutet. Erinnerst du dich an diese seltsame Blume, die wir in Senegambia gesehen haben? Hab vergessen, wie die heißt, aber einer der Jungs wies darauf hin, was für einen wunderbaren Duft sie spendete, wenn man sie bewunderte und die Blätter dicht an die Nase hielt. Und daß sie, wenn man sie überhaupt nicht beachtete und mit dem Stiefel drauftrat, wie ein Geschenk das gleiche bemerkenswerte Parfüm anbot. Erinnerst du dich?«

»Ja.«

»So ist Jackson.«

Squibb nickte. »Du denkst viel über ihn nach, oder?«

»Zuviel. Und jedes Mal ist es anders. Ich denk immer wieder über das nach, was er gemacht hat, und aus so vielen unterschiedlichen Blickwinkeln, daß es überhaupt keinen Sinn mehr ergibt. Er ist wie Ngonyama oder Baleka dort. Ich wußte das nicht, bis der Käpt'n sie an Bord brachte. Teufel, Squibb, er könnte aus ihrem Stamm sein, soweit ich das beurteilen kann.«

»Aber dann wärst du doch auch einer von ihnen – oder nicht?«

Das bezweifelte ich aber. Je mehr ich darüber nachdachte, desto weniger wirkten die Allmuseri auf mich wie ein Stamm, biologisch genommen, sondern mehr wie ein Clan, der von bestimmten Werten zusammengehalten wurde. Von einer bestimmten Vision. Jackson hätte gut einer ihrer Priester sein können. Wider besseres Wissen ließ ich mich von Squibb dazu beschwatzen, über Master Peleg Chandler zu reden, seinen letzten Willen und den Tag meiner Freilassung, an den ich mich sehr gut erinnern kann, weil wir die einzige Familie waren, die er hatte. Er war ein Tabakpflanzer, der auf Südillinois-Erde lebte, die sein Urgroßvater selbst gerodet hatte, ein schmerzhaft schüchterner Mann aus einem alten Geschlecht von frommen Siedlern, kein Mann, der in die Politik ging oder auch nur seine Stimme beim Gespräch erhob. Seine Tochter Maggie starb mit sieben an Scharlach; seine Frau Adeline erlitt einen tödlichen Sturz vom Pferd. Daher waren Jackson, der Chandlers Gehilfe und Krankenschwester war, seit er holen und tragen konnte, und ich prädestiniert, alles zu erben, was er hatte. Eines Morgens – den 23. Mai 1829 – kündigte es sich an, daß er sich seinen Sklaven gegenüber für all die Jahre ihres hingebungsvollen Dienstes erkenntlich zeigen wollte. Unter seinen Besitztümern befand sich ein geräumiges, hübsch mit Fachwerk versehenes Herrenhaus, mit robusten, schweren, soliden und immer noch hellen Kiefermöbeln, und Ländereien, die wunderschön waren im Frühling, woran Wälder voller Beeren und Bäume, die in Blüte standen wie ein halbes Hundert Blumensträuße, grenzten. Im Haus befanden sich gläserne Bücherschränke, eine Viertel Wendeltreppe mit einem Treppenabsatz und gut gefüllte Schränke in einer Küche voller DeGroot-Silberzeug. Seine Ställe standen voller Morgan-Pferde und Appaloosa; er besaß Berkshires und dünnschwartige Schweine und eine Unzahl Beteiligungen bis in die Hauptstadt in Springfield. Nein, es war uns nicht allzu schlecht ergangen, ich schäme mich fast, das zu sagen, und Jackson machte das auch Sorgen, denn nun schien es so, als würden wir nie Mangel haben, wenn er uns in seinen letzten Willen mit einbezog, was er, wie ich wußte, tun würde, denn in meinem Bruder vereinigte sich in seinen Augen alles Gute, was es überhaupt in der Welt gab.

(Squibb zwinkerte mir zu mit einem geschlossenen Auge. »Du spinnst kein Seemannsgarn, oder?«

Ich versicherte ihm bei Gott, daß dies die reine Wahrheit war.)

Wir konnten sehen, daß er in jenem Frühling sterben würde – oder jedenfalls dem Tod verdammt nahe war. Er war natürlich nie wirklich gesund gewesen, mit Tuberkulose und seltsamen Blutwerten, die seiner Haut manchmal eine schwach graue Färbung verliehen. Baumwollähnliche Büschel grauen Haars sprenkelten seinen Kopf, als hätte er sich gerade durch ein Feld voller Löwenzahn gewälzt. Außerdem war er auf dem rechten Ohr schwerhörig und fast taub auf dem linken, und jedes Jahr war seine Stimme ein Stück lauter, da sein Gehör schlechter wurde. Master Chandler hatte immer ein Hörrohr bei sich. Wenn es ihn ärgerte, was man sagte, dann hob er das Hörrohr nicht an sein gutes rechtes, sondern an sein schlechtes linkes Ohr, und verurteilte einen damit wirksam zum Schweigen, indem er lächelte und anscheinend zustimmend nickte. In seinem Alter machten ihn sexuelle Phantasien nur noch melancholisch. Er hörte Jackson stundenlang unten im Salon zu, wie er die *Matthäuspassion* oder Beethovens a-moll-Quartett spielte – jenes tiefe Werk der Entsagung. Ein komischer alter Mann, muß ich wohl sagen, mit der

Seele eines Zölibatärs oder eines Liebhabers der Kontemplation. Dennoch war er, fast ohne Einschränkung ein fairer, einfühlsamer und gutartiger Mann, soweit man das von Weißen erwarten kann. Man findet in ganz Nordamerika, wenn man es auch von Nord nach Süd durchkämmt, kaum einen zurückhaltenderen Sklavenhalter als ihn – der uns geerbt hatte und die Peinliche Ordnung haßte –, und wir wußten, daß die Vorsehung es mit uns weitaus schlechter hätte meinen können.

Wie so oft bei kranken Menschen, die keine Erleichterung bei Quacksalbern und Landärzten finden, wandte er sich der Theologie zu und fand in Thomas und dem Pseudo-Dionysos einen Trost, der seine Pilgerfahrt durch eine zerbrochene Welt leichter machte. Obwohl er an sein Krankenzimmer gefesselt und nervenzermürbenden Schmerzen ausgesetzt war, litt er fröhlich, las wieder und wieder Jan van Ruysbroecks *Blumen aus einem mystischen Garten* und machte sich Notizen auf Papierstreifen, die er von Zeitungen und Magazinen abgeschnitten hatte (er haßte jegliche Verschwendung). Lange Passagen aus diesen Werken ließ er sich von Jackson und mir vorlesen, so wie er uns auch auswendig die Worte des englischen Mystikers William Law herunterrasseln ließ: »Liebe ist unfehlbar; sie kennt keinen Irrtum, denn alle Irrtümer sind Mangel an Liebe.« Was er nicht über Theologie wußte, war, denke ich, auch nicht wissenswert. Dennoch wußte er auch eine Menge seltsamer Obskuritäten – Fetzen zweifelhafter Gelehrsamkeit, wie zum Beispiel, wieviel Bereiche es in der Hölle gab (vier), die Zahl der Teufel dort (7 405 926), und all dies gab er an seine Diener weiter, die Calhoun-Brüder, wenn wir uns um ihn kümmerten.

Es ist wohl nicht nötig, wenn ich sage, daß ich mir hier keinen ewigen Vorrat anlegte. Aber Jackson lauschte. Einige der Ansichten des alten Mannes bewunderte er (aber nicht alle). Er nahm die Rolle des Dieners ernst, aber erst, nachdem er sie umdefiniert hatte, sie sogar gegenüber den diversen Vorstellungen des Südens abgewandelt hatte, bis er zu Chandlers zuverlässigstem Verwalter auf der Farm geworden war. Er hatte, daran erinnere ich mich, einen nicht ganz geheuren Umgang mit dem Vieh. Mit Vögeln war es sogar mehr als nicht ganz geheuer, es war geradezu staunenswert. Jackson streute eine Pfanne voll harter Brotkrumen im Garten aus, nachdem wir gegessen hatten, ging dann wieder ins Haus und saß am Fenster. Minuten später war der Garten bedeckt mit Vögeln von Gott weiß woher, eine ganze Voliere, die so gedrängt voll war, daß er auf ihnen hätte gehen können, wie ich immer glaubte, wenn er nur gewollt hätte. Sie erlaubten ihm, sich auf sie zu legen – er war so sanft, so selbstlos –, und dann flogen sie wieder in Formation davon wie ein fliegender, gefiederter Teppich. Ja, er hatte seinen besonderen Zugang zu Vögeln. Und auch zu Pflanzen. Ein bloßes Augenzwinkern von ihm ließ sie erblühen.

Er war, das sollte ich erwähnen, acht Jahre älter als ich, und so wuchsen wir genaugenommen nicht zusammen auf, und bis zum heutigen Tage kann ich nur vermuten, was ihn wirklich bewegte. Bis zu einem gewissen Grad betrachtete er mich als ein weiteres Kind, auf das er aufpassen mußte, damit es aß und sich nicht umbrachte, indem es auf Bäume kletterte oder zu dicht beim Brunnen spielte. Und wer war unser Vater? Wie sehr ich wünschte, das sagen zu können; er floh aus der Sklaverei, als ich drei Jahre alt war. Ich habe fünfzehn Jahre lang die Gesichter von schwarzen Männern auf Illinois-Farmen und -straßen abgesucht in der Hoffnung, diesen Mann namens Riley Calhoun identifizieren zu können, zunächst, um ihm meine Meinung zu sagen, gefolgt von den Schlägen, die er reichlich verdiente, weil er seine persönliche Freiheit so egoistisch genoß, nachdem unsere Mutter Ruby gestorben war, und mich so der Fürsorge eines Bruders überließ, der ein Negativ meiner selbst war. Er war (für mich) das mögliche Ich, das die anderen Möglichkeiten meines Lebens auslebte, das Ich, vor dem ich floh. Ich. Und doch nicht ich. Ich, wenn ich nachgab. Ich, wenn ich aufgab.

Lassen Sie mich das erklären.

Mein älterer Bruder, der groß war – vielleicht einsneunzig in seinen Strümpfen –, mit einem dicken Schnurrbart, der wie eine Schuhbürste aussah, einem Julius Cäsar-Haarschnitt und Sommersprossen auf der Stirn, hatte unseren Vater gekannt und durchschaute viel tiefer, als ich es je konnte, die Rituale von Farbe und Kaste. Er sprach voller Zuneigung von unserm Pa, wünschte ihm alles Gute, wo auch immer er hingelaufen war, aber er konnte ihm nicht vergeben, daß er uns unserm Schicksal überlassen hatte, um seine eigene Haut zu retten. Riley schickte niemandem, um uns zu holen. So weit wir wußten, arbeitete er nicht, um uns freizukaufen, oder lebte in der Nähe mit Indianern, wie es einige schwarze Männer taten, welche die Farmen heimsuchten, um sie zu plündern und die Sklavenhalter niederzuschießen, wie die Kolonisten es mit den Briten taten. Nein, er war einfach abgehauen. Ich weiß, daß Jackson lange über dieses Dilemma brütete: In der Sklaverei bleiben, um denen zu dienen, die einem am nächsten waren, oder fliehen. Weglaufen oder das Beste aus einer schlechten Lage machen. Es ehrt ihn, daß er blieb und mir dadurch das Gefühl gab, wenigstens *etwas* Familie zu haben. Andere Sklaven aber betrachteten seine Entscheidung als servil. Manchmal sah ich es selbst auch so. Ob er nun recht hatte oder nicht, er hielt es für möglich, seinen Leuten zu dienen, indem er demütig zur Stelle war, wenn sie ihn brauchten – auch Weißen, wenn sie nicht zu böse waren, und er war unfähig, irgend etwas aus seinem Herzen auszuschließen. Es kann, so wie ich es sehe, keinen anderen Weg geben, um zu enträtseln, warum mein Bruder, mehr als jeder andere Leibeigene, Reverend

Chandler generell treu war, ihm jeden Morgen die Kleider rauslegte, ihm das trockene, spröde Haar kämmte, ihm das abendliche Fußbad richtete und genauso regelmäßig seine festgelegten Aufgaben für die anderen Diener erfüllte und jedem bei Todesfällen und Krankheit zur Seite stand; Jackson war ein Sonntagsprediger in den Sklavenvierteln, ein Bild von Anstand und Sitte, doppelt so geduldig wie der heilige Franz. Wie Sie sich schon denken können, war ich *sein* Schatten-Ich, der Parasit der Gesellschaft, der schwarze Einbrecher und Weltmann – in dem er, das sagte er jedenfalls, unseren entflohenen Vater wiedererkannte. Er schämte sich für Riley Calhoun. Und für mich. Als er an jenem Samstag im Mai hörte, daß unser Herr dem Tode nahe war, holte mich mein Bruder aus der Korntonne in Chandlers Scheune, wo ich es gerade geschafft hatte, meinen Zeigefinger in ein ziemlich süßes Negermädchen mit einer Zahnlücke namens Dorothy zu stecken, die Tochter unserer Wäscherin. Er warf mir einen traurigen, strafenden Predigerblick zu. Ich zwängte mich in meine Sachen, fegte Heu von meinen Kalbslederstiefeln und meiner Bauernkappe, klopfte Dorothy auf die Wange, dann folgte ich ihm den Fußpfad zum Hause hoch.

An diesem Tag, von dem ich spreche, war Master Chandler alt und lebenssatt. So bleich wie ein Pastinak. Wenn ich mich recht erinnerte, regnete es Katzen und Hunde. Ist das nicht immer so an einem Tag der Düsternis? Und nie bin ich hinter meinem Bruder so langsam die Treppe zur Kammer im Obergeschoß hochgestiegen. Ein Teil von mir liebte meinen Bruder. Ja. Aber wir kamen nicht miteinander aus und hatten auch nicht die gleichen Ansichten. Wenn man ganz unten – in der Sklaverei – geboren wird, hat man nur zwei Möglichkeiten: direktes Aufwiegeln oder zäher Kampf für Reformen. Ich entschied mich für das erste und brachte meinen kindischen Haß gegen die Kolonisierung in jungenhaften Streichen und »Unfällen« zum Ausdruck (indem ich einmal Pelegs Scheune anzündete, Gegenstände zerbrach, klaute, log, fluchte, mich in schlechte Gesellschaft begab, mich nicht wusch, mich prügelte, all das, was »Problemkinder« normalerweise tun), aber im Kontext des alten Südens, für einen schwarzen Jungen in Makanda, waren sie wirklich kleine Akte der Revolte – Schläge gegen das Empire –, obwohl ich zu dem Zeitpunkt zu jung war, um sie beim richtigen Namen nennen zu können. Diese Dinge tat Master Chandler als jugendlichen Leichtsinn ab, dann, später, als unausrottbaren Teil des »Negercharakters«. Aber Jackson ging den anderen Weg: Ein braver Neger war er, ein Junge, der zur Kirche ging und jeder meiner verantwortungslosen Taten mit einer selbstlosen Tat begegnete, als ob er mich beschämen wollte oder jeder bigotten Lüge über die Schwarzen einen Gegentext entgegensetzte und damit der sklavenhaltenden Welt sagte: »Nicht einmal dies kann mich stolpern lassen.« Wenn es das war, worauf »ein farbiger Gentleman« zu sein hinauslief, dann wollte ich damit erklärtermaßen nichts zu tun haben.

Und zeigen, daß ich diesen vollgestopften, niedrigen Raum haßte. Ich wollte auch nicht in Chandlers Gesicht sehen, als das Licht dort flackerte und dann verlosch. Sein Kinn hing herab wie ein Truthahnkehllappen. Sein Mund war fischig, ganz Schrunden und Falten, eingefallen, und seine trockenen Lippen eingesunken, als wären seine Gaumen zusammengewachsen. Als er ihn sah, seufzte Jackson tief. Halb aus Irritation, halb aus Mitgefühl. Er setzte sich zu ihm ans Bett, dann goß er ihm Wasser aus einem Schuhnagelglas ein. Obwohl mein Bruder Stunden in diesem Krankenzimmer verbrachte (Chandler hatte eine Klingel auf seinem Nachttisch, mit der er läutete, um Jackson zu rufen, und bis zu diesem Tage erinnert mich der Klang jeder Glocke an die in seinem Schlafzimmer), fühlte ich damals nur, wie bedrückend es war. Es gab keine Fenster. Die Luft darin war gelb, der Fußboden feucht. Es roch ekelhaft nach Medikamenten, Salben und Desinfektionsmitteln. Draußen heulte der Wind und rüttelte an den Riegeln und Scharnieren der Türen im Erdgeschoß. Das Gebälk im Zimmer bebte.

»Sir.« Jackson beugte sich zu Chandlers Eisenbett herunter, dann wandte er seinen Kopf von dem Gestank ab. »Erkennen Sie mich?« Er setzte sich auf einen bemalten, feingeflochtenen Sessel, faltete seine dunklen Hände. Schwach holte der alte Mann tief Luft. Er schien rührend froh, meinen Bruder zu sehen, der sagte: »Rutherford ist auch hier.«

Reverend Chandler runzelte die Stirn, dachte vielleicht daran, wie sehr ich ihn enttäuscht hatte, daß ich aus ziemlich leichtem Holz geschnitzt war und bleiben würde. Der Blick, den er mir zuwarf, war streng. Ich blieb in respektvollem Abstand von seinem Bett stehen und beobachtete sie von einer Seite.

»Wollten Sie uns sehen?«

»Bring mir die Bibel. Und etwas zum Schreiben ...«

Er hustete elendig. Sein Atem ging laut. Jackson kam von einem Tisch auf Böcken in der Ecke zurück, brachte das Buch und einen Gänsefederhalter, was er unserm Herrn übergab. Langsam begann Chandler unsere Namen neben die von Maggie und Adeline auf die zerschlissenen, abgenutzten Blätter des Buches zu kritzeln.

»Ich hätte dies schon vor Jahren tun sollen, wenn ich sehe, wie ihr hier die Dinge für mich und andere in Gang gehalten habt, als ich nicht mehr konnte ...«

Jackson verbeugte sich förmlich, den Blick auf die blitzblanken Schuhschnallen gerichtet. »Als Ältester war es meine Pflicht.«

(Um Himmelswillen, dachte ich, mach *weiter* mit dem verdammten Testament! Schon am nächsten Morgen, stellte ich mir vor, würde ich den Tag mit einem Frühstück aus Eibrot beginnen; bis Mittag schlafen, bis zur Dunkelheit jagen, ein Paar Kniebundhosen und eine modische Kappe tragen, dann zum Abendessen geräucherten Lachs aus England essen und eingelegtes Fleisch aus Frankreich.)

Master Chandler lehnte sich zurück. Jackson richtete die Nachtmütze auf seinem Schädel, der so dünn wie eine Eierschale wirkte. Ich zitterte, da die Kühle im Zimmer von mir Besitz ergriff. Nach einigen Augenblicken kam Chandlers Atem wieder: »Von heute an lasse ich euch beide frei, wenn ihr gehen wollt.« Ich trat näher und lauschte mit jeder Fiber, als Jackson den Kopf unseres Herrn anhob, um sein Kissen zu richten. »Aber Jackson – guter Jackson – lieber Jackson«, flüsterte er, »laß uns zur Sache kommen. Du *bist* der Älteste, und ich wage zu sagen, ich bin in deiner Schuld. Was immer du für dich willst und für Rutherford, gehört dir. Sag mir, wie ihr belohnt werden wollt, und ich werde dafür sorgen, daß du es bekommst.«

Ich seufzte vor Erleichterung, im Glauben, daß all unsere Last uns von den Schultern genommen war. Aber mein Bruder blickte schmerzerfüllt auf. Noch niemals hatte ihn jemand gefragt, was *er* wollte. Er zögerte. Ein Knoten bildete sich in meiner Kehle; ich wollte sprechen, aber Chandler fuhr mit der Hand durch die Luft, um mir das Wort abzuschneiden.

»Hast du denn *keine* Wünsche, Jackson?«

»Oh doch, natürlich«, sagte Jackson. »Ich habe darüber nachgedacht, Sir. Es gibt so vieles, was meine Leute brauchen.«

»Es gibt eine Menge, das *ich* brauche«, sagte ich.

Jackson warf mir einen strafenden Blick zu, dann schloß er die Augen, um sich auf seine Worte zu konzentrieren. »Ich weiß, daß auch Rutherford darüber nachgedacht hat. Aber es kommt mir nicht *recht* vor, für mich selbst um etwas zu bitten. Ich *könnte* um Land bitten, aber wie kann irgend jemand, auch Sie, Sir, etwas *besitzen*, wie etwa die Bäume draußen? Oder nehmen Sie diesen Krug hier. Es ist ein schöner Gegenstand, das ist mal ganz klar, aber er gleicht irgendwie den Quilts, die die Frauen machen, wissen Sie, die, bei denen jede in den Vierteln einen Stich hinzufügt oder eine Blume dazustickt, so daß das fertige Tuch mehr ist als jedes einzelne Stück davon. Nun, ich habe darüber nachgedacht, Sir, und ich frage mich: Was ist denn *nicht* so? Nichts kann allein stehen. Es hat eine Million Jahre gebraucht, denke ich, damit das Kupfer und der Zinn in dem Krug zusammenkommen konnten, um dieses Zinngeschirr zu werden. Es bedurfte der Sonne, der Jahreszeiten, des Metallarbeiters, seiner Familie und seiner Ahnen und des Ganzen der Schöpfung, so scheint es mir, Sir, um diesen einen Krug zu formen. Wie kann ich sagen, daß ich so etwas *besitze*?« Er blickte finster drein, um mich daran zu hindern, ihn zu unterbrechen. »Ich bin sicher, ich spreche für uns beide, Sir, wenn ich sage, daß der Grund und Boden und die Erträge dieser Farm gerecht unter all Euren Dienern und Landarbeitern verteilt werden sollten, die jetzt und früher für euch gearbeitet haben, denn ihre Arbeit half doch, alles zu schaffen – stimmt das nicht? –, daß das fest angelegte Kapital unter Sklaven im ganzen Bezirk verteilt wird – ich kann Ihnen die Namen geben –, und was dann noch übrig ist, dem College in Oberlin gestiftet wird, das Negern hilft, nach Norden zu kommen.«

»Es wird für dich und Rutherford dann aber weniger übrigbleiben«, sagte Chandler.

Mein Bruder nickte. »Unsere Bedürfnisse sind gering, Sir, oder sollten es sein.«

»Jackson!« Meine Stimme überschlug sich. »Du Idiot!«

»Das ist *genug*, Rutherford.« Eine tiefe Furche durchzog das runzlige Gesicht von Master Chandler. Er tätschelte Jacksons Hand, dann warf er mir einen verdrießlichen, mißbilligenden Blick zu. »Du tätest besser daran, mein junger Gestrauchelter, deinen leichtsinnigen Lebenswandel zu beenden und dich zu bessern, indem du dem Rat deines Bruders folgst. Er ist sehr weise für sein Alter. Reichtum, weißt du, ist nicht, was ein Mann hat, sondern was er *ist*, Rutherford. Dein Bruder, wage ich zu sagen, ist eine Inspirationsquelle für mich gewesen.«

»So, wie Sie es für mich gewesen sind, Sir«, sagte Jackson.

Der Boden unter meinen Füßen schien wegzubrechen. So sehr ich es versuchte, ich konnte mich nicht rühren. Sie saßen dort endlos beieinander, machten sich Komplimente und lächelten sich an. Ich hätte sie beide erwürgen können. Ich wollte alles zusammenschmeißen. Statt dessen entwich ich aus dem Zimmer, fühlte mich verlassen und leer und fragte mich, ob ich je in dieser Welt weiterkommen würde. Ich brauchte fünf Tage, um nicht mehr zu zittern. Für den Rest meines kurzen Aufenthaltes auf Chandlers Farm, bevor ich mich nach Süden Richtung New Orleans aufmachte, war ich wütend auf alles, was sich bewegte.

Es war fast Tagesanbruch. Josiah Squibb saß da und starrte vor sich hin, mit erhobenen Augenbrauen. »Großartiger Tag!« Er schnalzte. »Hat *alles* weggegeben, oder?«

»Wäre ich sonst hier und würde Zwieback servieren, wenn es nicht so wäre?«

»Wieviel war dein Anteil dann, Illinois?«

»Ungefähr vierzig Dollar. Außerdem bekam ich die Familienbibel und seine Bettpfanne.«

Der Koch schnaubte, eines dieser Geräusche, das man unmöglich entschlüsseln konnte, legte sich dann wieder auf den Tisch. Zwei oder drei Atemzüge später schlief er schon, betäubt von meiner Lebensgeschichte (ich wußte nicht, daß sie so öde war), und schien mit Baleka um die Wette zu schnarchen, so hörte es sich jedenfalls an. Ich wollte ihr übers Haar streichen, zog dann aber meine Hand wieder zurück wegen der Hitze, die sie wie eine Aura umgab. Ich konnte sie nicht sterben lassen, ein schwarzes Pfand, gefangen zwischen Falcon und dem Proletariat des Schiffes. Ich wußte das nun. Ich erhob mich steif, streckte mich, um die Steifheit aus meinem Rückgrat zu kriegen, und kletterte zurück aufs Deck, wo alle schliefen bis auf Ngonyama. An die Schanzkleidreling gelehnt, teilweise vom Morgennebel verwischt (sein linker Arm, seine Beine), starrte er zurück auf Bangalang. Darin lag etwas und in der Art, wie er seinen Kopf neigte, das mich daran erinnerte, wie mein Bruder manchmal allein auf der Straße stand, die zu Chandlers Farm führte, nachdem mein Vater verschwunden war, und nur in die Ferne schaute. Einfach nur schaute. Als er mich sah, drehte sich Ngonyama um und lächelte.

»Du konntest nicht schlafen, Rutherford?«

Ich schüttelte den Kopf. »Kann ich dir eine Frage stellen?«

Er wartete.

»Wenn du der Kapitän dieses Schiffes wärst, was würdest du tun?«

»Ich?« Er lachte. »Wenn ich Herr wäre?«

»Ich meine, wenn dein Stamm das Ruder übernehmen würde.«

Er überlegte einen Augenblick lang, rieb sich das Kinn, als ob dies ein Yankee-Rätsel wäre. »Bruder, mein Volk hat ein Sprichwort: Wünsch in die eine Hand, piß in die andere, und schau, welche Hand sich zuerst füllt. Aber wenn dies so wäre, würden wir zuerst zurück nach Afrika segeln. Alles, was in den letzten Wochen geschehen ist, wäre bloß ein Traum, eine Geschichte, um unsere Enkel zu unterhalten und zu erschrecken.«

»Und die Crew?« fragte ich. »Würdest du ihnen etwas antun?«

»Was wäre der Sinn davon? Wenn wir einmal zuhause wären, würden wir ihnen ihr Schiff wiedergeben. Zorn, sagen wir, ist wie die Klinge eines Schwertes. Sehr schwer lange zu halten, ohne sich selbst zu verletzen.«

Hinter mir hörte ich das morgendliche Gehuste von McGinnis. Ein paar der Kinder auf Deck begannen zu erwachen. Aus meinen Hosentaschen klaubte ich ein paar lose Krumen Zwieback und den Schlüssel, der hoffentlich ihre Ketten öffnete. Wie ein Magnet hatte er an meiner Hand gehaftet, als ich am Abend zuvor Falcons Tablett von seinem Tisch abgeräumt hatte.

»Hier«, sagte ich. »Das ist für dich.«

DER SECHSTE EINTRAG

3. Juli 1830

Zwanzig Schwarze wurden nach oben gebracht, damit sie ein bißchen zur Musik von Tommys Flöte tanzen und durchatmen konnten. Sie kletterten aufs Deck und standen zusammengedrängt und von der Sonne geblendet da, denn an jenem Morgen war das Wetter schön, wenn auch leicht bedeckt. Meadows und Ngonyama suchten die muffigen Räume zwischen den Decks nach Afrikanern ab, die unfähig waren, aus eigener Kraft nach oben zu kommen. Es gab immer einige davon, da Ebenezer Falcon ihre Unterbringung nach dem Sturm neu ordnete. Er war, wie man es nannte, ein »Quetscher«, der vor zehn Jahren von einem einarmigen französischen Sklavenhändler namens Kapitän Ledoux gelernt hatte, daß man, wenn man die Afrikaner in zwei parallelen Reihen verstaute, mit dem Rücken an die Verschalung des Schiffsbauches gedrückt, zu ihren eingerosteten Füßen eine freie Fläche erhielt, und in die konnte man dann, wenn man die Dehnbarkeit von Knochen und Haut in Rechnung stellte, noch mehr Sklaven hineinquetschen, wenn man sie zwang, sich im Winkel von neunzig Grad zueinander hinzukauern. Fleisch konnte sich allem anpassen. So waren diese augenlosen Schlangenmenschen, wenn sie halbtot aus der Tiefe kamen und aus der schattigen Platonischen Höhle krochen, steif und wund und stanken nach ihrer eigenen Kotze und ihren Fäkalien. In dem Augenblick kam ich zu dem Schluß, daß unser Kapitän mehr als bloß böse war. Er war der Teufel. Wer sonst konnte die Körper so entsetzlich verbiegen?

Wer sonst konnte Götter und Menschen gleichermaßen versklaven? Allen waren, wie Vieh, die Initialen der Financiers der *Republic* mit einem verbogenen Draht in die rechte Hinterbacke gebrannt worden – ZS, PZ, EG, eine Clique von Spekulateuren aus Louisiana, deren Namen ich schon bald kennernlernen sollte.

Meadows wandte den Kopf ab, die Nase gerümpft, und dann schüttelte er kübelweise Salzwasser über sie aus und sagte Tommy, daß er spielen sollte. Der Schiffsjunge, der seinen Platz am Spillkopf eingenommen hatte, hatte nicht mehr aufgehört zu lächeln, seit er den Allmuseri-Gott gesehen hatte. Er steckte seine dreiteilige Flöte zusammen und hielt sie an die Lippen, die zu dem seltsam verrückten, entrückten Lächeln geformt waren, das unentzifferbar war wie eine Maske, ließ den Brustkorb fallen, zwang Luft in das Holz, das seine Atemzüge in einen Fluß von Klangfarben verwandelte, die alle an Bord beunruhigend fanden – weniger Musik, wenn Sie mich fragen als vielmehr die Atemluft des Jungen, die sich alchemisch in Gefühl verwandelte, oder der Gesang hundertjähriger Bäume, aus deren Holz die schmale Flöte geschnitzt war.

Die eine Seite von Falcons Gesicht wurde hart. »Ich find das zu verdammt melancholisch. Sogar Nigger können nicht dazu tanzen. Eine heiterere Melodie bitte, Tommy.« Der Schiffsjunge gehorchte, begann eine Melodie, die ein heiteres Tempo hatte. Falcon klopfte erfreut den Rhythmus mit dem Fuß, hielt bloß inne und starrte zu ihnen hin, als Ngonyama und Meadows die Leiche eines Afrikaners heraufrugen. Wie schon bei früheren Fällen befahl Falcon, seine Ohren abzuschneiden und in Öl zu konservieren, um den Investoren des Schiffes beweisen zu können, daß er wirklich in Bangalang so viele Sklaven gekauft hatte wie versprochen. Diese Amputation bedeutete für Meadows harte Arbeit, denn die letzten Stadien von Rigor Mortis ließen den Körper, der in einer grotesken Gestik vorgebeugt war, erstarren wie Lots Frau. Nachdem sie ihm also die Ohren abrasiert hatten, schleppten sie ihn zur Reling, wie man es vielleicht mit einem Stuhl oder mit einer Galionsfigur tun würde, dann stellten sie fest, daß er ihnen zu schwer war, um ihn über die Reling zu hieven.

»Fassen Sie mal mit an, Mr. Calhoun.« Meadows wischte sich den Schweiß von der Oberlippe.

Ich blieb, wo ich war. Neben mir erklang das Stöhnen eines Zimmermanns, der zu nahe bei den Sklaven stand. Sie tanzten auf der Stelle wie Menschen eines Arbeitstrupps, aber einer war ausgeglitten, als das Schiff schlingerte, auf den Rücken gefallen und hatte aus Versehen, wie es schien, dem Seemann in den Bauch getreten. Und es war ein richtig guter Tritt, der ihm die Luft abdrückte. Der Seemann sah verdutzt aus; er fuhr sich mit zwei Fingern über die Stirn.

»Du solltest deinen Unterhalt verdienen, mein Junge.« Falcon stupste mich zu ihnen hinüber, fuhr sich dann mit dem Taschentuch über die Stirn. »Einhundert Barren über Bord. Gott, wie ich diese Verschwendung hasse.«

Ngonyama hatte den Jungen – denn um einen solchen handelte es sich, merkte ich beim Näherkommen – unter den Armen gepackt. Meadows hielt ihn an den Beinen, die so kühl waren wie die niedrigen Temperaturen im Laderaum. Obwohl er halb steif war, gab das Blut, bewegungslos in seinen Venen, dem Sog der Schwerkraft nach und sammelte sich in den unteren Gliedern, violett in der Färbung, als er ins erste Stadium des Gestanks und der Verwesung eintrat. Die Jungen verwesen am schnellsten, wissen Sie. Die Unterseite seiner Leiche fühlte sich matschig und feucht an wie eine weiche, überreife Frucht. Wenn man seine Waden preßte, tropfte ein käsiger Gallert aus den Rissen und Schnitten an seinen Beinen, die die Ketten hinterlassen hatten. Genau da sollte ich ihn, wollte Meadows, packen, damit Ngonyama und er die Hebelkraft hätten, die sie brauchten, um ihn über die Reling zu schleudern. Ich kann gar nicht sagen, wie elend ich mich fühlte. Sein Anblick und sein Geruch waren wie etwas Wildes, das man in meinem Kopf losgelassen hatte. Noch nie hatte ich einen Toten angefaßt. Es spielte keine Rolle, daß ich nichts von diesem Jungen wußte. Bis auf Ngonyama hatte man die Männer im allgemeinen unten gelassen, aber ich hatte ihn zwischen den anderen erblickt, wenn Falcon die Afrikaner tanzen ließ. Wenn man von dem Wenigen ausging, was von seinem Gesicht noch übrig war, das auf der einen Seite hart wie Holz war und auf der anderen in wurmzerfressenes Fruchtfleisch zerschmolz, da sich die Totenstarre zu lösen begann, dann war er ungefähr in meinem Alter, war vielleicht einem Mädchen entrissen worden, das so wunderschön war, wie sich mir Isadora in letzter Zeit darstellte, und einem Bruder, der so schwierig war wie mein eigener. Seine geöffneten Augen waren leblos, bloße Muskelkerne, obwohl ich mich auf schwindelerregende Weise immer noch ihrem Blick ausgesetzt fühlte, als fiele ich durch diese toten Höhlen tiefer in den leeren Schädel, zu dem er geworden war, als wäre sein Geist entflohen und meiner werde an seine Stelle gesaugt.

»Jetzt aber«, sagte Meadows, »mach endlich, Calhoun. Ich kann ihn nicht länger halten.« Ich packte den Jungen von unten, schob meine rechte Hand hinter seinen Rükken, die andere unter seinen Schenkel, so kühl und weich, wie die violette Hülle einer Pflaume, so daß meine zerrissenen, ungeschnittenen Nägel das Fleisch mit einem Zischen durchlöcherten, als hätte ich gerade eine Luftblase durchstochen. Eine Handvoll verfaulendes Fleisch fiel in meine Hand, bevor ich soviel Schwung bekam, daß die anderen ihn, kurz bevor seine Glieder wie die einer Puppe auseinanderfielen, den Haien hinschleudern konnten, die das Schiff umkreisten. Dieses blutige Stück von ihm, das ich in der Hand hielt, dunkel und porös, bei dem sich die ersten Schichten verflüssigter Haut abpellten, um eine orange Unterlage zu enthüllen, fiel mir aus den Fingern auf Deck: ein Klumpen vom Schlachterblock, so kam es mir vor, und die Schiffshunde zerrten an ihren Halsbändern, als sie versuchten, ihn zu schnappen.

Ngonyama wickelte den Klumpen in ein Stück Segeltuch und schleuderte ihn, so weit wie er konnte, in die Wellen. Meine verschmierte Hand kribbelte immer noch. Ganz plötzlich fühlte sie sich nicht mehr wie meine eigene an. Etwas sagte mir, daß sie nie mehr sauber sein würde, ganz gleich, wie oft und mit was für stechenden Chemikalien ich sie schrubben würde, und ohne nachzudenken griff ich mit der linken Hand nach dem Messer an meiner Hüfte und gebrauchte die Klinge, um das feuchte, schwarze Fleisch von meiner Handfläche zu kratzen, und schließlich zückte ich es, um mir das Handgelenk durchzuschneiden und auch die Hand in den Ozean zu schleudern. »Nein.« Ngonyama legte mir die Finger auf den Unterarm. Er muß gefühlt haben, daß ich schwankte. Er hielt mich fest und führte mich zur Reling, wo ich nach Luft schnappte und würgen wollte, aber nicht konnte. Er sagte nichts, sondern wartete, und wie immer war sein Ausdruck schwer zu deuten. Schon Wochen zuvor hatte ich das Gefühl gehabt – wie sehr ich auch versuchte, durch sein undurchdringliches Gesicht hindurch seine Gefühle zu erkennen – die Signale, die er gab, wichen manchmal so sehr ab von denen, die ich kannte, daß ich sie nicht entschlüsseln konnte. Man sagte zum Beispiel, daß die Allmuseri den Besuchern ihrer Dörfer auf die Füße spuckten, und dies, wie man sich vorstellen kann, ließ manchmal Reisende vor Wut ihr Schwert ziehen, obwohl die Allmuseri bloß meinten, daß die Füße des Fremden heiß und müde nach einer so langen Reise sein müßten und ein bißchen Wasser auf den Stiefeln willkommen heißen müßten, um sie wieder abzukühlen. Nein, man mußte bei ihnen auf alles gefaßt sein. Aber in einem war ich mir sicher: Es hatte sich etwas bei ihnen verändert. Sie waren Wegstunden von zuhause entfernt – besser gesagt ohne Zuhause –, und in Ngonyamas Blick entdeckte ich eine Entwurzelung, eine Leere, als ob zum Beispiel all seine Brüder, wie er sie einst gekannt hatte, tot wären. Und mich selbst sah ich auch. Ein Mensch, der durch den Kontakt mit der Mannschaft neu geschaffen worden war. Wenn ich aufsah, erblickte ich mein Spiegelbild in seinen Augen als abgeflachtes Phantombild, und die flatternden Segel und das Meer waren ihrer Körperlichkeit beraubt wie Gestalten in einem Traum. Ich hatte ihr Leben und ihre Kultur, wie dumm!, als zeitloses Produkt gesehen, als etwas Abgeschlossenes, als reines Wesen oder Sein im Sinn von Parmenides, um die ich sie beneidete und die ich mir einverleiben wollte, obwohl sie doch in Wahrheit Wandel und heraklitischer Veränderung unterlagen wie alle Menschen, nicht festgelegt, sondern immer werdend und Metamorphosen ausgesetzt wie die Leiche des Jungen, die wir über Bord geworfen hatten. Ngonyama und vielleicht alle Afrikaner, das verstand ich jetzt, waren nicht mehr reine Allmuseri. Wir hatten sie verändert. Ich vermutete, daß sogar er selbst die leisen Veränderungen in seiner Stimme nicht registrierte, nachdem er das Englisch gelernt hatte, das die Mannschaft sprach, nicht merkte, wie die Weltanschauung, die in ihrer Sprache verborgen war, seine eigene Sicht der Dinge verfälschte oder verschob. Genauso, wie Tommy die Konfrontation mit Afrika verändert hatte, so verformte das Leben der Sklaven in der niedrigsten Kaste der Yankee-Gesellschaft – und die Schrecken, die sie erfuhren – ihre Seelen auf subtile Weise durch und durch, so wie Falcons Transportmethode ihr Fleisch während der letzten paar Wochen verbogen hatte, aber zu was für Menschen, das konnte ich mir nicht vorstellen. Nicht länger Afrikaner, aber auch noch nicht Amerikaner. Aber was dann? Und zu was waren sie nun fähig?

Ngonyama berührte seine Hosentasche, tätschelte den Schlüssel, den ich ihm gegeben hatte. Danach gab er ihn mir zurück und zeigte mit dem Daumen nach unten. Soweit ich das deuten konnte, paßte der Schlüssel nicht für ihre Fußeisen. Dennoch sagte mir etwas in seinem Blick, daß Schlüssel und konventionelle Mittel zur Flucht nichts mehr bedeuteten, daß die Mühlen der Götter immer noch mahlten, die uns alle töteten und wiedererschufen, und nichts, was ich oder irgend jemand anders tat, könnte die schrecklichen Kräfte und Verwandlungen stoppen, die unsere Reise freigesetzt hatte.

Er wandte sich um, als Cringle, unter dem Vorwand, ein Stützbeschlag am Toppsegelfall zu inspizieren, hinter mich trat. An seinem Hals sah ich drei beerengroße Beulen. Er sagte mit einem heiseren Flüstern: »Los, geh! Wir geben dir zwanzig Minuten, bevor wir sie wieder mit nach unten schaffen. Beeil dich jetzt.« Ich begab mich zu Falcons Tür. Dort hielt ich einen Moment inne, um meine zuckenden Finger an der linken Hand zu beruhigen, indem ich jeden Finger streckte, bis es knackte. In meinem Hosenbund trug ich zwanzig Zentimeter Draht mit mir herum. Diesen schlängelte ich langsam in das Schlüsselloch und ließ ihn Barrieren passieren, die ich nur im Geiste sehen konnte, bis ich spürte, daß er gegen die Stifte des Bolzens stieß und den Bolzen vom Pfosten hob. Schneller, als ich es erzählen kann, war ich drinnen.

Falcons Kajüte war so, wie ich sie von meinen früheren Besuchen her in Erinnerung hatte. Vielleicht noch ein bißchen schmutziger, unordentlicher. Als ich die Tür schloß, ließ ich mich auf alle viere herab und begann mit der Spitze meines Messers nach den haarfeinen Drähten zu tasten, die ganz nah am Eingang waren. Und plötzlich konnte ich nicht mehr atmen. Ich fühlte mich wie in einem

Käfig. Falsch, wenn ich tat, was der Erste Steuermann wollte. Falsch, wenn ich mich auf Falcons Seite schlug. Ich bekam einen Schluckauf (die typische Reaktion meines Körpers auf Dilemmas, für die es keine Lösung gab), ein schlimmerer Anfall als damals, als Isadora und Papa versuchten, mich zur Ehe zu erpressen: ein offensichtliches Gefühl des Schreckens, das ich nicht beschreiben kann, es sei denn, Sie sind einmal, sagen wir, in Illinois auf dem Heuboden einer alten Scheune während eines Erdbebens gewesen und haben gespürt, wie die Dachsparren erzitterten, und sich gefragt, wann sie wohl einstürzt, der Heuboden zusammenbricht und die Balken einem auf den Kopf knallen. Genauso fühlte ich mich. Bei so vielen Männern, die sich nicht einig waren und von denen jeder etwas anderes wollte als die anderen, wie die Gruppierungen, die sich während der Französischen Revolution bekämpft hatten (meine eigenen Launen eingeschlossen), und von denen einige nicht einmal ganz genau wußten, was sie eigentlich wollten, konnte das Resultat nur etwas Unvorhergesehenes sein, das *niemand* angestrebt oder gewollt hatte. Eine Umwälzung nicht bloß bei der Rollenverteilung an Bord, sondern eine Revolution in ihren absoluten Grundlagen. Auf den Knien liegend, tat ich nichts, obwohl ich das Gefühl hatte, als ob das Zimmer und sogar das Schiff selbst verschwänden. Ein Teil von mir war wieder ein vaterloses Kind. Allein in einer fremden Welt. Mit dem Wunsch, irgendwohin und zu irgend jemandem zu gehören. Fünf Minuten vergingen. Vielleicht fünfzehn, bevor ich mich wieder bewegen konnte. Dann krallten sich, als würde ich, bevor ich zynisch geworden war, neben dem Bett knien, eine Haltung, die ich seit meinen Jugendtagen nicht mehr eingenommen hatte, meine Hände ineinander, eine Haltung der Selbstaufgabe und der bis in die Knochen spürbaren Verwundbarkeit angesichts so vielfältiger, quälender Sorgen, daß mein Geist zögerte, sie sich einzeln auszumalen. »Gott«, fragte ich, »ist dies vielleicht eine Art *Prüfung*?« Mein weltlicher Witz war weg, und ich begriff, da auf meinen schmerzenden Knien liegend, die Vernichtung der Person, die meines Bruders tägliches Brot war: brennend zu wünschen, daß sich alles gut entwickelte, im Wissen, daß seiner Lieben Leben davon abhinge, aber weder die Macht noch Strategien in Reserve zu haben außer diesem Flehen um Gnade, das aus einer inneren Wüste in die größere Leere, das ewige Schweigen geschleudert wurde, zu den stimmlosen Schatten *dort draußen*. Aber es kamen keine Antworten. Nur eine unaussprechliche Ruhe, als wäre ich nun das Meer, und der Damm meiner Tränen – das aufgestaute Gift, seit ich Süd-Illinois verlassen hatte – brach, und ich weinte um all das Brackwasser, das mein Geist mit sich führte, um meine Fehler und Verbrechen, närrischen Hoffnungen und Eitelkeiten, die echten Fehler und strukturellen Brüche im Schaltplan meines Gehirns (wie Falcon sich ausgedrückt hatte) in einem Akt der Reinigung, der fast so gut war wie ein richtiges Gebet, denn er wusch nicht bloß meinen Schmerz fort, nachdem wir den toten Jungen über Bord geworfen hatten, sondern – ja – auch meinen Hunger nach Gnade. Meine Hände waren feucht von diesem Weinkrampf. Mein Gesicht war geschwollen und, in mir suchend, entdeckte ich, daß es mir nicht länger wichtig war, ob ich lebte oder starb. Die Lust am Leben in mir, diese Flamme, war tot. Solcherart war meine Lage und der windstille Zustand meiner Seele, als die Tür des Alten aufflog, Licht in den dunklen Raum schüttete, und ich sah auf und erblickte mit meinen schmerzenden Augen:

den Matrosen namens Fletcher. Eine Seite seines Schädels war eingeschlagen. Sein Nasenbein war gebrochen. Er nagelte mich mit seinem Blick fest, und da er nur merkte, daß ich ein Neger war, hob er die Faust und holte aus.

»Fletcher, *ich* bin's, Calhoun!«

Er hielt mitten in der Luft inne. »Die Küchenhilfe?«

»Genau der.«

Er holte tief Luft, und schnaubend verströmte er Blut auf seine Hemdfront. Ich sah, daß er drohte umzukippen, und stabilisierte ihn. »Du bist zu früh«, sagte ich. »Cringle hat die Übernahme für heute abend angesetzt, oder?«

Er schüttelte den Kopf, versuchte dann zu schlucken. »Ich un Daniels waren in den Hellegatts, gingen bloß für ne verdammte Minute nach unten, als acht von denen in die Kleiderkammer eindrangen wie Kakerlaken, wenn du ne Wand aufmachst –«

»Falcons Leute?«

»Daniels wurde so schnell wie beim Schlachter vom Bauchnabel bis zur Nase aufgeschlitzt, aber ich bin hier hochgerannt und –« Er würgte. Seine Augen weiteten sich, um den dämmrigen Raum zu erfassen. »Sind die Waffen in dem Schrank?«

»Ja, aber –«

Bevor ich meinen Satz beenden konnte, hatte Fletcher mich beiseite geschoben, was mich rettete, als er vorwärts und auf den Schrank zu taumelte und mit dem Fuß an einem Draht hängenblieb, der nur ein paar Zentimeter über dem Fußboden verlief und zwei Explosionen auslöste, die leiser waren als das »Plop« von Feuerwerkskörpern. Dennoch war ich mit Splittern seiner Schädeldecke und tausend Nadeln zersplitterten Glases von den Kabinenfenstern übersät. Er stieß einen Schrei aus, den ich aus weiter Ferne hörte, als wäre ich taub geworden. Nein, ich *war* taub nach den Explosionen. Und geblendet vom Rauch, während sich der Geruch von Schwarzpulver wie Ruß auf die zerbrochenen Möbel und auf Fletcher selbst legte. Schwer, wie er war, und taub, wie ich war, zerrte ich ihn zur Tür und stieß auf jemanden im Eingang. Als ich mich umdrehte, sah ich geradeaus niemanden vor mir. Dann blickte ich nach unten, und da war Kapitän Falcon, der schweigend fluchte (denn ich war taub), einen Säbel in der rechten Hand hielt und in seiner linken einen blutigen Haarschopf. Wie Fletcher schob er sich an mir vorbei, sprang um seine eigenen Fallen herum, und es muß in diesem Augenblick gewesen sein, als ich dastand und versuchte, seine Lippen zu lesen, daß er schrie, die *Republic* müsse auf halbverborgene Felsen gelaufen sein oder eine Insel gerammt haben oder der Vater aller Wellen sei auf uns gefallen, denn die Wände bogen sich von einem ungeheuren, rollenden Krachen und Donnern, das die Deckenbalken zerschmetterte und uns zu Boden warf. Die Wucht löste ganze Hautstreifen von meinen Armen ab. Draußen: die verwirrten Laute von Männern auf Deck. Dann Schüsse. Schwere Schritte donnerten vorwärts, einige zum Heck zurück, und hin und wieder fiel etwas auf das Deck. Ich rief dem Käpt'n zu: »Sind wir auf Grund gelaufen? Was war das?«

Leise, wie aus weiter Ferne, sagte er: »Da liegt etwas auf meinen Beinen!« Zum ersten Mal, seit ich ihn kannte, klang die Stimme des Käptn's angstvoll. »Sie haben eine Kanone abgefeuert, Calhoun. Mitten in uns reingeschossen. Kannst du mich hören? Gib mir deine Hand!«

Von dort, wo ich lag, war er unmöglich zu erreichen. Ich wußte bloß, daß ich Baleka und Squibb finden mußte. Zwei Pistolenschüsse, wie das Knallen einer Peitsche, erklangen – *Peng! Peng!* –, und mein Magen gefror zu Stein. Auf Deck polterte es laut. Die Schiffskammern quietschten. Hals- und Geitaue, Schoten und Haltetaue klapperten laut im Wind. Ich befreite mich von dem Schutt in der Kajüte und fiel auf ein Deck, das stiefelhoch im Blut schwamm. Während mein Blick sich wieder schärfte, erblickte ich durch Vorhänge von Rauch einen vierschrötigen, breitschultrigen Sklaven namens Nacta, der auf mich zusprang und einen Marlinspeer schwang. Kurz vor meinem Schädel hielt er inne. Seine Brust hob und senkte sich.

Er schubste mich beiseite und verschwand dann in den Räumen des Käptn's. Als ich zurückwich, dämmerte mir, daß nicht Falcons Loyalisten, sondern die Afrikaner über Fletcher und Daniels hergefallen waren, aber wie in Gottes Namen, das konnte ich mir nicht vorstellen. Ich schlitterte über zerbrochene Fässer, die Kadaver von Hunden, die wie Schlachthausschweine aufgeschlitzt waren, und Zedernholzblöcke, die im Deckspülicht schwammen. Die untere Takelage und das Kreuzstagsegel, das in Fetzen von dem Besanmast hing, waren beschädigt. In dem Rauch, der alles schemenhaft erscheinen ließ und in meinen Augen brannte, beugte sich jemand aus der Unterwelt, der Hölle des Laderaums, über einen Seemann, der auf der Seite lag wie eine an Land gespülte Leiche, und schlug ihm mit einem Deckschrubber auf den Schädel, und als diese verschmierte und aufgelöste Gestalt mich sah, verschwand sie wieder im Rauch. Das Schiff drehte sich, und ich stürzte vornüber. Ich fiel, drehte mich um und rollte. Richtete mich auf. Kurz, aus den Augenwinkeln, erhaschte ich Bewegung bei den Rettungsbooten, machte in diesen fieberhaften Sekunden zwei Männer aus – ein Schwarzer, der andere der Bader –, die schweigend und konzentriert an der mühsamen Aufgabe laborierten, einander zu töten. Der Afrikaner, noch immer in Ketten, war stumm wie ein Stein und hielt auf Hüfthöhe eine rostige Säge. Während Meadows sich bewegte und mit seinem Schwert zu einem Schlag ausholte, stieß der andere seine Säge hoch, die Finger stabilisierten den Griff und führten die Zähne der Säge mit einem sauberen, schnellen, diagonalen Schnitt direkt in den Bauch des Baders, was Meadows mitten im Schwung erstarren ließ, bevor ihm die Eingeweide vor die Füße fielen. Ich drehte den Kopf weg. Als ich wieder hinsah, waren sie fort oder hatten sich in zwei Fässer verwandelt. Unmöglich!

Ich rieb mir die Augen und watete vorsichtig auf die

Küche zu. Das Ruder war unbeaufsichtigt. Das hölzerne Steuerrad mit seinen Speichen, die an ein hinduistisches Mandala erinnerten, drehte sich langsam in den Winden, die das verkrüppelte Schiff richtungslos im Kreise drehten. Ohne Bestimmungsziel. Wir waren Tote im Wasser. Dahintreibend. Ein knarrender Rumpf aus Eiche, der auf einer schieferfarbenen See hin und her geworfen wurde. Schließlich hörte ich Bewegung. Leiser noch ein wahnsinniges Keckern, das von einem Krähennest zu kommen schien. Dann erschienen weitere Schemen, wie Figuren in einem Schattenspiel, versammelten sich um den Fock-Untermast. Viele der Seeleute lagen kopfunter, ausgepunktet. Einige hatten sich nach einer einseitigen Schlacht ergeben, in der, so seltsam das klingt, die Allmuseri überlegen gewesen zu sein schienen, die das glitschige Deck zu ihrem Vorteil hatten nutzen können. Sie waren schon vorher in Ketten gewesen, erinnerte ich mich. Bei Überfällen von anderen Stämmen überwältigt worden. Also basierte ihre Kampftechnik *Capoeira* oder die Nahkampf-Version davon darauf, wie man kämpft, nachdem man gefesselt worden ist: wie man Tritte austeilt, mit denen man dem Gegner das Knie zertrümmert, nachdem man gefallen ist. Wie man den Gegner so mit den Füßen packt, daß ihm die Knöchel brechen. Würgegriffe, bei denen sie ihre Ketten einsetzen konnten, bis einer von ihnen den Schlüssel zu ihren Fußschellen fand und die, die befreit worden waren, die Schiffskanone umdrehen und auf die Brücke richten konnten. Da sie damit beschäftigt waren, die übriggebliebenen Seeleute zu entwaffnen, hatte keiner meine Annäherung bemerkt. Ich zog mich langsam zurück und fühlte, wie sich Finger schmerzhaft in meinen Arm gruben.

»Komm zum Back«, sagte Ngonyama. Er trug Kapitän Falcons Mütze. »Wenn du für das Leben von einem dieser Männer ein Wort einlegen willst, dann ist jetzt der richtige Zeitpunkt.«

»Du hast vor, sie zu töten?«

»Das ist nicht meine Entscheidung, Rutherford.«

»Heute morgen hast du noch gesagt, du läßt sie frei!«

Er dachte einen Augenblick lang nach, dann sah ich, daß seine linke Hand verbunden war, eine blutige Masse, wo die Hunde drei seiner Finger weggerissen hatten. »Wie ich schon sagte, es ist nicht meine Entscheidung.«

Ich folgte ihm zum Back. Dann hörte ich erst die leisen Stimmen von Männern, die flüsterten, dann laute Stimmen im Streit, und bald blinkten zwei Laternen auf, als jemand durch den Raum ging. Ngonyama trat zur Seite und bat mich, zuerst einzutreten. Als ich eintrat und die Hand über ein Auge legte – wie Kinder es tun –, lugte ich an der Türleiste vorbei, um zu sehen, was da drinnen war, und als ich sah, *was* drinnen war, stöhnte ich auf. Alles lag in Trümmern. Seekisten waren aufgebrochen worden. Schränke umgeworfen. Man hatte Cringle mitten in diesem Chaos auf einen Stuhl mit gerader Rückenlehne an die Ostwand gesetzt, während das Licht der Lampe Hieroglyphen über seine vernarbte Stirn tanzen ließ. Er blutete aus einer offenen Wunde, die an seiner Nase die Haut aufgerissen hatte, dann tiefer wurde und in seinem Haaransatz verschwand. Sein Kopf baumelte. Seine Hände waren, wie ich feststellte, mit Luvliektau gefesselt und seine Knöchel mit Fetzen von seiner Weste. Seine bloße Brust war kreuz und quer übersät von Narben. Und, nein. Er war nicht allein. Ich sah drei Allmuseri, die auf Bänken saßen; ich erkannte zwei weitere namens Babo und Francesco, die sich eine Flasche vom besten Rachenputzer des Käptn's zuschoben und noch einen weiteren namens Atufal, ein großer Mann, der einen Eisenkragen um den Hals trug und hinter dem Steuermann stand und auf die anderen einredete – wenn meiner hastigen Übersetzung zu trauen war –, ihn über Bord zu werfen.

Mein Eintreten ließ alles Gerede verstummen. Ich trat

vor und entfernte mich so weit vom Eingang, wie ich wagte.

»*Ganz* hinein – *njoo hapa.*« Ngonyama lächelte, wobei zwei Reihen schwarzverfärbter Zähne sichtbar wurden. »Niemand wird dir hier wehtun, Rutherford. Diese Männer sind deine Brüder.«

Wie sehr ich wünschte, ich könnte ihm glauben! Cringle versuchte zu sprechen, aber der, der Atufal hieß, packte sein Haar und zerrte seinen Kopf zurück. Die Strähnen standen ab wie Stengel. Seine Kehle war entblößt. An diesen weißen Stiel hielt der kleine Schwarze namens Babo eine englische Handsäge. Atufal sagte noch einmal, daß der Steuermann getötet werden sollte. Ngonyama lauschte. Er begann zu keuchen und eine große Sattelpistole zu laden. Die anderen debattierten hin und her über Cringles Leben, einige murmelten Ja – *Yebo* in Allmuseri – zu seiner Exekution, um mit der Crew reinen Tisch zu machen; andere wie Ngonyama sagten *la* oder nein. Entgegen dem, was ich erwartet hatte, waren sie nicht in der Stimmung, ihren Sieg zu feiern. Sie waren zu müde und erschrocken dafür, wie sie wohl auch sein sollten. Dieser ramponierte Lumpenkarren war ihr Zuhause, bis sie Land fanden. Und was dann? Ein Hinrichtungspeloton, höchstwahrscheinlich. Ganz gleich, ob sie Bangalang oder Louisiana oder sonst einen Hafen der Neuen Welt ansteuerten, sie würden niedergemäht werden wie Heu. Kein Yankee-Gericht würde sie freisprechen. Sie waren noch immer Frachtgut, nach den Gesetzen des weißen Mannes. Ngonyama, der nicht auf den Kopf gefallen war, wußte, daß dies eine Tatsache war. Er wollte, daß das Töten aufhörte. Sie waren noch keine freien Menschen, erzählte er den anderen, nur befreit aus dem stinkenden Laderaum. Sanft zog er mich zu einem Stuhl. »Du mußt uns helfen«, begann er. »Es ist soviel zu entwirren ...«

Mit den Fingerspitzen auf dem Sitz, setzte ich mich

vorsichtig hin, vorgebeugt und auf dem Sprung, weil ich ihm noch immer nicht traute. Ja, ich war schwarz, wie sie es waren, aber sie verband eine Gemeinsamkeit, über die ich nur staunen konnte. Der kleine schwarze Babo, der vorher immer so ergeben gewirkt hatte, saß da und schärfte ein Beil mit Segeltuch und Stein, wobei ein Streifen von der Jacke eines Seemannes seinen halben Kopf bandagierte, so daß nur ein Auge unbedeckt war. Der andere, Atufal, den Falcon oft auf Deck an die Ringbolzen kettete, war während der Meuterei in einen Blutrausch geraten und hatte gleichermaßen unsere Seemänner wie seine Stammesgenossen erschossen und erstochen und in seiner Angst alles niedergemäht, was auf ihn zu kam. Ihm war in seinen linken Unterschenkel, der übel zugerichtet war, eine Musketenkugel gedrungen, der weiße Knochen blinkte durch das schwarze Fleisch seines Schenkels, aber noch wirkte er eher entzückt als gequält. Alle waren sie verletzt und erschöpft, aber wie verwandelt durch ihren Sieg. War es auch mein Sieg? Oder rettete Ngonyama mir das Leben nur für irgendeinen Plan? »Fang mit Falcon an«, sagte ich. »Was habt ihr mit dem Käpt'n getan?«

Ngonyama biß sich auf die Lippe und ging an ein Fenster, stellte umgestürzte Stühle im Gehen wieder auf. Er wandte mir dabei den Rücken zu. »Nacta bewacht ihn in seiner Kajüte. Flehe nicht für *ihn*, Rutherford.« Seine Schultern spannten sich. »Es wäre eine Sünde, ihn leben zu lassen. Er ist verantwortlich für jeden Toten an Bord.«

»Das ist eine Lüge!« warf Cringle ein. »'S war *er*, der sie während des Kampfes freigelassen hat. Ich habe ihn gesehen! Wir waren erschöpft, einige von uns seekrank, und der da« – er nickte mit dem Kopf in Richtung Babo – »tötete Daniels, der die Schlüssel zu ihren Beineisen hatte, und ließ die anderen frei. Sie schlugen auf uns ein mit dem Holz, das wir ihnen als Kissen gaben, und warfen die Toten wie Brocken ins Meer. Und er –«

Atufals Hand erstickte den Rest. Babo legte sein Beil an den Hals des Steuermannes. Er wandte seinen Blick Ngonyama zu und wartete auf ein Zeichen, ihn zu töten. Ngonyama schüttelte den Kopf. Nein. Aber er war allein in seinem Entschluß. Drei von ihnen, in denen ich die Krieger Ghofan, Diamelo und Akim wiedererkannte, drängten Babo, dem Steuermann die Kehle zu öffnen. Und sie hatten Gründe, gute Gründe, den letzten der Offiziere der *Republic* zu töten. Akim, ein breiter Mann mit dunklen Leidenschaften, der klein war, aber die Kraft von dreien besaß, hockte sich hin; er ließ den Tod seiner Schwester, fünf Tage, nachdem wir in See gestochen waren, noch einmal Revue vor ihnen passieren. Ghofan, ein Schwarzer, der kastriert worden war und dann das Brandeisen hatte erdulden müssen, zog sein Hemd runter, um ihnen zu zeigen, wie Falcon die Initialien *ZS* nicht nur einmal, sondern dreimal eingebrannt hatte, bis der Eindruck so klar war wie ein Stigma oder die Markierungen beim Vieh. Jeder Mann hatte seine Ungeheuerlichkeit zu erzählen. Wenn es nicht Brutalitäten waren, die man ihnen zugefügt hatte, dann war es ein Katalog von Demütigungen, die die Kadetten den Frauen zugefügt hatten, von denen zwei vergewaltigt worden waren, oder ihren Kindern, und dieser Liste fügte Diamelo die kleinen, aber nicht weniger gewalttätigen Verletzungen ihres Geistes hinzu – sie nackt vor ihren eigenen Kindern zum Baden aufmarschieren lassen, sie zum Essen zu zwingen, indem man ihnen den Finger in den Hals rammte, ihr wildes Kratzen aus dem Laderaum mit Lachsalven zu beantworten. Weiter und weiter gingen die Klagen, und bei jeder Anschuldigung wurde mit Fingern auf den Steuermann gezeigt. Gnädigerweise verstand er nichts von dem, was sie sagten. Er flüsterte leise das Vaterunser vor sich hin. Gegen diese Beweise von amerikanischen Verbrechen gegen die Allmuseri war Ngonyama hilflos. Sein Plädoyer,

Cringles Leben zu schonen, wurde niedergeschrien. Ich spürte, wie mein Gesicht aufflammte. Mein Magen drehte sich um. Auf Babo blickend durchschnitt Akim die Luft mit der Hand. Dabei verstärkten Babos Finger den Druck der Klinge auf Cringles Hals. Der Steuermann schloß die Augen.

»Warte.« Ich war auf den Füßen. »Hört mir zu ... bitte!«

Gereizt zügelte Babo seinen Eifer.

»Ihr braucht ihn«, sagte ich und sammelte all meinen Grips zusammen, segelte hart am Wind. »Tötet Falcon, wenn ihr wollt, aber wenn ihr seinen Steuermann tötet, werden wir *niemals* Land erreichen. Nie! Keiner von euch kann englische Karten lesen. Und dieses Schiff auch nicht auf Kurs halten, wenn es erstmal wieder drauf ist, vorausgesetzt, es *kann* auf Kurs gesetzt werden, nur Peter kann euch dabei helfen. Er ist der einzige Offizier, der noch übrig ist.«

Cringle spuckte Blut und zerbrochene Zähne auf den Boden. »Die werden schneller die Hölle sehen als Hilfe von mir.«

»Würdest du *gefälligst*« – ich mahlte mit den Zähnen – »den *Mund* halten!«

»Nein, ihr sollt das hören! So wahr Gott mein Richter ist, werde ich jeden Mörder hier vor ein Peloton bringen. Wende mir nur eine Sekunde den Rücken zu«, sagte er zu Ngonyama, »und du hast dreißig Zentimeter Stahl darin.«

Ngonyama runzelte die Stirn. »Das hätte er nicht sagen sollen.«

»Er *wird* euch helfen«, sagte ich. »Wenn nicht, werde ich ihn selbst zur Reling zerren.«

Diamelo machte einen Schritt auf mich zu. Er fuhr mit seinem Finger, sehr dunkel, an meinem Gesicht entlang, das eine Spur oder so heller war als seins. »Mach es jetzt.« Seine Stimme klang so rein monoton wie Metall. »Beweise, was du gesagt hast.« Dann zu Ngonyama: »Auf wessen Seite steht er? Ich würde ihm nicht trauen.« Er nahm das Beil von Babo und zwängte es mir in die Hand. »Nicht, bis er sich abgesetzt hat von ihnen.«

Vier der anderen stimmten ihm zu und warfen ein, daß ich ein Mitglied der Mannschaft sei wie der Rest, ein Amerikaner, ein Risiko, wenn ich mich ihnen nicht anschloß, indem ich Blut vergoß, so wie Verbrecher à la Papa Zeringue ein Verbrechen verlangten, bevor man in den Genuß ihres Schutzes kam. Nach diesem harten Wortwechsel drangen die Allmuseri nun darauf, daß *ich* Cringle exekutierte. Sie warteten, und ihre Blicke folgten mir minuziös, als ich das Beil ergriff, das sich in meiner Faust schwerer anfühlte als eine Handspake. Jetzt hatte ich meinen eigenen Hals riskiert. Warum um Himmels willen hatte ich nicht den Mund gehalten oder mir selbst den Wind aus den Segeln genommen. Wenn ich mich weigerte, würden wir beide, Cringle und ich, über Bord geworfen werden. Ein langer Augenblick verging. Ich fühlte, wie mein Kopf zu dröhnen begann. Ich holte tief Luft, trat auf Cringle zu, das Beil überm Kopf erhoben. Wie lang ihr Schweigen dauerte, ist unmöglich zu sagen; ich hörte bloß das Rasseln der Steuerreeps. Wasser schwappen. Ein Flappen der Segel und das sturmähnliche Geräusch des Windes. Die Kerosinlampe brannte in ihrer Halterung herunter. Cringle saß bewegungslos da und wartete darauf, den eigenen Kopf auf den Boden aufschlagen zu hören. Meine Finger öffneten sich. Das Beil fiel.

Diamelo befahl mir, es aufzuheben.

»Nein«, sagte ich. »Du kannst ihn töten und mich auch. Aber ohne seine Hilfe und auch meine werdet ihr durch den mittleren Atlantik treiben, bis der Ozean euch verschlingt oder irgendein Kriegsschiff aufkreuzt und euch wieder in Ketten legt.«

Ngonyama bedachte dies. Diamelo nahm es mir nicht

ab. Zwischen ihnen gab es einen Augenblick lang einen Krieg der Blicke, und der Junge gewann, still erfreut, denke ich, daß ich ihm einen Weg gewiesen hatte, um das Abschlachten zu beenden. »Du sprichst gut, Rutherford.« Sein Gesicht wurde schärfer, schmal und spitz wie das einer Katze. »Ich habe keinen Zweifel, daß du ein guter Schwindler warst in New Orleans.«

Ich mußte mich wieder setzen und den Sitz meines Stuhles pressen, um das Zittern meiner Hände zu verbergen. Ngonyama sprach zu seinen früheren Leidensgefährten so schnell, daß ich nicht folgen konnte. Widerwillig sahen sie ein, daß es ratsam sei, Cringle freizulassen. Dennoch war ich noch nicht fertig. Ich erkühnte mich zu sagen: »Laßt den Kapitän leben, bis ihr Land seht.«

Ngonyama machte eine Wendung um 180 Grad. »Nein!«

»Er kann nicht entfliehen, das wißt ihr! Benutzt ihn, damit er uns in Sicherheit bringt. Danach macht mit ihm, was ihr wollt.«

»Du bittest uns, ihn leben zu lassen?«

»Nein«, sagte ich. »Ich sage euch, daß ihr ihn zu *eurem* Sklaven machen sollt.«

Dieser Gedanke bremste Diamelo. Ich konnte sehen, daß er ihn betörte. »Also gut dann. Wie du sagst, er wird uns dienen, und dann werden wir ihn abschlachten.« Widerwillig folgte Babo Diamelos Befehl, Cringle loszubinden. Der Junge schickte seine übrigen Banditen nach draußen, damit sie sich um die Wunden ihrer Frauen und Kinder kümmerten und ein Opfer vorbereiteten, um eine ungestörte Reise zu beschwören. Gegen seinen Willen sagte Cringle: »Sie sollten besser die Bäume und Rahen mit Geitauen und Haltetauen sichern und alles gut festzurren.«

Ngonyama sagte: »Danke.«

Dann nahm er mich beiseite und befahl mir, alle die

Matrosen hochzubringen, die in den Vorratsraum geflohen waren, und sein Gesicht sah nun älter aus, ernst, seine Schultern gaben der Schwerkraft nach oder der Last eines geheimen Kummers, den er für sich behalten mußte. »Rutherford« – seine Stirn wurde hart –, »ich habe getan, wie du mir geraten hast. Aber wie du siehst, hat Diamelo sehr viel Macht bei den anderen. Du weißt, in unserem Dorf war ich ein armer Mann wie du, aber sein Vater war wohlhabend. Diamelo ist es gewohnt, daß alles nach seinen Wünschen geht. Ich mache mir jetzt weniger Sorgen um deinen Kapitän als darum, wie Diamelo mein Volk beeinflußt.«

Als wir draußen waren und die Leiter zum Vorratsraum hinunterkletterten, schaute der Steuermann, der über mir war, herunter und spottete: »Wilde! Und auch noch so redegewandte! Hast du ihm das Englisch beigebracht? Da hast du einen Fehler gemacht, Calhoun. Der läßt sich als nächstes von dir das Abendessen servieren und den Arsch abwischen, dieser da, wenn du auf den hörst.«

»Vielleicht ... aber stell dir vor, er meint, was er sagt.«

Cringle trat vor Wut nach mir. »Wach endlich mal *auf*, mein Junge! Kannst du dich auf seine Seite schlagen nach dem, was sie getan haben? Auch dich wollten sie gerade töten, Rutherford, oder bist du so durchgedreht, daß du das schon vergessen hast?«

»Ich bin auf *niemandes* Seite! Ich versuche bloß, uns am *Leben* zu erhalten! Ich weiß nicht mehr, wer auf diesem Schiff recht hat und wer nicht, und es interessiert mich auch nicht besonders! Ich will bloß wieder nach *Hause*!«

»Also« – er wich etwas zurück –, »ich hacke nicht auf dir rum. Ich verdanke dir mein Leben. Ich weiß nicht, ob irgend jemand dir danken wird, daß du mich gerettet hast, meine Familie sicher nicht, wenn sie sehen, wie ich sie enttäuscht habe, aber ich bin dankbar, daß mir heute abend nichts abgehackt worden ist, und ich werde tun, was immer du sagst, so wahr mir Gott helfe.« Er gab mir einen Klaps auf den Rücken. »Das bin ich dir schuldig.«

Die Allmuseri bereiteten ihre Zeremonie vor, um das Schiff zu weihen, um es in eine Art Kirche zu verwandeln und ihre Götter als Führer in unserer Seefahrt zu gewinnen. Cringle und ich untersuchten die Vorratsräume und Untergeschosse des Schiffes, suchten nach Überlebenden, vergebens, bis wir in eine winzige Munitionskammer voller Salpeterfässer in der tiefsten Zelle des Vorderteils hinabstiegen. Ich hörte Stöhnen – es war wirklich ein Stöhnen – aus dem winzigen Gelaß und rief Cringle, der sich mit einer alten schwedischen Hecklaterne hineinquetschte und dann wieder herauskroch und an seiner freien Hand zwei Gestalten führte, die ich bereits als Haifutter aufgegeben hatte: Baleka und Squibb. Sofort preßte mich das Mädchen um die Hüfte, mit beiden Händen bauschte sie mein Hemd im Rücken.

»Ist alles in Ordnung, Josiah?«

»Passabel, Mr. Cringle. Wir sind hier ganz schnell runter, als der Tumult losbrach.« Er faltete die Arme über der Brust. »Die anderen, ich hab mich gefragt ... Sind sie ...«

»Tot? Alle, bis auf vier von uns. Die Neger haben jetzt das Schiff. Sie sind jetzt am Zug. Der einzige Schutz, den wir vor ihnen haben, ist, es tut mir leid, das sagen zu müssen, Calhoun.«

Ich brachte ein Lächeln auf. »Ihr solltet besser nett zu mir sein.«

Der Steuermann runzelte die Stirn, kletterte die Leiter wieder hoch. Dann schickten wir Baleka hoch, gefolgt von Squibb, aber ich zögerte unten noch eine Weile, fühlte, wie eine Welle der Benommenheit mich überspülte, und ich bemerkte Flecken auf meinem Unterarm, die ich abtat. Als die Schwindelgefühle vergangen waren, zog ich mir den Ärmel bis zum Handgelenk runter und kletterte müde wieder an Deck.

So standen die Dinge auf der *Republic* für den Rest des Tages. Als die Nacht hereinbrach, versammelten sich die fünfzehn Allmuseri, die die Übernahme des Schiffes überlebt hatten, an der Steuerbordseite. Ihre Frauen hatten für sich weite, sackartige Kleider aus alten Segeln genäht. Obwohl sie in der Schlacht mehr ausgeteilt als eingesteckt hatten, waren viele der Männer verletzt. Sechs wurden zu der Zeremonie getragen, weitere fünf humpelten auf Krücken herbei, die vom Holz des Toppmastes gefertigt waren. Baleka zerrte den Ziegenbock des Kapitäns zu einem hastig gezimmerten Altar in einem roten Kreis, den sie beim Fockmast hingegossen hatten. Der Himmel war voller Möwen, die See nun ruhig und schimmerte, den Mond widerspiegelnd, so hell wie ein Spiegel. Kalte, leichte Windstöße ließen die unteren Segel flattern, so leicht, daß man die Finger anfeuchten mußte, um sie zu spüren. Fetzen von grauem Dampf spielten um die höchsten Spiere. Auf einer Kiste neben Squibb und mir sitzend, zitterte der Steuermann und zog seine Pijacke fest um sich. Er war nervös vor Schlafmangel, sein Gesicht aschenfarben. »Merkt euch alle: Wir werden das Tier in ein paar Tagen brauchen.« Da ihm der Tabak ausgegangen war, lutschte er an seiner Pfeife, in der die Spucke gurgelte. »Die Vorratsräume sind überflutet. Es gibt nichts mehr zu *essen.*« Er grinste säuerlich, dann hustete er. »Es sei denn, wir sind bereit, uns gegenseitig zu essen.«

Squibb erstarrte. »Sir?«

»So etwas wird es nicht geben«, sagte ich. »Nur Falcon spricht davon, Menschenfleisch zu essen, und der ist in seiner eigenen Kajüte hinter Schloß und Riegel.«

Squibbs Bauch grummelte. Er sah das Deck hinunter, dahin, wo Nacta mit einem Gewehr vor der Tür des Käptn's stand. »Wer wird denn dann Käpt'n sein?«

»Cringle, nehme ich an. Er ist der nächste. Und einer von ihren Leuten, um ihn zu beobachten.«

Der Steuermann sah mich direkt an.

»Ich hoffe nur, daß ich *wirklich* das Ruder in die Hand nehmen kann«, sagte er und wiegte sein Haupt, »dann plane ich, uns nach Amerika zu steuern, also helft mir. Wir könnten das Schiff am Tage Richtung Afrika steuern, wie die Schwarzen wollen, dann Richtung Staaten bei Nacht, wenn sie schlafen.« Wieder saugte er an seiner langen Pfeife. »Wir würden in Long Island landen, bevor die Neger wissen, was sie erwischt hat.«

»Geht das?« fragte Squibb.

Ich schwieg.

»Was ist, wenn wir *kein* Land finden?«

Wieder konnte ich ihnen keine Antwort geben.

»Mr. Calhoun ...«

»Bleib *ruhig*, Josiah. Was immer wir tun, die Allmuseri sind am Zug.«

Der jetzt, wie ich sah, darin bestand, ihr seltsames Reinigungsritual zu beenden. Soweit ich verstand, opferten die Schwarzen nicht einfach den Bock des Käptn's ihrem Gott; sie baten ihn auch, das Blut der Crew von ihren Händen zu waschen. Vielleicht wichtiger als die Freiheit war für sie die Tatsache, daß kein Blatt fiel, kein Wort gesprochen und keine Tat getan wurde, die nicht ewig ihr Echo im ganzen Universum fand. Samen waren das, die in Windeseile in anderen Taten – guten und bösen – erblühen würden. Für ein Volk mit ihren Werten verletzte (verstümmelte sogar) Mord den Mörder so sehr, daß es sie gut und gerne Abermilliarden Wiedergeburten kosten könnte, die Kette wieder zu erklimmen und menschliche Form anzunehmen. Ngonyama fragte sich, das konnte ich sehen, ob es das alles wert gewesen war, dieser teure Sieg im Austausch für ihre Seelen, denn das war es, was in der Tat auf dem Spiel stand. Ironischerweise schien es so, als ob Falcon sie schließlich doch alle gebrochen hätte; gerade durch ihren Triumph hatte er sie besiegt. Aus der Perspektive der Allmuseri hatte der Kapitän Ngonyama und seine Stammesgenossen so blutrünstig wie sich selbst werden lassen und hatte diesen Leuten Fesseln angelegt, einen Keuschheitsgürtel, der weitaus fester war als jede Kette aus gewöhnlichem Stahl. Das Problem war, wie man gewann, *ohne* die andere Person zu besiegen. Daran waren sie gescheitert. Solche Dinge beschäftigten Ngonyama. Ob es ihm gefiel oder nicht, er war gefallen; er war nun Teil der Welt der Vielzähligkeit, des *mich* versus *dir*.

Und so senkten sie die Stirn in Scham und demütigem Flehen aufs Deck, beteten, daß das Töten nicht für ewig ihrem Wesen aufgeprägt sei und daß ein anderer Akt, nicht die traditionelle Bezahlung für Mord – im Gegenzug ihr eigener Tod – angenommen würde, um ihre Welt wieder ins Gleichgewicht zu bringen; die *Republic* möge eine Fähre sein, die sie durch die Wasser zu ihrer angestammten Heimat zurückbringe. Als sie fertig waren und Ngonyama schweigend dorthin kam, wo wir saßen, klang seine Stimme gebrochen, als er sprach, wobei er die Augen kaum auf mich richtete.

»Wir sind fertig, *Ndugu*, mein Bruder.« Er fuhr sich mit den Fingern über die Stirn. »Alles ist in Ordnung und zur Rückkehr bereit. Wir sollten sofort starten. Meine Leute haben beschlossen, nach Senegambia zu segeln. Du mußt deinen Kapitän überzeugen, einen neuen Kurs für uns festzulegen.«

Cringle spottete. »Viel Glück.«

»Wenn er dies nicht tut«, sagte Ngonyama, »kann ich dafür garantieren, daß ihr alle sterben werdet.«

Das war keine leere Drohung. Deshalb führten mich zwanzig Schritte zur Tür des Käpt'ns. Nacta wollte nicht zur Seite treten, seine breitbeinige Haltung war keine geringe Herausforderung, während er in seiner linken Hand den Ring spielen ließ, den Falcon trug, um seine

Waffen zu entsichern. Übers Deck hin befahl ihm Ngonyama beiseitezutreten. Als Nacta sich entfernte, trat ich, links etwas humpelnd, ein zum letzten Gespräch, das irgend jemand auf dieser Erde mit Ebenezer Falcon führen würde.

SIEBENTER EINTRAG

Der gleiche Tag

In der stickigen Luft von Falcons Kajüte gab es Geheimnisse, die zu skandalös waren, um sie mit der Besatzung des Schiffes zu teilen. Dies war nicht ein Wissen, das ich erstrebt hatte, aber es wartete auf mich, um mich zu überfallen, wie der alte Mann selbst, inmitten von Säcken mit Drachmen, Goldstücken und Goldbarren und Kirchenkisten aus geplünderten Küstenorten, alles über den Boden verstreut. Alles, was nicht von der Explosion zerstört worden war, zerstörten Atufal und Diamelo, weil es Einblick in die barbarische Welt der Sklavenhalter bot. Wohin auch immer meine Blicke sich richteten, achtern auf das riesige, hochkant stehende Bett, vorn auf seine zerbrochenen Erfindungen an der Backbord-Wand, seine Räume riefen die Erinnerung an verlassene Herrenhäuser hervor, die von Piraten geplündert und verwüstet worden waren, und so war mir einen Augenblick lang nichts mehr vertraut hier. Eine nachchristliche Zimmerlandschaft, dachte ich plötzlich – ich, dessen Schädel halb gefüllt war mit Allmuseri-Worten. Das Zimmer drehte sich eine Sekunde lang so heftig vor meinen Augen, daß ich meine Hände auf die Knie stützen mußte und den Kopf hängen ließ und warten mußte, bis sich der Schiffsrumpf stabilisiert hatte. Aber auch dann spürte ich noch den Taumel der Kulturen, fühlte mich durch dieses dezentrierte Interieur und die Übernahme der Afrikaner derart deplaziert, daß eine Walöl-Lampe zu meinen Füßen, nach der ich faßte, genauso gut ein phönizischer Gegenstand hätte sein können, so wenig Sinn machte er in diesem Moment. Und dennoch gab es in diesen rauchenden Trümmern eine Bewegung, eine schwache Regung des ikarischen Menschen, des Schöpfers von Zahnrädern und Entkörnungsmaschinen, unter Apparaturen, die ihn auf dem zersplitterten Fußboden festnagelten.

Ich entdeckte, daß seine Beine unter einem Balken eingeklemmt waren. Daran hielt ich mich mit einer Hand fest, schob mit der anderen seine zerfetzten Seekarten, Lira, eiförmigen Ringe, Almanache und seinen Klotz, auf dem er oft saß, um an den Tisch zu reichen, beiseite, und versuchte dann, die Balken, unter denen er lag, hochzuheben, ohne mir den Rücken zu verrenken. Falcon gab ein grunzendes *»Uff«* von sich. Unten und oben war er zertrümmert. Als er ein paar Zentimeter kroch, wobei er den Sockel eines Bücherregales packte und sich vorwärtszog, krachten Knorpel in seiner Schulter wie wurmzerfressenes Holz – oder als würden, in einer noch tieferen Schicht, seine Atome auseinanderfliegen. Ich sah, daß die Hälfte seiner Rippen auf der rechten Seite gebrochen waren und daß er kämpfte, nicht allein, um den körperlichen Schmerz zu verleugnen, der grell und verworren in alle Richtungen ausstrahlte, sondern auch noch tiefere Verletzungen. Was für welche waren das? Ich konnte sehen, daß alles, was ihm etwas bedeutete, durch die Gleichgültigkeit der Allmuseri verschwinden würde, die die Grenzen und Voraussetzungen seines Lebens nicht mehr beachten würden, als er ihre beachtet hatte, womit ich seinen Glauben meinte, daß man den Tod durch irgendeine großartige Tat oder ursprüngliche Entdeckung besiegen müsse, seinen Drang, sich über Kontingenz, Zufall und, ja, über andere Piraten wie John Silver und Captain Teach zu erheben, sein Pseudogenie – um es gerecht zu beurteilen –, das ihm ermöglichte, Apparate zu erfinden, aber dem wahre Einsicht fehlte, das Informationen auf einen herabregnen ließ wie Schrot, aber in der unzusammenhängenden Art des Autodidakten, die das ganze oberflächliche Funkeln des Brillanten – Isolation, Eitelkeit, Idealismus – zeigte, aber von den Gesetzen und der Logik des Herzens weit entfernt war. Ganz plötzlich entdeckte ich, daß ich immer noch behext war von einem Führer, der nach dem Prinzip lebte: niemals erklären und niemals um Verzeihung bitten. Aber er tat mir auch leid, wegen seiner Unvollkommenheit. Er tat mir leid, wie wir alle mir leid taten, denn ob wir es wollten oder nicht, er hatte ein Volk gleichzeitig zum Besseren und zum Schlechteren verändert, sich selbst zum stillen Gebet in all ihren künftigen Vorhaben gemacht. Eine grausame Art von Verbundenheit war dies. In einem gewissen Sinne waren wir *alle* in einem grausamen Ehestand an den Käpt'n gekettet. Jahrhunderte würden vergehen, in denen die Allmuseri die Folgen dessen durchlebten, was er in Gang gesetzt hatte; er würde sie, vermutete ich, äonenlang begleiten, wie ein Ex-Geliebter, ein verschmähter Ehemann, ein Vergewaltiger, der, obwohl er von einem Mob gelyncht wird, immer noch nachts in den Träumen zu einem kommt: eine verhaßte Kreatur, die dennoch im Herzen von allem, was sie dachten oder taten, weiterlebte.

»Käpt'n, ich bin's, Rutherford. Erkennen Sie mich?«

»Dieser Küchenfeudel?« Sein Mund öffnete sich furchterregend in seinem Gesicht, das so flach und faulig wirkte wie ein Seestiefel.

Das Nervensystem des Käpt'ns, dieser tiefenstrukturelle Mechanismus, mit dem keiner von uns vernünftig reden, überhaupt *reden* kann, war durch den Aufprall der Balken so beschädigt worden, daß er weder seinen Stuhl noch die spastisch zuckenden Muskeln in seinem Gesicht mehr kontrollieren konnte. So wechselten Lächeln und ein grimmiger Ausdruck auf seinem Gesicht. Diesen ersetzte ein Ausdruck der Pikiertheit, dann Überraschung und Entzücken, dann wieder Kummer, als ob unter der Persenning seiner Haut mehrere Frauen und Männer darum kämpften, sich daraus zu befreien. Ich bitte Sie also, sich vorzustellen, wie schockiert ich war, als ich ihn so sah, ihn, der bis zum Schluß darum kämpfte, einzigartig und auf sich selbst gestellt zu wirken, obwohl alles, was in ihm Natur war, längst gegen ihn rebellierte. Obgleich ich schon benommen war von diesem Wirbel unwillkürlicher Gefühlsmasken, hatte ich genug chirurgische Eingriffe an Bord gesehen, um zu wissen, daß seine einzige Hoffnung ein kräftiger Schuß Rum und ein sterilisiertes Messer waren, um alles unterhalb seiner Knie abzuhacken, wobei genau die Art von Abhängigkeit von anderen entstünde, die für so einen aufgeblasenen Seeräuber – einen Mann, dessen Wesen so *festgelegt* und unflexibel war – unerträglich wäre. »Ay, ich kenne dich. Ist dies das Ende der Welt, Mr. Calhoun?«

»Sir?«

»Der Gedanke kam mir, als ich hier so lag, der Alptraum, daß dies die letzte Stunde in unserer Geschichte wäre. Nichts sonst kann das erklären. Diesen Zusammenbruch. Ich meine, wie *gründlich* der ist, von oben bis unten, als ob alles von den Urzeiten bis heute, die Werte der Zivilisation und die Visionen der Hochkultur, alle zur Hölle gefahren wären, wie schöne, alte Dörfer, die bis oben hin mit Müll vollgestopft sind, überrannt von Farbigen und Juden, untergraben von Virusinfektionen und Geschlechtskrankheiten, die den Geist zerstören und ganze Generationen von weißen Kindern verkrüppeln, die Fremde, wenn nicht Sklaven in ihrem eigenen Lande sein werden. Ich sah Familien einander töten. Menschen lebten auf der Straße. Geschlechter und Rassen waren unkenntlich geworden. Ich sah Aufstände in den Städten und auf den Schiffen. Dann: den Aufstieg der aztekischen Religion und Voodoo-Riten als ernsthafte spirituelle Praktiken für einige, aber gleichzeitig verehrten die Leute auch noch

Bühnengrößen. Weiter und weiter zog es vor mir vorüber. So verrückt es scheint, ich sah ein Schiff, dessen Mannschaft nur aus Frauen bestand. Gelbe Menschen kauften halb Amerika auf. Hegel quoll aus den Mündern von Hottentotten. Gott!« Sein ganzer Leib schauderte von Bug zu Heck. »Ich habe bloß geträumt, nicht wahr?«

»Vielleicht, Käpt'n. Es wird gewiß nie so sein.«

Einige Augenblicke vergingen, in denen er auf seiner linken Seite eingeknickt da lag, still wie die Galionsfigur des Schiffes, seine Haut war gerötet und schorfig, einer seiner Sockenhalter war zerbrochen (er hatte, ich sollte das in diesem Bericht festhalten, Halter erfunden, die von den Hemdenzipfeln zur Socke führten, so daß man die Socken nie hochzuziehen brauchte und das Hemd immer einen frischen, gut gestärkten Eindruck machte und außerdem geeignet war, eine militärische Inspektion zu überstehen, auch nach der Schlacht), sein Gesicht wirkte entspannt, und seine Stimme war leise.

»Du bist ungewöhnlich ruhig und bedacht heute abend. Ist das etwa so, weil du mich betrogen hast, Mr. Calhoun.«

»Nein, Sir. Ich hab genau das getan, was Sie wollten.«

»Ehrlich?«

»Ihre Pläne und die der Meuterer sind auf die falsche Seite der Boje geraten und gestrandet. Tut mir leid, Sir.«

»Dann haben wir die Schwarzen unterschätzt? Sie sind schlauer, als ich dachte?«

»Das müssen sie wohl sein.«

Er nickte und rümpfte die Nase, wie ich annahm, über seinen eigenen strengen Geruch. »Mr. Calhoun?«

»Hier, Sir.«

»Was sich nicht geändert hat, ist, daß ich dich immer noch als mein Auge und Ohr brauche. Ich kann nicht schreiben, also mußt du das Logbuch führen. Ganz gleich, was aus mir wird, ich will, daß andere die Wahrheit erfahren über das, was auf dieser Reise geschehen ist. Wirst du das tun?«

»Käpt'n, ich bin kein Schriftsteller. Ich weiß nicht, wie man ein Logbuch führt.«

»Das macht nichts. Du bist ein kluger Bursche. Tu dein Bestes. Schreib alles auf, woran du dich erinnern kannst, und was *ich* dir gesagt habe, vom Zeitpunkt an, als du an Bord kamst. Nicht bloß Mr. Cringles Sicht, sage ich, oder die Geschichte, die die Meuterer sich zusammenspinnen werden, sondern die Dinge, die ich dir gesagt habe, als wir uns heimlich getroffen haben.«

Dem stimmte ich widerwillig zu. Ich klaubte sein Logbuch aus den Trümmern. Aber ich schwor mir, daß ich zwar die Geschichte erzählen würde (ich wußte, daß er im Gedächtnis der Menschen bleiben wollte), aber es würde, zunächst und zumeist, die Geschichte sein, wie ich sie sah, seit meiner Flucht aus New Orleans.

»Also dann«, sagte er, befriedigt, daß ich sein Biograph sein würde, »kannst du mir sagen, wie die Dinge jetzt stehen?«

»Die Afrikaner haben das Schiff übernommen. Wir treiben ohne Richtung. Sie wollen, daß wir Kurs auf Senegambia nehmen, wo der Rest der Crew freigelassen werden soll, wenn Sie uns dahin führen können.«

Während ich sprach, schwand die Farbe aus seinem Gesicht. Seine Fäuste, mit ihren kleinen Knöcheln, öffneten und schlossen sich. »Ihnen gehört dieses Schiff nicht.«

»*Doch*, Käpt'n. Das können Sie nicht ändern.«

»Nein, *du* verstehst es nicht. Auch sie nicht. Die Sklaven glauben, sie haben die *Republic* der Crew entrissen, ist es nicht so?«

»So ist es wohl.«

»Sie irren sich.« Die Muskeln um Falcons Augen herum spannten sich. »Sie war von Anfang an nicht *unser* Schiff, Mr. Calhoun. Jede Planke und jedes Stück Segeltuch auf der *Republic* und jegliche Ladung, die sie trägt, vom Schothorn bis zum letzten Ohrring – einschließlich der Kreatur dort unten – gehört den drei Typen, die sie in New Orleans ausgerüstet haben und unsere Löhne zahlen. Sieh mal, jemand muß die *Rechnung* bezahlen. Ich bin Kapitän, weil ich weiß, wie man sich verbeugt und Kratzfüße macht und in reiche Ärsche kriecht, um das Geld für diese Überfahrt aufzubringen. Ich bin nicht im letzten Loch aufgewachsen, weißt du. Ich weiß, wie man an die rankommt, was nicht leicht war, denn die bleiben lieber im Verborgenen. Jeder einzelne von ihnen erwartet, daß er seine Investition zurückerhält. Vielleicht verdreifacht, wie ich ihnen versprochen habe. Wenn wir versagen, werden sie kein Pardon geben. Das sind die Männer, die wir zu beschwichtigen haben, nicht diese Scheißkerle und Rowdies da draußen. Oh, ich weiß, was du denkst. Wir sind Opfer höherer Gewalt geworden. Natürlich müssen sie das verstehen. Aber ich sage dir, sie werden nichts anderes verstehen, als daß ich ihr Geld genommen habe – eine Menge Geld, mein Junge –, und wenn ich mit leeren Händen nach Hause segele, würden sie uns lieber ertrinken sehen als von mir hören, daß ihr gut angelegtes Geld die Brigg unter seine Kontrolle gebracht und sie zurück nach Bangalang gesteuert hat.«

Die Finanzierung des Schiffes war ein Gebiet, auf dem mein Unwissen umfassend war. Bei ökonomischen Fragen war mein Herz schlicht, mein Geist langsam. Ich hielt den Mund. Aber wollte Ebenezer Falcon mir damit sagen, daß er, im Grunde genommen, nicht freier war als die Afrikaner?

»Einen Monat, bevor wir ablegten, besuchte ich einen dieser Mandarine, mit dem Hut in der Hand. Oh, ich grinste und alles, bot ihm aber den Rücken dar, um ihn zu tätscheln. Wenn irgendeiner der Matrosen mich gesehen hätte, könnte ich niemals mehr mein Gesicht in der Öffentlichkeit zeigen, geschweige denn eine Mannschaft anheuern, die nicht über mich lachen würde. Aber es funktionierte, Mr. Calhoun. Ich war genau der Hund, sagte er, den er brauchte, um Schwarze vom Wert der Allmuseri zu holen. Ich weiß noch, wie ich mit ihm in seinem Salon die Mannschaftsliste durchgegangen bin. Ein einfaches Zimmer, du weißt schon, aber so lang wie die Groß-Bambulin, voll mit fahlem Licht aus Osten am frühen Morgen und schlichten Möbeln, wie Menschen mit bescheidenen Mitteln sie wählen mögen. Er kam zum Frühstück in einer Weste, die vorn tief ausgeschnitten war, keine einzige Falte in der Hose, und sein Haar in einem Negligé-Stil gekämmt. Ein perfekter Gentleman mit Geschmack und Augenmaß, besagte seine Aufmachung. All das sollte die Tatsache verbergen, daß er ein verdammtes Vermögen damit gemacht hatte, die Briten im letzten Krieg mit Sklaven und Nachschub zu versorgen. Schau, nur arme Leute haben es nötig, zu protzen. Was genau das ist, was ich getan habe, weil ich diesen Vertrag so dringend brauchte, daß ich darum sogar gebettelt habe. Ich dachte, diese Tour sei leicht verdientes Geld. So einfach, verstehst du? Er ließ mich die meiste Zeit reden, machte mir Komplimente zu meinem Latein, meinen Expeditionen den Nil hinunter, meinem Programm der Selbstschulung, meinen Reisen und verschiedenen Übersetzungen, von denen einige wenige (ungelesen) auf seinem Regal hinter uns standen, weil er eine Sperrminorität an dem Bostoner Verlag hielt, die sie veröffentlichte. Er ließ *mich* reden – merk dir das –, weil diese Landratte zwar kaum seinen Namen schreiben konnte, aber in dieser Welt niemandem etwas beweisen mußte. Er konnte Männer wie mich mit seinem Kleingeld kaufen. Schönheit kaufen, wenn er sie nicht erzeugen konnte. Wahrheit kaufen, wenn er zu beschäftigt war, um nachzudenken. Sogar Güte kaufen, denn welches gesegnete Ding auf Gottes Erde hat nicht seinen Preis? Wer steht nicht zur Auktion bereit, wenn es soweit ist? Häh? Kannst du mir das mal sagen? Während der ganzen Zeit, wo ich quasselte, auf meinem Platz unter seinem Familienwappen (der Kopf eines Negers) hin- und herrutschte, heißen Kaffee aus einer Tasse schlürfte, die in meiner Hand zitterte, lächelte er bloß und betrachtete mich eingehend. Nicht wie ein Mann, der seinesgleichen mustert – und auf dem Wasser oder in der Wildnis war ich mehr als seinesgleichen –, sondern so wie ich Ahman-de-Bellah Schwarze, die frisch aus dem Busch kamen, habe begutachten sehen. Dieses Gefühl hat mir überhaupt nicht behagt, Mr. Calhoun. Und er gefiel mir auch nicht. Der war nicht mal für'n halben Plattfuß auf See gewesen. Wenn du es schon genau wissen willst, dann fühlte ich mich den analphabetischen Offizieren und Heiden näher, mit denen ich per Schiff und mitten in stinkenden Dschungeln durch die Hölle gegangen war. Die Sache ist bloß die, daß er diese Reise ermöglicht hat.«

Der Alte war lange still, seine Augen wie Eisstücke, seine Haut bleich und weißer als Lammpergament. Als er wieder sprach, war seine Stimme gedämpft wie bei einem Mann in der Kirche. »Sein Name ist Zebediah Singleton, und ein Drittel dieses Kahns gehört ihm.«

»Und die anderen zwei Drittel?«

»Elihu Griswold, ein Pflanzer aus Georgia, besitzt ein großes Stück, aber ich erwarte nicht, daß du diese Namen kennst. Wie ich schon sagte, diese Kerle werden nicht gern in der Öffentlichkeit gesehen. Aus gutem Grund übrigens, wenn man an all die Verbrechen denkt, die sie begangen haben. Der letzte ist ein kreolischer Spekulant namens Philippe Zeringue.«

»Ngonyama wird nichts davon hören wollen, Kapitän. Es sind jetzt noch fünfzehn Afrikaner an Bord, aber nur vier Yanks. Sie haben die Waffen und wir nicht, außerdem haben wir keine Chance, wieder auf unseren Kurs zu kommen, wenn Sie – *sagten Sie Philippe Zeringue*?«

»Du kennst ihn?«

»Nein, aber – äh, ich glaube, ich hab den Namen schon mal gehört.«

»Nun, drei dieser rebellischen Allmuseri gehören *ihm*.«

»Welche drei?«

Der Alte tat meine Frage achselzuckend ab und sprach weiter über ein unsichtbares ökonomisches Reich – ein Gebiet, das mir so fern lag wie das Reich der Religion und das der Physik – hinter dem Reich der Sinne, das ich sehen konnte. Plötzlich kam mir das Schiff körperlos vor: wie ein Pfand in einem weit größeren Spiel um Besitz, der so ungeheuer war, daß er unsere Kämpfe an Bord trivialisierte. Meine Monate auf der *Republic* schienen sich in Luft aufzulösen, brachten mich zurück in Papa Zeringues verräuchertes Restaurant, das ich nie verlassen hatte, und dann war er es, der vor mir redete, und nicht Falcon, der über mein Unwissen eines Illinois-Burschen vom Lande darüber, wie es in der Welt zuging, nur lachte und mir sagte, daß es kein Entkommen gab aus den Netzen, die er in New Orleans gesponnen hatte bis übers Meer und sogar bis in die entlegensten Dörfer Afrikas. Aber wie konnte er das tun, fragte ich mich? Sklaven kaufen und verkaufen, wenn er selbst schwarz war? War dies nicht der größte Verrat von allen?

»Von was allem?« fragte Falcon.

Ich hatte in meiner Tagträumerei gesprochen, ohne es zu merken. »Nichts«, sagte ich. »Kapitän, ich glaube, es ist besser, wenn ich zu meiner Koje gehe und mich hinlege. Aber Sie *müssen* versprechen zu tun, was die Allmuseri sagen. Unser Leben hängt davon ab.«

»Ich werde ihnen sagen, was ich dir gesagt habe. Aber zunächst muß ich dich um einen letzten Gefallen bitten.

Hast du den Waffenring noch, den ich dir am Fort gegeben habe?«

Ich hielt meine linke Hand hoch.

»Gib ihn mir bitte.«

Er wartete, in Gedanken versunken, starrte an mir vorbei auf Nactas Rücken im Eingang, auf seine Umrisse, die nebelhaft wirkten, dachte an seinen Alptraum von den kommenden Dingen. Ich konnte nicht sagen, ob er die Bedingungen der Afrikaner akzeptierte, oder ob er irgendeinen neuen Verrat ausheckte, und, ehrlich gesagt, nachdem ich erfahren hatte, daß Papa mein echter Boss war, daß sein Einfluß soweit reichte, daß ich mich immer noch vor ihm verantworten mußte, fühlte ich mich zu getroffen, um noch irgend etwas zu sagen. Ich gab ihm den Ring. Er zog plötzlich ein Gesicht voller Verachtung, eins, das mir sagte: Hau ab. Das tat ich, mit einem Blick auf das Brandzeichen auf Nactas Schulter, und dann auf die anderen, als ich ging, verblüfft und pervers fasziniert von der Frage, welcher der Schwarzen einem Schwarzen gehörte. Auf meinem Weg nach achtern sah ich, wie Ngonyama und Diamelo das Zimmer des Kapitäns betraten. Ein Teil von mir wußte, daß Falcon die Trümmer nach einer Waffe durchkämmte. Ich wußte auch, daß er sie, wenn er eine finden würde, erschießen würde, aber ich hielt die Möglichkeit für gering, bis wir, Cringle lehnte sich neben mir über die Reling, dessen protestantischer Bauch dauernd verstopft war und der den Darm voller Winde von Squibbs Backkünsten hatte – einen einzelnen Schuß hörten wie den Donner der Verkündigung am Jüngsten Tage. Ich spürte diesen Schuß in jeder Fiber. Ich bekam eine Gänsehaut auf meiner Schädeldecke. Der Steuermann drehte sich auf dem Absatz um und war mit vier Sätzen an Falcons Tür. Nacta stieß ihn zurück. Dann konnte ich nichts mehr klar erkennen, da die anderen Afrikaner sich im Eingang verknäuelten. Jemand, sagte Akim, war tot. Ich wühlte mich durch das Gedränge der Körper, in der Hoffnung, daß es nicht Ngonyama wäre, daß Falcon in seiner Stupidität statt dessen Diamelo erschossen hätte. Drinnen wurde ich von Ghofan festgehalten. Er packte mich mit beiden Händen. Sagte: »Dieser hier hat ihm die Waffe gegeben.« Er schrie das Ngonyama zu, der zur Antwort gab: »Rutherford kam unbewaffnet herein. Laß ihn los.«

Befreit stolperte ich vorwärts und landete neben Diamelo. Er starrte hinunter auf Kapitän Falcon, dessen Ringhand, seine rechte, fest den Abzug einer Philadelphia Derringer umschloß, die seinen halben Schädel weggeblasen und die Wand hinter ihm mit Körnern seines blutigen Schädels in der Größe von Pfefferkörnern rosa gefärbt hatte, eine Pastete aus Gehirn und Blut. Er hatte uns – wie alle in dem plötzlich still gewordenen Raum wußten – allein und blind in fremden Gewässern zurückgelassen. Unsere Aussicht, die Heimat zu erreichen und Anker zu werfen, waren durch seinen Tod zerknickt worden wie Treibholz.

So wie entlaufene Sklaven dem Polarstern folgen und keinen anderen Wegweiser in ihre Heimat besitzen als ein einzelnes Licht über ihnen, so segelte die *Republic* zwei Wochen nach dem Stand der Sterne. Ganz gleich, ob die Quelle dieses Feuers am Himmel, wie Cringle mir erzählte, wahrscheinlich schon ein Jahrtausend, bevor die Erde erkaltete, erloschen war, oder ob all unsere Träume auf einer Illusion von Licht beruhten, einem Trick der Wahrnehmung: wir segelten weiter. Und weiter, und der Klipper war nun eine Arche von Schwarzen mit Segeltuch-Verbänden, die um Aufmerksamkeit flehten und Tag und Nacht nach Essen, Medizin und Trost verlangten. Kleine Kämpfe und Gerüchte brachen wie Krankheiten aus, führten zu Cliquenbildungen, die wir nicht gebrauchen konnten, denn unsere vordringliche Aufgabe war, das Schiff wieder flottzumachen. Wenn die Decks nicht geschrubbt werden mußten, dann mußten die Vorstage geteert werden; wenn das nicht, dann mußte die schlaff herabhängende Takelage überholt, ersetzt und geflickt werden, denn man kann sich nicht ein einzelnes Tau vornehmen, ohne das feine Flechtwerk der ganzen Takelung zu ändern. Armes altes Schiff! Sie war keinen Pfifferling mehr wert. Manchmal, spät in der Nacht in ruhigen Gewässern, meinte ich sie beinahe um sich selbst und unsere armselige Crew von halbverhungerten Ex-Sklaven weinen zu hören. Ohne genügend Wasser, ohne gutes Segeltuch und fast ohne erfahrene Mannschaften, wurden wir von wechselnden Winden hin und her geworfen und häufig vom Kurs gebracht, so daß wir oft im Kreise segelten und auf unsere eigenen Spuren stießen oder in eine Trance von Meer und Wind gerieten, die zu schwach waren, als daß wir Fahrt machten, so daß wir ziellos dahintrieben, verloren wie in der Wüste, und unsere Segel waren nur noch Fetzen und die Taue kaum geflickt.

Seltsamerweise war Diamelo plötzlich wie umgedreht und litt am meisten unter dem Verlust, als die Leiche des Alten, beschwert und in Segeltuch gehüllt, an Deck gebracht und ins Meer geworfen wurde. Er schaute nervös zu, als Cringle und ich die Seekiste des Käpt'ns erbrachen und sein Seezeug vor dem Mast unter die Sklaven verteilten, um abzuleichtern und weil es unsere Pflichten einfach noch härter machte, wenn einem die Hinterlassenschaften eines toten Schiffskameraden vor den Füßen skullten. Aber Diamelo wollte diese Hinterlassenschaften. Die ganze Zeit hatte ich versucht, einen geraden Kurs zu steuern und nicht vor seinem Bug zu kreuzen, wenn ich in seiner Nähe war, denn er sprach mit den Amerikanern nur durch eine dritte Person. Wann immer er Cringle oder Squibb etwas zu übergeben hatte, warf er es ihnen zu oder schob es mit seinem Zeh zu ihnen herüber. Er haßte uns aus vollem Herzen. Täglich entfachte er eine Flüsterkampagne gegen Ngonyama, den er beschuldigte, sein eigenes Volk zu verraten, weil er als Falcons Verbindungsmann zu den Sklaven fungiert habe. Ich sagte, das wäre nicht so. Er nannte mich einen schwarzgekochten Barbaren und sagte mir, wenn ich noch einmal etwas Unpassendes äußerte, ließe er mich in Ketten legen. Er war dünn wie ein Abflußrohr, so ungeschickt, daß ich ihn in zwei, vielleicht drei Sekunden hätte aufs Kreuz legen können. Wochen unter Deck hatten ihn knochig gemacht, er hatte große Froschaugen, die einen anfaßten wie Finger; geschwollene Füße und ein festes Käppchen aus krausem Haar, das unter der kochenden afrikanischen Sonne leicht als natürlicher Tropenhelm durchgehen konnte. So war, was manchmal die anderen umstimmte und ihre Stimmung schürte, wenn er sprach, weniger seine Statur als vielmehr die Reinheit seiner im Schicksal der Rasse begründeten Wut. Diese hielt er fest an sich gepreßt wie einen Besitz – stellen Sie sich vor, wie man eine Katze hält –, ein Bezugspunkt, der im Vergleich jedes Ereignis vor seiner Versklavung verblassen ließ. Nachdem ich ihn früher schon unseren Kopf hatte fordern hören, war es ein Leichtes, zu erkennen, daß ihm die Einkerkerung in der Sklavenbaracke und dann im Laderaum des Schiffes als die bedeutungsvollste, denkwürdigste, ja kostbarste Zeit seines Lebens erschien, eine Erinnerung, die gehegt und gepflegt werden mußte, um sie zur Marke für die eigentliche Zeitrechnung – sein persönliches anno domini – seit seiner Geburt vor zwanzig Jahren zu machen. Vor seiner Verhaftung, sagte Ngonyama (der ihn seit seiner Kindheit kannte), war Diamelo ein Dummkopf gewesen, der Palmwein trank und stumpf von einer Beschäftigung in die nächste geriet; er war der Tunichtgut im Dorf gewesen; der erste bei jedem Tanz und der letzte, der ging; der Junge, der Frauen hinterherspionierte, wenn sie sich zum

Pinkeln ins Gebüsch schlugen; der Rüpel, der seine Stärke bei kleineren Jungen bewies; der Jäger, der sich zurückhielt, bis die Jagdbeute tot war oder der Klauen beraubt; der verschlafene Beobachter, den anstrengende Feldarbeit langweilte, voller Verachtung für die tatterigen Alten, ungeduldig angesichts von Jahren des Fleißes, die es kostete, um eine der komplizierten Allmuseri-Künste zu erlernen. Aber dort in der überfüllten Sklavenbaracke fand Diamelo seinen lange entbehrten Mittelpunkt: Ebenezer Falcon, einen wahren (gottgesandten) Teufel, den man verachten konnte. Einen Drachen, so ausgesucht in seiner Bosheit, daß Diamelo, der kein Junge war, der seine Leute jemals durch seine Fähigkeiten oder seinen Beitrag zur Gesellschaft beeindruckt hätte, entdeckte, daß niemand mehr von seinen Mängeln und Charakterschwächen sprach, wenn ihr aller Leben zerschellt war. Er brauchte nur ein zweisilbiges jambisches Wort zu hauchen, *Falcon*, um sie zum Zuhören zu bringen und magisch ihre Gefühle zu steuern. Wenn der Alte Ngonyamas Orientierung durcheinandergebracht hatte, so hatte er ungewollt Diamelo die seine auf dem Silbertablett serviert. In drei Wochen war der Tunichtgut, den vorher die Kultur seines Stammes vollkommen kalt gelassen hatte, zu deren Meister geworden, ein Wandel, den ältere Allmuseri, wie Ngonyama, nicht überzeugend fanden, manchmal opportunistisch, sogar falsch, obwohl es sich keiner leisten konnte, ihn zu kritisieren, als es ihnen schlecht erging in der Tiefe. Aber ein Meister muß seinen Drachen am Leben erhalten. Er darf nicht verschwinden, wie der Käpt'n es tat, als er seine Taue kappte. Nein, Drachentöter nach getaner Arbeit waren nicht selten so orientierungslos wie Soldaten nach dem Krieg.

Obwohl wir die Hälfte von des Käpt'ns Sachen ins Meer warfen, erzählte der schlaue Diamelo den anderen, daß er auf gefährliche Weise immer noch gegenwärtig sei, drinnen und draußen, vorn und achtern, am Ruder und im Back, im Schanzkleid und auf den Wasserwegen. Und vielleicht jetzt auch in *ihnen*. Das Böse war noch nicht ausgetrieben worden. Der Drache war nicht einfach ein Mann, sondern der Geist des Schiffes, seine Art, die Welt zu sehen und mit Worten zu erschließen. Deshalb schlug er neue Notregeln vor, nach denen wir uns richten sollten. Das Haus des Herrn sollte abgewrackt werden. Nur Allmuseri sollte von der Mannschaft gesprochen werden, wenn sie mit den frisch an die Macht gekommenen Sklaven Kontakt aufnahm. Cringle sollte Karten benutzen, die Ghofan anfertigte; er traute den Karten nicht, die Falcon hinterlassen hatte. Außerdem verbot er uns, Lieder auf Englisch zu singen, der Sprache seiner Unterdrücker, während wir arbeiteten. Er sagte, daß wir ihre Geschichten lernen sollten. Ihren Gott nähren. Allmuseri-Heilmittel sollten benutzt werden, um Krankheiten und Verletzungen zu heilen. Wir durften natürlich ihre Frauen nicht berühren; tatsächlich sollten wir die Augen niederschlagen, wenn sie an uns vorbeigingen, um einem Volk den angemessenen Respekt zu erweisen, das wir nicht verstanden und deshalb mißbraucht hatten und nun um einer Weisheit willen aufsuchen mußten, die wir ignoriert hatten. Schließlich sollten wir uns, bis wir Senegambia erreichten, nur von Gerichten ernähren, die den Allmuseri vertraut waren – sechs von vier, da unsere Vorräte erschöpft waren.

Wenig davon wurde in die Tat umgesetzt, nur daß jeder von ihnen nach unten ging, um ihren Gott zu füttern. Auf beiden Seiten, der afrikanischen und amerikanischen, fühlten sich die Überlebenden der Revolte zu ramponiert, um sich einem gänzlich neuen Regiment unterzuordnen. Als Diamelo seine Vorschläge machte, stimmten sie mit den Füßen ab. Warum? Bruder, an manchen Tagen aßen wir Kerzen. Öl. Leder, wenn wir mußten, wobei wir

Krümel von Pudding aus Hartbrot und Melasse (oder Zwieback) für die Frauen und Kinder aufhoben, die zu Squibb und mir ein bißchen freundlicher wurden. Dennoch fuhr Diamelo fort, sich jedes Mal mit Salzwasser zu waschen, wenn Cringles Schatten auf ihn fiel, er reinigte Werkzeug, wenn ich es zuerst berührt hatte, und interessierte sich sehr für den Gebrauch der Schiffskanonen.

Um alles noch schlimmer zu machen, kroch der Tod durch jede Luke hinein. Falcon hatte uns ein treibendes Laboratorium furchtbarer Krankheiten hinterlassen. Das paßte, in gewisser Weise. Ich meine, daß die Schwarzen das Ruder auf der *Republic* erst übernahmen, als das Schiff so verdammt beschädigt war, daß man es kaum noch reparieren konnte, ein Schatten seines früheren Selbst, dessen Glanz verblaßt war – in anderen Worten ein Schiff, das nicht mal mehr zum Verschenken war, selbst wenn man eine Garantie für 5 000 Kilometer dazugab. Wir schleiften verseuchte, verschrumpelte Leichen zur Reling. Zwei der Allmuseri hatten Guineawürmer. Obwohl kein Chirurg und selbst nicht besonders wohlauf, war Squibb genötigt, so gut wie er konnte zu improvisieren. Seine frühere Erfahrung an Bord kam ihm zugute. Er konnte die Pest an ihrem süßen Geruch erkennen; Scharlach an einem Geruch wie Zwieback; Wahnsinn (er schwor es) roch wie Ratten. Die meisten Wunden erforderten eine Amputation. Nachdem man das Glied abgehackt hatte, wurde die blutige Wunde mit einem Streifen Leder umwickelt, den Squibb dort beließ, bis alles ausgetrocknet war; dann sterilisierte er den Stumpf mit heißem Öl oder Teer, und dies bedeutete, daß drei unserer vom Hunger zerfressenen Deckmatrosen – die frisch befreiten Afrikaner – ihren Pflichten torkelnd nachkamen minus ein Bein oder mit nur zwei Fingern an einer Hand oder ohne einen Arm. Jedem Beobachter mußte es so vorkommen, als würde eine Mannschaft von Invaliden auf Deck herumstolpern. Die beste Zahnbehandlung, die Squibb aufbringen konnte, war, den Zahn zu ziehen. Er zerstörte den freigelegten Nerv mit Arsen. Atufal verbrachte seine freie Zeit damit, für diese Unglücklichen falsche Zähne zu schnitzen, wobei er manchmal die Vorderzähne der Toten benutzte, um diese kruden Ersatzteile für die Lebenden zu verstärken. Wie zu erwarten, hatten alle Mann an Bord Läuse und Ekzeme und kratzten sich dauernd, waren immer mit roten Flecken übersät, klagten über Fieber, Verstopfung, Müdigkeit und blutigen Ausfluß. Die meisten gingen barfuß und bluteten deshalb an den Füßen und Schenkeln aus Rissen, die beinahe über Nacht anschwollen. Daneben gab es Fälle von Verstimmung, Staupe, eine Art verrückt machendes Fieber, das in einen wilden Anfall mündete, bei dem das Opfer sich die Kleider vom Leibe riß, sich die Haut aufriß oder die des Nebenmannes, bis sie in Fetzen hing, und dann ins Meer sprang. Und dies, das muß ich hinzufügen, waren die milderen Fälle an Bord.

Viel schrecklicher waren die dran, die an Schwarzem Erbrechen litten. Diese Krankheit griff das Nervensystem und das Gehirn an. Die, die sich angesteckt hatten, zeigten eine gelbliche Färbung. Sie fielen in Koma. Ihr Puls war so niedrig, daß man ihn kaum mehr fühlte, und dann kamen Anfälle von Delirium. Schreie, die den Rest der Crew an den Rand des Nervenzusammenbruchs brachten, denn die Opfer des Schwarzen Erbrechens brauchten von offensichtlicher Gesundheit bis zum Verrotten nur eine Frist von zwei Tagen. Zusätzlich und gleichsam als Krönung zeigte eine Handvoll Anzeichen von Tetanus infolge von Wunden, die wir während der Schlacht erhalten hatten. Squibb machte schweres Wasser, was ihnen half, und bemerkte traurig: »Wir werden in Quarantäne gesteckt werden, bevor uns irgendein Hafen reinläßt. Das weißt du doch, oder? Dieses verdammte Schiff riecht wie eine Pestbaracke.«

Dieser Gestank kam, wie ich feststellte, von Cringle.

Wenn er nicht am Ruder stand und das Schiff auf gut Glück und mit Gottes Hilfe navigierte, dann lag er in Falcons Kajüte, vertiefte sich in Seekarten und zupfte an seinen Haaren, und seine Haut war verrunzelt und schlaff, weil er auf die Hälfte seines Gewichtes heruntergebrannt war. Sein Körper zuckte vom Fieber. Sein Kopf war voller kahler Stellen, die restlichen braunen Haarbüschel waren steif, ausgebleicht und spröde. Squibb diagnostizierte seine Krankheit zunächst als Typhus, dann als Krätze und schließlich als Skorbut. Tatsächlich hatte er alle drei. Seine Beine waren geschwollen. Zwei Weisheitszähne saßen locker in seinem Kopf, wackelten in Gaumen, die allmählich verfaulten, aber er wollte nicht davon ablassen, die Kajüte des Käpt'ns nach Seepässen, alten Logbüchern oder sonstigen Zeichen zu durchwühlen – irgend etwas! –, die uns die beste Route zurück nach Hause weisen würden. »Es war dieser Sturm«, spekulierte er, und seine Toppsegelrah-Stimme war zu einem kehligen Kratzen angespannt. »Sowas hab ich noch nie gesehen. Grauschäumige Wellen über den Schiffsrand. Blitze in den Segeln. Himmel und Meer waren einen Moment lang aufgerissen, oder das war es jedenfalls, was ich von der Brücke aus empfunden habe.« Er lehnte sich auf einem kaputten, dreibeinigen Stuhl zurück und kippte fast um, schob seine Karten weg, als wollte er seine Augen entlasten. »Du hättest nie Seemann werden sollen, mein Junge. Wenn du zu Hause geblieben wärst, dann wären du und diese Dame inzwischen vermählt.«

Ich wollte nicht an Isadora denken. Ich stand auf, spürte, wie das Meer sich senkte, dann mein Bauch, und setzte mich wieder hin. »Hast du keine Standortbestimmung für unsere Position?«

»Keine. Könnte in der Nähe von Martinique oder Sao Miguel sein, mehr sagen die verdammten Karten mir nicht. Wir sind vom verdammten Kurs abgekommen, haben die

See verlassen, in der ich mich auskenne, und sind in rauhe Gewässer geraten, in denen ich mich nicht auskenne.«

»Dann vergiß die Karten. Die Sterne –«

»Der Himmel ist auch ganz verdreht. Das ist es, was mich verblüfft. Da ist nichts mehr an seinem angestammten Platz, seit der Sturm uns eine Tracht Prügel verabreicht hat. Wir hätten niemals Allmuseri an Bord nehmen sollen. Das sind Schlecht-Wetter-Matrosen. Die Welt ist deshalb eingestürzt, oder irgend jemand hat uns den Himmel auf den Kopf fallen lassen. Erzähl du *mir*, was passiert ist. Ich bin ein einfacher Seemann, Rutherford. Ich weiß bloß, daß Kastor und Pollux nicht da sind, wo sie die nächsten tausend Jahre eigentlich sein sollten oder wo sie vielleicht waren, als Kopernikus den Himmel beobachtete.« Er seufzte. »Vielleicht bin ich es ...«

»Dann sind wir verloren?«

Er räusperte sich, aber heraus kam nichts. Cringle zwickte sich in den Sattel seiner Nase, um den Druck in seinen Augen zu vermindern, zögerte, mir jetzt zu antworten, und während er seinen Gedanken nachhing, dachte ich an die Geschichten, die von alten Teerjacken gesponnen wurden, die kaum noch die Kais in New Orleans rauf und runter zu humpeln vermochten, Geschichten von verfluchten Schiffen, die in alle Ewigkeit segelten und dazu verdammt waren, niemals anzulegen. Alle wurden durch irgendeine Katastrophe verhext, sagten sie. Nachdem ein Kapitän seine Mannschaft vergiftet hatte. Oder durch einen Aufstand auf hoher See. Oder wenn die Matrosen dem Kapitän die Kehle im Schlaf durchschnitten. Manchmal wurden sie vor einem Hafen, den die Pest überfallen hatte, gesichtet. Waren wir zu so einem Phantomschiff geworden? So wie jemand ein Netz auswirft, stellte ich ihm eine Frage, in der Hoffnung, sein Schweigen zu brechen und etwas heraufzuholen:

»Warum haben Sie angeheuert?«

Er schrak auf. »Was?«

»Warum haben Sie an Bord der *Republic* angeheuert?«

»Das war nicht meine Entscheidung.« Nun rieb er sich die Stirn. »Mein Vater ist ein sehr einflußreicher Mann, woran die Leute mich oft erinnern – ein Vater, auf den man stolz sein kann, nehme ich an. Als er fünfzehn war, kam er aus einem armen Fischerdorf in der Nähe von Dorset nach Amerika, im Bauch eines Dampfers, wie die Schwarzen, mit zwei Schillingen und einer halben Krone in der Tasche, und in zwölf Jahren machte er daraus ein Vermögen, mit dem er das Dorf, aus dem er kommt, zweimal kaufen könnte. Und die Menschen lieben ihn, ja, weil er barmherzig ist und jedem hilft, der mit nichts angefangen hat, wie er es getan hat. Er verachtet bloß die Privilegierten, aber ironischerweise ist es genau das, wozu sein Vermögen ihn gemacht hat.« Cringle lachte gebrochen, wobei sein Pfeifenkopf in seinem Mund wie eine Boje wippte. »McGaffin hatte recht. Ich gehör hier nicht hin. Wie meine anderen Vereinbarungen, war auch diese ... arrangiert.«

»Zu welchem Zweck?«

»Zu meinem nicht, das versichere ich dir. Wenn ich seine Beweggründe richtig verstehe, dann geschah es, weil ich bei allem anderen eine schlechte Figur gemacht habe. Er hat viele Jobs für mich arrangiert, verstehst du. Ich bin Buchhalter in seiner Firma gewesen. Papas Erbe, der heimlich von den Angestellten verachtet wird, die lächeln, weil er der Sohn des Chefs ist, und dann hinter seinem Rücken darüber flüstern, wie unfair es ist, daß er jemandem im Weg steht, der seit vierzig Jahren da ist. So etwas – verstehst du?«

Ich verstand nicht, gab es aber nicht zu.

»Ich hab's natürlich *versucht*; ich wollte ihm beweisen, daß ich die Dinge an Land in Griff kriegen könnte so wie er, aber Männer wie er oder Falcon haben mir immer eine Anti-Haltung eingegeben. Früher oder später stimme ich mit ihnen plötzlich nicht mehr überein oder tue etwas, um ihrer Selbstgefälligkeit zu trotzen, oder sage: »Nein! Deine Art zu handeln ist nicht die *einzig mögliche*.« Davor war ich Büroangestellter, Zollinspektor, Hausierer, Schneiderlehrling, Tischler und zweimal mit Frauen verlobt, von denen er glaubte, daß sie zu mir paßten und, ja ...« Der Steuermann unterdrückte ein Rülpsen. »Nichts davon klappte. Er war enttäuscht. *Ich* war enttäuscht.« Er zwinkerte mir zu. »Weißt du, wie das ist, solch einen Vater zu haben?«

»Kaum.« Ich versuchte zu lachen, um ihn aufzuheitern. »Ich weiß nicht einmal, wer mein Vater *ist*. Meiner war nie da, um irgend etwas von mir zu erwarten oder um mich allzu viel von mir selbst erwarten zu lassen. Ich *habe* keine Familientradition, auf die ich achten muß. In gewisser Weise habe ich keine Vergangenheit, Peter. Zumindest hatte ich oft das Gefühl. Wenn ich zurückschaue und nach meinem Vater suche, dann ist da bloß Leere ...«

»Dann bist du glücklicher dran – und freier –, als du weißt. Man kann einen Mann wie *meinen* Vater nie dazu bringen, dich nach deiner eigenen Façon zu akzeptieren. Man kann auch keine Alternative mit ihm erörtern, denn materieller Erfolg ist ein ziemlich tyrannischer Beweis für den eigenen Standpunkt. Wahrheit ist das, was ganz praktisch, in der Sphäre des Handels, *funktioniert*. Man kann ihn nicht übertreffen, weil er alles getan hat, überall schon gewesen ist, bevor man selbst dort war, jeden kennt, alles nach Maßgabe des Profits beurteilt und danach, wie groß der Eindruck ist, den das auf der Welt hinterläßt, und weil er einem keine andere Möglichkeit gelassen hat, noch irgend etwas zu *tun*, als sich der Schar seiner Bewunderer anzuschließen. Und, was das schlimmste ist, man *muß* solch einen ehrfurchtgebietenden Erfolg wie den seinen bewundern, obwohl er natürlich das Gefühl hat, daß einen die Mutter zu sehr mit Büchern und Handfertigkeiten verdorben hat, als man jung war – es ist immer die Mutter, der er die Schuld gibt, weißt du, daß sie dich mit Lyrik verdorben hat oder ...« Er verlor den Faden und rieb sich die einer Klinge gleichende Nase. »Ich bin hier, Rutherford, weil, wenn er nicht einen Sohn haben kann, der Industriekapitän ist wie er selbst, oder eine starke Persönlichkeit wie Falcon – sie waren alte Freunde – oder sein Lieblingsassistent in der Firma, ein gewisser William Jenson, der *wirklich* sein geistiger Sohn ist, glaube ich, einer dieser Waisen, der sich aus eigenen Kräften hochgearbeitet hat, so wie mein Vater behauptet, es getan zu haben, und *bitte* mich bloß nicht, dir zu erzählen, was für ein Gefühl es ist, dabei zuzusehen, wie er diesen Jungen aufbaut, der mich immer mit einem so selbstzufriedenen Grinsen angesehen hat, daß ich ihn hätte erwürgen können ... wenn er nichts davon haben kann, dann will er, nehme ich an, einen Schiffskapitän. Sollte ich auch dabei versagen, dann gibt es nichts mehr, denn ich werde *nicht* zurückgekrochen kommen, um in seiner Firma zu arbeiten.«

»Und du?« fragte ich. »Was willst du?«

»Im Moment will ich alleingelassen werden.« Er legte den Kopf auf den Tisch, vergrub ihn in seiner Armbeuge. »In Ordnung? Nur für ein paar Augenblicke, bevor der erste Plattfuß beginnt ...«

Ich drängte Cringle, zu schlafen, und half ihm in seine Hängematte. Auf seinen Schultern, dem Hals und dem Rücken waren Furunkel und Schanker, einige hart, einige so weich, daß Eiter aus den Wunden tropfte. Er roch furchtbar. Ein käsiger Geruch, der ihn dicht und greifbar umwehte, als ich mich herunterbeugte, um ihn mit einem steifen Stück Segeltuch zuzudecken. Auch sein Gaumen war entzündet, blutete in seine Kehle, störte seinen Schlaf mit einem rasselnden Husten, als wären seine beiden Lungenflügel voller Löcher.

Und wie erging es Ihrem Erzähler? Wenig besser als den

Banditen an Bord, das gebe ich zu. Wann immer Baleka bitterlich um ihre Mutter weinte und niemand sie beruhigen konnte, wenn Diamelo drohte, Squibb zu verprügeln, weil der falstaffische Koch die Befehle nicht enträtseln konnte, die er auf Allmuseri gab, oder wenn einer der Afrikaner zu schwach war, um zu arbeiten, und zurückfiel, mußte ich zunächst meine eigenen Sorgen, meine Schmerzen und Hoffnungen vergessen, bevor ich mich zum Deckshaus begab, wo die Leidenden ausgestreckt lagen. Ich legte ihnen die Hand auf die Stirn und hörte ihnen zu. Obwohl ich müde und schlaflos war, spielte ich für die Kinder den Clown und grinste; ich erzählte amerikanische Witze, die in der Übersetzung elend danebengingen. Ich betete wie mein Bruder, daß alles wieder gut würde, obwohl ich wußte, daß unser Schiff aus allen Fugen ging, daß es leck war, daß es unter den rauhen Wellen nur den bodenlosen Tod gab, die Auslöschung der Persönlichkeit, ohne einen Fetzen Land am Horizont, und vielleicht würde *nicht* alles gut werden, wie ich ihnen erzählte, bis ich die Worte in bedeutungsloses Geschwätz zerredete, vielleicht lag nur noch eine Katastrophe vor uns, aber die »nützliche Fiktion« dieser Lüge brachte die Verletzten durch die Nacht und gab den Kindern Grund genug, nicht über Bord zu springen, bevor noch der erste Flaum auf ihren Wangen wuchs. Wenn Sie mich in Makanda oder in New Orleans gekannt hätten, dann hätten Sie gewußt, daß ich Zweifel hatte, ob ich anderen überhaupt etwas geben konnte. Offensichtlich dachte mein Herr, daß dem nicht so sei. Als ich einmal in Illinois sehr eifersüchtig auf Jacksons dicke Freundschaft mit ihm war und auch gut Freund mit ihm sein wollte, fragte ich ihn: »Sir, was glauben Sie, kann *ich* für andere tun?« Er sah unter seinen Brauen zu mir empor, mit seiner Benjamin-Franklin-Drahtbrille auf der Nase, und antwortete: »Ja, das *ist* eine gute Frage, Rutherford. Was *kannst* du tun?«

Das half meiner Moral überhaupt nicht auf die Beine. Es gab mir das Gefühl, als läge alles von Wert außerhalb von mir. Jenseits. Es verstärkte meinen Drang, Dinge zu stehlen, die andere »erfuhren«. Glauben Sie mir, ich war ein Parasit bis auf die Knochen. Ich klaute Uhren aus Chandlers Sekretär und Kekse aus seiner Küche; ich raubte aus Jacksons Hosentasche das Kleingeld, das er verdiente, indem er Gemüse aus seinem eigenen Garten verkaufte; ich hörte jedem zu und merkte mir alles: ich war offen, wie eine Tür ohne Angeln, für alles. Und um die Erschöpften auf der *Republic* zu trösten, blickte ich tief in meine Vergangenheit und rief mir alles ins Gedächtnis, was mir jemals Trost gespendet hatte, auch Brocken und Fetzen von Sprache, denn in mir selbst fand ich nichts, was ich mit Recht Rutherford Calhoun hätte nennen können, nur Bruchstücke und Fragmente all der Menschen, die mich berührt hatten, all der Orte, die ich gesehen hatte, all der Häuser, in die ich eingebrochen war. Das »Ich«, das ich war, war ein Mosaik aus vielen Ländern, ein Patchwork aus anderen Menschen und Gegenständen, das vielleicht zurück bis zum Anfang der Zeiten reichte. Ich fühlte, als ich dies erkannte, eine Dankesschuld. Ich fühlte schlicht eine Art Übertragung von allem, was ich geklaut hatte, auf jene an Deck, als ob ich bloß ein Leitungsrohr oder Fenster wäre, durch welches das Raubgut und die Beute meiner »Erfahrung« strömten. Und zeitweilig wurden die Verletzten auch beruhigt, nicht durch eine Lüge – sie waren nicht naiv, wissen Sie –, sondern durch den drängenden Glauben, den sie in meiner Stimme vernahmen, und bald genug glaubte ich auch selbst verzweifelt daran, für sie glaubte ich, daß wir die Heimat erreichen würden, und sogar mir war friedlicher zumute, als ich müde zurückging, um Cringle am Ruder zu helfen.

Das galt nicht für Ngonyama.

»Dieses Böse ist über uns gekommen«, sagte er mürrisch, trat über seine verletzten Stammesgenossen, gab ihnen Wasser, was wir streng rationieren mußten, »wegen der Matrosen, die wir getötet haben.«

»Glaubst du, daß Diamelo es auch so sieht?«

Er warf mir einen wilden Blick zu, wie Funken vom Amboß, so daß ich wegsehen mußte. »Wer sonst soll die Schuld daran tragen? *Du* kannst von mir aus gern über die Sünde hinwegsehen, Rutherford. Du bist ein *Yankee*.« Seine breiten Lippen kräuselten sich ein bißchen vor Verachtung. »Keiner von uns wurde so erzogen, daß wir Versagen *akzeptieren* oder einfach darüber lachen, wie ihr es tut.« Griesgrämig kratzte er sich am Kinn, sagte dann ein englisches Schimpfwort, von dem ich nie geglaubt hätte, daß er es kenne. »Ich werde dich nie verstehen, *Ndugu*. Wir sind mit Gewalt auf dieses Schiff gebracht worden. Warum bist *du* so weit von zuhause fortgegangen?«

Er meinte es wirklich alles so. Er sah, wie es einem Mann mit seinen Vorstellungen eben ergehen wird, die Krankheit, die uns befallen hatte, als eine moralische Strafe und fühlte sich selbst verantwortlich für unser Leiden. Die Folgen der Meuterei brachten seinen Geist zum Stillstand. Fesselten ihn. Nagelten ihn fest. Er war in die Relativität gefallen. Er kam nicht vorwärts und verlor so Tag für Tag an Boden gegenüber Diamelo. (Aber ich muß hinzufügen, daß er uns am Leben hielt, weil er Diamelo nicht all das erzählte, was er am Ruder erfahren hatte.) Es hatte alles mit einer alten Glaubensvorstellung der Allmuseri zu tun, (die kaum einer unter hundert Westlichen verstand), daß jeder Mensch seine Welt aus tiefstem eigenen Herzen selbst entwarf. Vor vierzehn Tagen hatte er *Mord* gedacht, und siehe! die Meuterei war wirklich geworden, als wäre die Seele eines Menschen ein alchemistischer Kessel, wo tatsächliche Ereignisse aus dem Rohstoff von Gefühlen und Ideen verfertigt würden. Das bedeutete, daß ein orthodoxer Allmuseri, wie er einer war, sich selbst fünfundzwanzig Stunden am Tag beobachten und sein Herz überwachen mußte. So wie es drinnen aussah, so war es auch draußen. Genauer: Was aus uns *heraus*kam, nicht was hineinging, machte uns rein oder unrein. Ihr Begriff von »Erfahrung«, wie ich begreifen lernte, machte jeden absolut verantwortlich für sein eigenes Glück oder Leid, für die Leere seiner Welt oder ihre Fülle, sogar für seine Träume und seine gesamte Sichtweise, so daß ein armer Allmuseri vielleicht reich sein konnte, wenn sein Herz rein war, und ihre Könige verarmt, wenn sie in ihrem Herzen Hunger, Groll oder Haß hegten, wie Ngonyama es der Mannschaft gegenüber getan hatte, indem er ihnen Elend und Tod gewünscht hatte. All das, so schien es, war ihm ins Gesicht geflogen wie Spucke, die man einem Feind gegen die Windrichtung ins Gesicht spuckt. Und nun grämte sich Ngonyama weniger über das, was auf uns zukam, als darüber, was in der unmittelbaren Vergangenheit lag, diesen Riß, diesen riesigen Bruch, den er in sich ausgelöst hatte, als er zuließ, daß so viele exekutiert wurden.

Keine Nacht verging, ohne daß ich das stille, ramponierte Back – voll von schimmeliger Kleidung und rostigen Waffen, auf denen Pilze wuchsen – betrat und mir, in der Mitte des Raums stehend, vorstellte, ich hörte jene ermordeten Teerjacken: McGaffins Knurren; Musik aus Tommys Flöte; das Jammern von Fletcher und Meadows; und das nervenzehrende *Har! Har!* von vierzig Piraten in einem Gin-Duell. Während ich darum rang, jedes Detail unserer Fahrt im Logbuch des Kapitäns zu beschreiben, sehnte ich mich danach, daß die verlorenen Kameraden den Schiffsraum wieder füllten, daß wir nicht mehr einsam dahintrieben und, wie in einem Traum, daß ich wieder bei Isadora in ihrem Wohnzimmer wäre, wo ich meine Teetasse klappernd auf ihrem Kerzenständer abstellen, den mit Teppichen ausgelegten Fußboden auf Knien überqueren und mein Gesicht in ihren Röcken bergen würde, um sie anzuflehen, daß sie mich aufnähme und mir mein idiotisches Gequatsche vergäbe, daß ich »Abenteuer« suchte, und um ihr all die schönen Sachen zu sagen, die ich ihr sagen wollte, um wiedergutzumachen, wie sehr ich sie manchmal verletzt hatte. Wie eine Ehefrau beobachtete sie mich genau, um zu sehen, wie ich auf die Bilder von Frauen in Zeitschriften reagierte oder auf Frauen auf der Straße, und war ein wenig eifersüchtig, wenn ich sie zu lange anstarrte, aber zeigte es niemals, verletzt, aber zu stolz, um zuzugeben, daß ich ihr Schmerz zugefügt hatte – diese Frau, die, das wußte ich, meine Rechnungen zu Hause bezahlt hatte. Und da kam mir plötzlich der Gedanke, dort in dem dunklen Raum, daß Papa vielleicht recht hatte und daß es nur zwei Arten von Menschen in der Neuen Welt gab: Schuldner, so wie ich es mein ganzes Leben gewesen war, und diejenigen, die, wie Isadora, die Miete für den ganzen Rest zahlten. Aber der Traum führte mich niemals in ihre Räume, und die Möbel im Back strahlten grimmige Endgültigkeit aus oder vermittelten mir das Gefühl, daß da nichts mehr war jenseits dieser ächzenden Balken, dieser endlosen See, so daß ich schamlos weinte wie ein Kind.

»Ruth'ford«, sagte Baleka, die mich in diesem Zustand erwischte. »Soll ich dir irgend etwas holen?«

Ich schnaubte. Krächzte: »Trockene Socken.«

Sie zögerte, ein bißchen verwirrt darüber, mich so heulen zu sehen und an meinen Fingernägeln kauen. Ihr Haar steckte unter einem afrikanischen Kopftuch oder *gele*, wie ihre Frauen das nannten. Wie alle Allmuseri-Kinder zeigte Baleka ihre Gefühle niemals offen. Offenheit war eine westliche Tugend, die die Schwarzen mitunter vor den Kopf stieß. Sie paßte auf, daß sie nichts tat oder sagte, das anderen mißfallen könnte. So konnte man Balekas Empfindungen nur indirekt erschließen, indem man auf die kleinsten Schwankungen in ihrer Stimme achtete, die zarten Gefühlsregungen, die sie bei Zeremonien an den Tag legte, den beinahe unsichtbaren Abdruck, den ihre Gefühle – wie heiße Hände auf Glas – im Stammesleben hinterließen, das so ritualisiert war, so gewürzt und angereichert mit Palmöl und der Anwesenheit von anderen, daß es den einzelnen praktisch unsichtbar machte – oder, um es anders zu sagen, sie in einem Akt miteinander verschmolz, der so allgemein war, daß der einzelne und die vielen so ununterscheidbar waren wie der Ozean und die Welle. Ich fragte mich, ob sie es als Schwäche bei einem erwachsenen Mann, einem Westler, ansehen würde, wenn er weinte. Ich wandte ihr den Rücken zu, schneuzte mich am Saum meiner Bluse und sagte: »Ja?« Meine Stimme krächzte. »Was ist los?«

»Du bist dran, ihn zu füttern.«

Baleka schaute auf ihre nackten Füße. Ich wußte sofort, was sie meinte: die Kreatur, die Falcon gefangen hatte, mußte gefüttert werden. Jeden Tag mußte sie essen. Anfangs hatten die frommsten der Allmuseri dies getan, aber schließlich fiel diese Pflicht jedem zu. Ich war der erste der Amerikaner, der für diese Aufgabe herangezogen wurde. Aber wovon ernährte sie sich? Keiner der Afrikaner, der nach unten ging, war länger als fünfzehn Minuten bei ihr geblieben. Keiner hatte Essen mitgenommen. Es war eine Pflicht, vor der ich mich fürchtete. Dennoch fühlte ich mich auch genötigt nachzusehen, mit was für einer Art Ladung Falcon geglaubt hatte, an Land sein Glück machen und vielleicht auch den ewigen Frieden schneller herbeiführen zu können.

Wacklig und unsicher auf den Beinen, voller Angst, daß auch ich schon die ersten Anzeichen einer Krankheit trug, begab ich mich also mit einem Licht und einem Stück Tau, das um meine Hüften gebunden war, in die Kammer hinunter. Das Dunkel dort war schwärzer als ein verrußter Schornstein. Dort, wo die Luken geschlossen waren, glich der Geruch dem Gestank von stehendem Wasser in einem Tümpel. Die Luft war muffig und ranzig. Die Stille lastete so schwer, daß man, ich schwöre es, eine Made aufs Segeltuch schiffen hören konnte. Kein Lüftchen regte sich in diesen Wänden, aber die Flamme meiner Laterne flakkerte so wild, als ob eine dauernde Bewegung herrschte. Meine Brust begann zu schmerzen. Da ich den Drang spürte, mich zu erbrechen, lauter Flüssigkeit in meine Kehle zurückgeströmt war, beugte ich mich vor, aber nichts kam, und nun war ich so schwach, daß ich weder stehen noch sitzen konnte, und lag einfach nur ruhig da. Etwa fünf Schritte zu meiner Rechten war die Kiste. Sonst sah ich nichts. Aber meine Nerven sagten mir, daß irgend etwas da war. Ich spürte ein Kribbeln in der Luft, eine prickelnde Ladung wie vor einem elektrischen Sturm, die Kammer verströmte den elementaren Hauch von etwas Bevorstehendem: einer Katastrophe, die schon wartete, flüchtig sichtbar aus den Augenwinkeln. Und dann, als hätte man ihm das Stichwort zu dem Chaos gegeben, das sich in mir sammelte, öffnete sich die Kiste und heraus trat ein dunkler Mann, dessen Züge eindrucksvoll den stilisierten Formen von Benin-Skulpturen glichen, der Knochen im Sattel seiner Nase war kühn geschnitten, seine Kappe aus kurzem Haar ein Mosaik von Knoten. Dies, das wußte ich ohne irgendein weiteres Detail zu registrieren, war der gefährliche, proteushafte Gott der Allmuseri. Und ich wußte, daß die infernalische Kreatur – dieses Wesen, dem es Vergnügen bereitete, Menschen um ihren Verstand zu bringen – es vorgezogen hatte, sich in Gestalt des Mannes zu präsentieren, mit dem ich noch ein blutiges Geschäft zu erledigen hatte: des entlaufenen Sklaven von Reverend Chandlers Farm – meines Vaters, des entflohenen Riley Calhoun.

DER ACHTE EINTRAG

1. August 1830

Als er das Dorf der Allmuseri besuchte, verlor der spanische Eroberer Rafael García den Verstand. Ich wußte nun warum. Ich erhaschte einen Blick auf die Kreatur, kohlschwarz und auf stoppeligen Beinen hockend, so wie man einen Gegenstand durch eine beschlagene Glasscheibe sieht. Dieses mörderische Phantom leckte sich selbst wie eine Katze sauber, und andere Wesen, ganze Kulturen von ihnen, lebten als Parasiten auf seinem Körper. Übertreibe ich? Überhaupt nicht. Es stand vor mir, stumm wie ein Berg, zog es vor, nicht zu sprechen, weil, so dachte ich, irgend etwas zu sagen, bedeutete, niemals genug zu sagen. (In seine Konturen war die Inkarnation meines Vaters eingesperrt wie ein Buddelschiff in der Flasche, in ein Schweigen eingeschlossen, in dem alles Möglichkeit war, Perfektion, prä-formiert.) Es war kopflastig. Ganz Kopf. Üppiges Haar fiel an den hervorstehenden Augen und einer Nase, die so breit wie ein Hammer war, vorbei herab und umrahmte ein Grinsen, das sich zu einem hysterischen Lachen verzog und die Haut auf seinen Wangen in hundert fröhliche Falten bauschte: eine Festmaske aus Gambia, vermutete ich, aber man kann mit Sicherheit sagen, daß ich kaum noch bei Verstand war. Übelkeit fuhr aus meinem Bauch bis zu meinen Eiern hinunter und spannte die Haut an meinem Hodensack. Ich war kurz davor, zu kollabieren, da dieser Gott oder Teufel sich ins Fleisch meines Vaters gehüllt hatte. Das ist es hauptsächlich, was ich sah, und beim besten Willen konnte ich die beiden nicht besser auseinanderhalten, den abtrünnigen Vater und das göttliche Monstrum, als ich Welle und Meer zu unterscheiden vermochte. Noch etwas, das noch phantasmagorischer war und das meine Herkunft als marginalisierter amerikanischer farbiger Bürger für immer verwirrte: seine allmähliche Enthüllung vor meinen Augen – eine Folge von Bildern, die ich nicht direkt ansehen, sondern immer nur in schnellen, verstohlenen Blicken aufnehmen konnte, weil der Gott – wie ein Griot, der, nach einer Episode aus der Stammesgeschichte befragt, diese nur darstellen kann, indem er die ganze Geschichte seines Volkes abspult – das Leben dieses einen Mannes nicht ausbreiten konnte, ohne gleichzeitig die Vorgeschichte des gesamten Universums mitzuteilen, zu dem mein Vater, als ein Teil davon, gehörte.

Mein Leben lang hatte ich ihn gehaßt, weil er einfach abgehauen war wie hunderte Feldarbeiter vor ihm. Er war ein dunkler Mann und auf eine wilde Art gutaussehend, wenn man Jackson so hörte, der, wenn er nach dem Tagewerk auch noch so müde war, wie kein anderer Gitarre spielen und singen konnte, bis die Frauen anfingen zu weinen. Sie mochten ihn, die Frauen, aber Pa war nicht so beliebt bei den Männern, die manchmal seine alten, geflickten Schuhe neben ihren Strohsäcken vorfanden. Ein Ehepaar versuchte ihn zu töten, erzählte Jackson, und verlor, weil Pa eine breite Brust hatte und eine verdammte Kuh allein heben konnte, und hinterher brachte er dann jedem Whiskey, dem er Ärger bereitet hatte, um dafür aufzukommen, sagte, daß es ihm leid täte, all das Rammeln und Prügeln und Glücksspiel – daß er nicht anders könnte und es nebenbei auch nicht wirklich *sein* Fehler wäre, daß er sich so benahm, oder? »Sieh dir doch an, wie wir leben«, sagte er dann. »Sieh dir doch an, was sie uns angetan haben.« Man konnte einen farbigen Mann kaum dafür zur Rechenschaft ziehen, daß er sich verhielt wie ein Kind, oder? – daß er stahl und sich vor der Arbeit drückte, wenn Leute wie Peleg Chandler den Profit hatten und ihnen außerdem ihre ganze Würde nahmen, so daß er seiner Frau Ruby, wenn sie sich liebten, nicht ins Gesicht sehen konnte, ohne zu merken, wie sehr sie ihn haßte, weil er so machtlos war, sogar gegenüber seinen eigenen Kindern, die keinen Respekt vor einem Mann hatten, dessen Auspeitschung durch einen der Aufseher sie mehr als einmal hatten zusehen müssen, und die wußten, daß in dieser Welt sein Wort nicht mehr Gewicht hatte als ihres. Jedes Mal, wenn Papa so redete und die Krebsgeschwüre der Sklaverei auf seiner Veranda im Sklavenviertel Revue passieren ließ, hörten ihm die anderen Männer zu, sogar die, die ihn haßten, weil er ihre Frauen belästigte, und ihre Blicke brannten vor Wut und wandten sich ihren eigenen Kümmernissen zu. »Wir waren einmal Könige«, sagte er dann, kritzelte mit dem Finger auf die staubige Veranda den Umriß eines afrikanischen Dorfes, an das er sich vage erinnerte (und vergaß hinzuzufügen, daß in seinem Stamm seine Familie nicht königlich war, sondern so etwas wie die russischen Leibeigenen oder die chinesischen Kulis). »Wir haben einen Krieg verloren – nein, eine Schlacht. Also sind wir jetzt Gefangene. Und so wie ich es sehe, sollten wir weiterkämpfen.«

Die meiste Zeit kämpfte mein Vater wirklich. Niemals aber gegen Reverend Chandler. Er kämpfte statt dessen gegen seine Familie und gegen andere auf den Feldern, wütend über die Schranken der Leibeigenschaft und ebenso über alle übrigen Zwänge: Zwänge, Ehe und Religion, wie die Weißen sie den Afrikanern auferlegten. Schließlich sah ich im Lichte meiner Talglampe seine gottverlassene Geschichte und sein vergeudetes Leben als Mann, wie es auf die Nacht zusteuerte, als er seine Flucht ins Gelobte Land ausheckte. Es war Neujahr *anno* 1811. Als Glücksbringer nahm er sich ein bißchen von dem frischen Grüngemüse und den Erbsen mit, die Chandlers Sklaven am Jahresende kochten (Grüngemüse für grüne Scheine und Erbsen für Kleingeld), dann lief er zum Stall, sattelte eins der Pferde und, da er sich nie mehr als fünfzehn Kilometer vom Haus entfernt hatte, verirrte er sich daraufhin, wurde sofort von Straßenräubern gefangen und stillschweigend getötet. Die Kugel drang durch sein linkes Auge und trat durch das rechte Ohr aus und machte ihn für immer achtundzwanzig Jahre alt, für immer Gegenstand, reine Materie, die in einem fruchtbaren Streifen der Missouri-Sümpfe verrottete. Aber sogar im Tod noch schien er etwas zu *tun*, oder vielleicht sollte ich sagen, preßte er einen letzten Schrei heraus, durch den ich einen Strom von Tönen nur wenig schwächer als sein Atemgeräusch hörte. Tausend leise Unterstimmen, die meine aufgepeitschten Sinne überfielen, von seinem letzten, schwach gelallten Hauch zu einem Mosaik von Stimmen in Stimmen, wobei jede einzelne in der anderen enthalten war, keine davon seine und doch alle seltsamerweise seine, so daß, als diese abscheuliche Kreatur, diese Gottheit aus den trüben Anfängen der schwarzen Vergangenheit, meinen Vater wieder in die breitere, sich dauernd verändernde Geschichte versenkte – wie Wellen im Wasser verschwinden – sein Atem sich in alle möglichen Geräusche auflöste und ich bloß noch spürte, daß Identität etwas Vorgestelltes war; ich mußte genauer hinhören, um ihn zu unterscheiden von dem »wir«, das jeden Partikel und jede Pore von ihm anschwellen ließ, als ob das (schwarze) Selbst die größte aller Fiktionen sei; und dann konnte ich ihn überhaupt nicht mehr ausmachen. Er – und ebenso zahllose andere – schien überall zu sein, in mir und gleichzeitig in der Kammer, die sich unmerklich verändert hatte. Plötzlich wußte ich den Namen des Gottes: Rutherford. Und das Schiff unter den papierdünnen Sohlen meiner Stiefel fühlte sich anders an. Nicht wie irgendeine feste Oberfläche, die ich kannte, sondern eher, als ob jedes Molekül darin sanft, kaum wahrnehmbar vibrierte, was den Effekt hatte, daß sie vom Bugspriet bis zum Heck zu *singen* schien wie die sagenhafte *Argo*.

Dann fiel ich in Ohnmacht.

Oder starb.

Was auch immer.

Eine lange, lange Zeitspanne in einer absolut unvorstellbaren Stille verging. Ein tiefes und umfassendes Schweigen, wie die Tiefen des Meeres. Da war Lautlosigkeit, der süße Geruch von wachsenden Dingen, dann ihr Gestank. Ich hörte schreien, fühlte, wie es aus meinen Knochen drang. Ich schlug um mich, und zwei Josiah Squibbs preßten mich im Back zu Boden – mein Blick war verzerrt, ich sah alles doppelt –, wischten mir die Stirn mit seinem Taschentuch. Anscheinend hatte er mich aus einem Eimer an seinem linken Ellbogen gefüttert. Hatte mich mit dem besten Stück eines halbrohen *Steaks* gefüttert, wenn das Fleisch auf der Gabel in seiner rechten Hand nicht das Produkt meines ausgedehnten Fieberschlafes war. Als er sah, daß ich erwachte, legte Squibb seine Gabel weg und begann, an meinem Arm herumzufummeln.

»Leg dich jetzt wieder hin, du Angeber. Du mußt ein bißchen bluten«, sagte er. »Und beten.«

Neben ihm lagen Instrumente für einen Aderlaß, die mich schaudern ließen: Laßeisen, Daumenschneider und ein kupfernes Blutbecken. Ich war, das sollte ich erwähnen, kein Befürworter von Aderlaß, Schröpfen oder Blutegeln, obwohl diese medizinischen Praktiken auf Schiffen immer noch zur Verfügung standen, wenn alle anderen Methoden versagt hatten. Ich fragte mich: War das nötig? Und vor allem, war Squibb fähig, das auszuführen, ohne mich dabei umzubringen? Nein, ich war überhaupt nicht begierig darauf, aber ich wußte, daß der Koch in seiner Müdigkeit so weit war, daß er alles versuchen würde, um uns zu retten. Squibbs alte Hände rieben energisch meinen rechten Arm; er konsultierte astrologische Tafeln, um sich zu vergewissern, daß dies die rechte Stunde für einen Schnitt war, und zog einen Fetzen genau unterhalb meines Ellbogens fest, um die Vene zu vergrößern.

»Josiah, Augenblick mal –«

»Red nicht. Gibt nichts zu sagen.« Das Gesicht des Kochs war blaß wie eine geschrubbte Hängematte und seine Augen so rot wie die einer Taube. Er schob mir einen Stock in die Hand und verlangte, daß ich fest zudrückte.

»Dies wird deine Säfte ins Gleichgewicht bringen, obwohl Gott weiß, daß ich nicht weiß, was mit dir passiert ist. Wir haben dich von unten hochgeholt. Du bist lange Zeit nicht bei dir gewesen. Himmel, Junge, dein Haar ist so weiß wie Zucker geworden.«

»Wie lange?«

»Drei volle Tage. Seitdem du nach unten gegangen bist. Aber hör zu. Wir haben heute morgen ein *Schiff* ausgemacht, Junge!«

»In welcher Entfernung?«

»Zwei Meilen leewärts in der südöstlichen Ecke.«

»Unter welcher Flagge?«

»Keine. Jedenfalls keine, die ich sehen könnte, aber ich denke, das ist ein amerikanisches Schiff. Es folgt uns Meile um Meile, versucht in unserm Windschatten zu bleiben. Ich denke mal, der Käpt'n weiß, daß wir Probleme haben. Wenn es ein britisches Schiff ist, sind wir schon versenkt. Sie werden uns durchsuchen und dich und mich wegen Mordes anklagen.«

»Peter hat also gewunken?«

Squibb erstarrte, zog ein langes Gesicht, blickte dann auf den Eimer, aus dem er mich gefüttert hatte. »Du hattest Mr. Cringle gerade zum Abendessen, mein Junge. Wir alle übrigens. Und jetzt leg dich wieder hin, verdammt! So wollte er es haben. Ich saß bei ihm gegen Ende, und er wußte, daß es bald käme. Du weißt, wenn ein Körper stirbt, dann öffnen sich Blase und Därme – ich hab's hundert Mal gesehen –, und deine Kumpel müssen dich saubermachen und all das. Er wollte uns das ersparen, also hat er die Schwarzen gebeten, ihm aufs Klo zu helfen. Nachdem er fertig war, bat er ein paar Kameraden, sich um ihn zu scharen. Da aßen wir schon unsere Schuhe, Seepokken und die Knöpfe von unseren Hemden. Die Frauen und Kinder hatten jeden Fetzen Leder von den Pumpen zerkaut. Also sagte Cringle in einem Ton, der so ruhig war wie die Stimme eines Kaplans: ›Meine Freunde, ich habe meiner Familie in Amerika nichts zu vererben. Sie werden mich nicht vermissen, da bin ich sicher, aber ich will euch etwas hinterlassen, denn niemand kann sich bessere Schiffskameraden wünschen, als ihr es seid. Ihr seid mutige Jungs. Die Mädels haben auch ihren Teil als Blaujakken geleistet, und ich finde es skandalös, wie manche Schriftsteller wie etwa Amasa Delano schwarze Rebellen in ihren Geschichten verleumdet haben. Natürlich habe ich Sorge, daß ihr euch eine Leichenvergiftung holt, wenn ihr mich in den Topf steckt, aber ich habe sonst nichts zu geben. Ich hoffe, dies wird euch helfen. Bitte, verlaßt mich einen Moment, damit ich beten kann ...‹

Er brauchte vielleicht fünfzehn Minuten. Danach rief er mich herein und gab mir sein Messer. Cringle schloß meine Finger um den Griff. Er teilte mir mit, daß er, wenn ich es vorzöge, ihn nicht von Angesicht zu Angesicht zu töten, mir den Rücken zuwenden würde. Denk mal, er befahl mir, ihm den Mund zuzuhalten, das Messer zwischen seine Schulterblätter zu stoßen, dann wieder herauszuziehen und ihm von hinten die Kehle zu durchschneiden. Wenn das zu schwierig für mich sei, sagte er, dann sollte ich in das weiche Fleisch hinter seinem Ohr und direkt ins Gehirn stoßen. Wenn es mit der Methode nicht klappte, dann sollte ich den Griff mit beiden Händen packen und gerade unterhalb seines Schlüsselbeins zustoßen und das Messer vor- und zurückschieben, dann würde es nicht zerbrechen, wenn ich es herauszöge. Er sagte mir, daß wir nur noch vier oder fünf Messer hätten, so daß ich es mir nicht leisten könnte, daß dies in ihm abbräche, wenn sein Körper sich aufbäumte.

Zuerst konnte ich es nicht tun, Illinois. Ich wollte fragen, ob es nicht besser für uns wäre, wie Menschen zu sterben, aber ich bremste mich, bevor ich etwas so Dummes sagte, denn was konnte ich damit meinen? Was war die Grenze des Menschlichen? Wieviel konnte man wegnehmen und immer noch ein Mensch *sein*? In einer Art Benommenheit tat ich, was er wollte, stand gleichsam neben mir, dann band ich ihn los, und ich war immer noch benommen, als ich mich hinlegte, nach Luft schnappend, und zusah, wie die Afrikaner Cringles Kopf abschnitten, seine Hände und Füße und ihn ausweideten und alles über Bord warfen. Als nächstes vierteilten sie ihn. Dann häuteten sie ihn und schnitten das Fleisch in Rippenstückchen, Rückenspeck, Speck und Schinken. Erst dann, glaube ich, überfiel es mich, daß ich einen Menschen getötet hatte.« Squibbs Blicke schossen zur Kajütentür, als ob der Geist des Steuermannes dort stehen würde. »Tiefer kann ich nicht mehr sinken, mein Junge, und ich nehme an, Mr. Cringle hat sich davongemacht. Nach dem, was er getan hat, hab ich nicht vor, dich auch noch zu verlieren. Worauf du dich verlassen kannst ...«

Cringles Tod brachte mich zum Schweigen. Er war, in jeder Beziehung, der beste Matrose unter uns gewesen, der großmütigste und sanfteste während unseres Martyriums, der großzügigste im Angesicht der Hoffnungslosigkeit – in der Tat, ein Seemann, der Hoffnung zusprach, anderen die Leiter hielt und mehr Probleme löste, als er schuf. Ich konnte den Gedanken nicht lange unterdrücken, daß die Vorsehung selbst ihn uns so brutal entrissen hatte. Ich wollte, daß Squibb es leugnete, aber als ich ihn bei der Arbeit beobachtete, sah ich – was er nicht konnte –, wie tiefgreifend sein eigenes Leben von unserer Reise verändert worden war. Als unsere Kameraden starben, wurde Squibb nicht bloß als Schiffskoch in Anspruch genommen; sondern auch als Wundarzt und war oft genötigt, in seinem rumzerfressenen Gedächtnis nach nautischen Kenntnissen zu forschen, wenn ein Rudergänger gebraucht wurde. Besser als jeder andere wußte ich wahrscheinlich, wie diese Anforderungen und Pflichten angesichts des wahrscheinlichen Todes ihn auf die Probe stellten. Nun, was ich jetzt sagen möchte, darf nicht über die Seiten dieses Logbuches hinaus an die Öffentlichkeit dringen. Fünf oder vielleicht sechs Tage nach der Meuterei erwischte Cringle Josiah Squibb dabei, wie er Rationen klaute, die für die Kinder reserviert waren. So hungrig war er. Und so ängstlich. Als der Steuermann ihn zur Rede stellte, weinte er. Sein Papagei auch. Ich will erklären, was für ein Verbrechen dies, schlimmer als Mord und Kannibalismus, in seinen Augen war. Bis zu jenen Tagen der Sünde, den dunkelsten für ihn im Kalender unserer Überfahrt, hatte er geglaubt, der Allmächtige würde uns sicher an Land bringen. Aber jetzt nicht mehr. Ich weiß noch ganz genau, wie der Alte sagte: »Ein Schiff ist eine Gesellschaft, wenn du verstehst, was ich meine. Ein Commonwealth, Mr. Calhoun«, und nachdem Squibb den Kindern das Essen vom Munde weggeraubt hatte, schämte er sich so sehr, daß er, nachdem Cringle ihn beim Klauen erwischt hatte, tagelang weder mit mir noch mit sonst wem redete. Was brachte es denn? Jeden Tag, seit wir das Fort verlassen hatten, hatten wir etwas verloren. Nun war nichts mehr zu verlieren. Da er schon so tief gesunken war, hatte er keine Angst mehr, zu fallen. In diesem neuen Zustand wurden die Begriffe von Gut und Böse, Sünder und Gerettetem, sogar von Leben und Tod durch die einzige Frage, die an Bord des Schiffes von Bedeutung war, aufgehoben. Sie lautete: Was war als nächstes zu tun? Wenn er gebeten wurde, die Unterdecks doppelt zu sichern oder die Luken abzudichten, dann tat er das still, vergaß seine Vorlieben und Abneigungen, versenkte sich in die kleinsten Details seiner Aufgaben, um seinen Geist vom Brüten abzuhalten – vielleicht ein Weg, um jenen tiefen Riß zu kitten, der, wie Falcon glaubte, unsern Geist spaltete. Wenn jemand um den Großstengenhummer einen Riemen ziehen sollte, dann war es Squibb, der sich die Flasche, eine Rolle Fallen und ein Marleisen um den Hals hängte und, obwohl das Schiff hart nach Steuerbord schwang und ungeachtet der Tatsache, daß er einen kranken Fuß hatte und von den Quersalings fallen könnte, hinaufkletterte und die Arbeit schiffsmäßig in bester Ordnung erledigte. Er erledigte alles, was anfiel, und lernte sogar etwas Konversations-Allmuseri, als Diamelo von seinen früheren Häschern verlangte, daß sie sich des Englischen enthielten. Es wäre hilfreich gewesen zu wissen, ob er immer noch Vollkommenheit suchte in Frauen, die aussahen wie seine verstorbene Ehefrau ... Das interessiert Sie nicht? Okay, fahren wir fort ...

Das Ergebnis von Squibbs Veränderung auf See war, daß seine Berührungen, als er die Lanzette führte, mich an Ngonyamas (oder die eines Diebes) erinnerten, als könnte er meinen Schmerz vorausempfinden, noch bevor ich ihn fühlte, und das Instrument deshalb zurückziehen. Sogar sein Atmen glich dem der Allmuseri, das Verhältnis von Einatmen, Luftanhalten und Ausatmen betrug in etwa 1:4:2, wie Öl, das langsam von einem Schiff ins andere fließt. Ich spürte, daß sich in ihm verschiedene kulturelle Einflüsse perfekt die Waage hielten, jeder von ihnen eine Quelle von Möglichkeiten, woraus er unbewußt, von Augenblick zu Augenblick, schöpfte, um das jeweils anstehende Problem zu lösen.

»Josiah, das Schiff . . .«

»Ich war derjenige, der das Zeichen gegeben hat. Ich schrie: ›He da, das Schiff, ahoi‹, dann stoppte mich Diamelo mit einem Tauhieb. Er hat Angst, daß das ein Kriegsschiff ist, das die Schwarzen wieder in Ketten legt. Es steht schlecht. Das muß ich dir sagen. Ngonyama kann uns jetzt nicht mehr helfen. Er pißt Blut, hat innere Blutungen, vermute ich, so daß ich ihm nicht mehr viel Zeit gebe. Ich geb *keinem* von uns mehr viel Zeit. Wir kommen wieder in mieses Wetter. Das Schiff wird es nicht überstehen. Dieses Boot ist vielleicht unsere einzige Chance, noch nach Hause zu kommen. Diamelo will darauf feuern und dann diesen Kahn – und uns – zugunsten des anderen Schiffs im Stich lassen. Weißt du, ich glaube, der Junge ist ein bißchen langsam beim Wenden . . .«

»Keine Frage, aber hat er die anderen dahin gebracht, daß auch sie Korsaren werden wollen?«

Der Koch seufzte. Die Furchen auf seinem Gesicht waren alle senkrecht, die auf seiner Stirn flach, wie Strömungslinien. »Kann ich nicht sagen. Es ist jetzt alles auf Messers Schneide, Illinois.«

»Josiah –«

Squibb brachte mich zum Schweigen. Sein Bericht hatte ihn aufgewühlt, und er zitterte schrecklich, wie ein Mann, der sich im Schnee verlaufen hat, so daß er aus dem Zimmer watschelte und durch Wasser plantschte, nachdem er die Aderpresse von meinem Arm entfernt hatte, und ich kann nicht sagen, daß ich ihn noch richtig hörte durch all das Gerede und Gebrabbel von Stimmen in meinem Kopf hindurch. Durch den Aderlaß noch schwächer als zuvor – er hatte mir einen halben Liter purpurrotes Blut abgezapft –, konnte ich nur still daliegen und an das Schiff denken, das vielleicht unsere Rettung war, wobei mein Herz wie eine Trommel wummerte, während unser eigenes Schiff vibrierte.

Ich schlief. Zunächst sehr tief, dann in Pfützen von meinem eigenen milchigen Schweiß. Schlief, während das Licht schwand und sich das Portal über meinem Kopf mit Dunkel füllte, und erwachte in einen Alptraum bei vollem Bewußtsein. Nachdem ich mein Leben lang, dank Master Chandlers samstagmorgendlichen Dosen von Rizinusöl, niemals krank gewesen war, entdeckte ich nun, daß mein Gaumen blutete. Ich konnte den Blutfluß nicht stoppen. Fetzen von Bettwäsche voller roter Blutflecken begannen sich unter der Koje, in der ich lag, zu häufen. Ein scharfer Schmerz durchzog alle Teile meines Körpers – Magen, Kopf –, und ich hätte Schmerzen auch in meiner Milz und meiner Bauchspeicheldrüse verspürt, wenn ich genau gewußt hätte, wo die eigentlich saßen. Dann klopfte es an der Tür. Zweimal, glaube ich, aber ich war unfähig zu reagieren. Die Tür ging auf. Jemand sah hinein, sagte nichts, verschwand wieder. In meinem Brustkorb brannte ein Feuer wie Kampfer. Ich lag hingestreckt in einem reinigenden Fieber. Eine zuckende Masse Gallert. Meine Augen waren glasig, wie mit einem Film überzogen, und so versuchte ich, sie geschlossen zu halten, schlief wieder und zitterte heftig, obwohl ich, wie gesagt, das Gefühl hatte, als stünde ich in Flammen.

Als ich die Augen wieder öffnete – ich weiß nicht, welcher Tag es war –, wirkte die Kajüte, als sei sie verkrümmt, als seien die Gegenstände verbogen, die Flächen und Linien des Raumes schienen einem Punkt in der Ecke entgegenzufliehen, der Millionen Seemeilen entfernt war. Ich schloß die Augen und empfand ein Schwindelgefühl von der Stärke der Strudel, die ein Schiff hinunter bis auf den Grund der See ziehen. Langsam stand ich auf, spürte nichts unter meinen Füßen, obwohl ich genau wußte, daß ich stehen mußte, fühlte in der Tat überhaupt keine körperliche Verbindung mit den anderen Dingen im Raum. Dann knickten mir die Knie ein, und ich fiel vornüber.

Wie lang ich am Fuß meiner Koje lag, kann ich nicht sagen. Wieder brannte das Tageslicht von Rubinrot bis Blau im Portal, dunkelte dann zur Nacht. Ich robbte zur Tür, weil ich um Hilfe rufen wollte, stieß seitwärts an einen Tisch, was mir erstaunliche Schmerzen bereitete, und fummelte mit Streichhölzern herum, um die Lampe anzuzünden, wobei ich mich mehrere Male verbrannte, ich konnte sehen, hatte aber kein Gefühl in den Fingern. Ich stolperte in meine Hose, fand dann den Weg nach draußen aufs Deck, wobei mich eine leichte Lähmung auf der linken Seite quälte, so daß ich das Bein ein wenig nachzog, stakste dann zum Orlopdeck herunter, dessen stinkende Luft voller summender Insekten war wie von treibendem Plankton, und mir die Lungen verbrannte. Als ich mich da niederhockte, fiel mein Kopf in diese Jauchegrube von plätschernden Fäkalien, ich brachte schwarze Klumpen wieder mit hoch, die ich nur mit einer Nachgeburt oder einem lebenden Wesen vergleichen kann, das von einem Körper abgetrieben wird – etwas Fauliges und wie der afrikanische Gott Geformtes, als ob sein Homunculus in mir gewachsen wäre – und dies auszuscheiden war so gewaltsam, daß ich zu schwach war, mich wieder aufzurichten, und lange Zeit so zusammengeklappt dalag, das Gesicht flach gegen die splittrige hohle Kruste des Schiffsrumpfes gepreßt, und auf das Schwappen und Murmeln der Wasser unter mir horchte.

Dann träumte ich wie zuvor verzweifelt von zu Hause. Ich bin sicher, daß die Allmuseri das gleiche taten, aber für sie war Zuhause eine klare, positive Vorstellung, während sie auf dem Schiff arbeiteten. Zuhause, so wie *ich* mich daran erinnerte, war ein Schlachtfeld, ein Hexenkessel. Es erzeugte weiße Schurken wie Ebenezer Falcon, schwarze wie Zeringue, anmaßende Kreolen, Hunderte von Sklavenhaltern, Sklaven, die von der entstellenden Knechtschaft verkrüppelt und zu Karikaturen geworden waren.

Nein, die Staaten waren kaum die Art von Gegend, nach der ein Neger sich verzehren würde, und dennoch verzehrte ich mich danach. Sogar *dazu* war ich jetzt bereit, nach Monaten auf See, zu der Fremdheit und dem Geheimnis schwarzen Lebens, sogar zu der endlosen Folge von gesellschaftlichen Behinderungen und Herausforderungen und Prüfungen, denen sich farbige Menschen an jedem einzelnen Tag ihres Lebens konfrontiert sahen, denn es gab in der Tat auch Triumphe, daran erinnerte ich mich, die das Leiden an Land wieder ausglichen, kleine, aber bleibende Dinge, sehr tiefe, die Isadora mir oft bei unseren abendlichen Spaziergängen vorgehalten hatte. Wenn diese merkwürdige, auf den Kopf gestellte Karikatur eines Landes genannt Amerika, wenn dieses Land von Flüchtlingen und ehemaligen Dienern, Ketzern und Halbblutgeschöpfen, Hurensöhnen und Flüchtlingen – dieser Hexenkessel von Promenadenmischungen aus allen Richtungen der Windrose – alles war, was ich rechtens *Zuhause* nennen konnte, dann ja: dann gehörte ich dort hin. Das war es, als ich geschwächt vom Aderlaß dalag, wohin ich wollte. Klinge ich wie ein Patriot? Bruder, ich sage dir: Welcher Neger, tief im Herzen (wenn er kein Heuchler ist), wäre es nicht?

Ich lag, wo ich hingefallen war, als Baleka nach unten kam, mich entdeckte und dann wie einen Käfer auf den Rücken drehte. Sie sprach mit mir, das wußte ich, aber meine Ohren waren vollkommen verstopft. Ihr Gesicht schien Fadenlängen entfernt zu sein, oder vielleicht war es auch so, daß meine eigenen Augen in meinen Kopf, nach innen in irgendeine qualmende Ecke meines Gehirns gesunken waren. Ich konnte mich beim besten Willen nicht an meinen vollen Namen erinnern. Sie und ein anderer, den ich nicht kannte, trugen mich die Gangway hoch aufs Deck und legten mich wieder auf das Bett in der Back. Ich versuchte, zu sitzen. Der Raum drehte sich. Ich fiel wieder zurück, war halb aus dem Bett gefallen und weinte über meine Hilflosigkeit. Ich hatte nicht gewußt, daß alles, innen und außen, so durch und durch zusammenbrechen konnte. Soweit ich wußte, hatte ich schon viele Krankheiten gehabt und sie überlebt, zu beschäftigt mit der Arbeit auf dem Schiff, um zu merken, daß ich krank war. Und dann waren sie wieder weg. Nein, sie gingen nicht fort. Eine Sekunde lang standen sie neben mir, dann lösten sie sich wie ein Gespenst wieder in nichts auf. Den ganzen Tag und die ganze Nacht lag ich in einer sich auflösenden, erkrankten Welt, unfähig, eine Lage zu finden, die so bequem war, daß ich darin verharren mochte. Mein Stuhl war schwarz. Der Schmerz kam sofort. Überall zugleich. Dann, an irgendeinem Punkt in diesem Krankheitsstrom, sah ich, wie Ngonyama die Kajütentür aufstieß. Er war allein, seine Augen wie Meeresdunst, ein Hauch von Eis war in seinem verfilzten Haar.

Einen Augenblick lang stand er über mir, hielt mit sich Rat. Er nahm meine Hände zwischen seine, um sie zu wärmen. Auch er hatte Fieber. Ein Hauch von Blau färbte seine Lippen. Und, was noch trauriger war, er konnte die Finger seiner rechten Hand nicht mehr strecken oder aufhören zu zittern, als ob jemand auf seinem Grab stünde. Er hatte Schmerzen, versuchte aber, dies nicht zu zeigen, weil er sich von den Leiden seines Körpers absetzte, so wie er es getan hatte, als der Alte ihm ein Mal auf den Rücken gebrannt hatte. Er begegnete seinen Leiden, könnte man sagen, wie ein stolzer afrikanischer König seinesgleichen begegnet. Als er so dicht neben mir saß, mußte ich an eine Praktik seines Volkes denken, das einen Tag in jedem Monat aussetzte, um den tiefverwurzelten, egoistischen Selbsterhaltungstrieb außer Kraft zu setzen; die Allmuseri machten diesen Tag zu einem Festtag, einem Feiertag, der so farbig war, mit Tanzen und Musik und zaubernden Clowns überall, daß sogar ihre Kinder ganz begierig auf den Anbruch des Tags der Entsagung warteten. Würde eine solche vierdimensionale Kultur mit ihm und den anderen vergehen? Die ganze Zeit versuchte ich zu sprechen, spürte aber, daß meine Kehle verschleimt und meine Lippen verklebt waren, mit einer schorfigen Masse, die mir den Mund verkrustete. Ngonyama legte mir die Hand auf die Brust, drängte mich, mich wieder hinzulegen, und das tat ich auch, wobei ich fühlte, wie Panik erneut in mir aufflackerte. Obwohl wir vieles zusammen durchgemacht hatten – Meuterei, Sturm, Gespräche mit Göttern –, konnten meine Freunde mir auch nicht mehr helfen als einem Mann, der während eines Unwetters über Bord fällt und auf der Stelle vom Meer verschlungen wird. Ich gab mich selbst verloren. Noch während er mich beobachtete, sank ich tiefer, sein Gesicht verblaßte, der Raum löste sich in einer erschreckenden Weise auf, die mir zu verstehen gab, wie abhängig sein Erscheinen vom Funktionieren meines eigenen Nervensystems war, daß während dieser Krankheit meine Vermögen, die ihm Form verliehen, aufgelöst worden waren, abgeschnitten und ausgeschaltet, und daß in der Praxis nichts in meinem Sichtfeld sich erhalten konnte ohne mich, daß *ich* für alles darin verantwortlich war, für die Schönheit und die Häßlichkeit; und ich dachte daran, daß der Steuermann mehr recht gehabt hatte, als er selbst gewußt hatte, und an Blake, einen Dichter, den Meister Chandler mir zu lesen gegeben hatte, seine betörenden, berkeleyschen Worte: »Ich sehe die Windmühle vor mir; ich zwinkere mit den Augen, und sie ist fort«, und so war es mit der Kajüte, und so war es mit der Welt. In dem schwarzen Raum hinter meinen Lidern sah ich nichts, und ich wußte, daß ich starb, kein Zweifel daran, und ich war mir selbst nicht mehr wichtig, nur noch, daß meine Kameraden überleben sollten.

Um sechs Glasen verließ mich Ngonyama, und ich lag da wie in einem Kokon, bis ich nicht mehr hören konnte, und dann wieder fiel ich durch Meilen und Abermeilen der Dunkelheit, und die Lähmung in meinen Beinen breitete sich bis in meine Lenden aus, tötend und betäubend, während sie um sich griff. Zuckungen kamen, als würde ich platzen oder auseinanderbrechen. Für einige Sekunden war ich blind. Riesige, frostige Wellen schlugen gegen die *Republic* und ließen sie so ungeheuer schlingern, daß der Boden bebte und die Kajütenwände keuchten. Die Kajütentür wurde von Deckspülicht, so blau wie Flutwasser, aufgeschleudert und schlug laut gegen die Wand. Der Sturm draußen, denn sicher war es das, veränderte den Luftdruck in der Kajüte und machte mir das Atmen noch schwerer. Ich lag da, wollte Ngonyama unbedingt noch einmal befragen und hob den Kopf, als ich Schritte im Raum hörte.

»Ngonyama«, sagte ich zu schnell, denn er war es nicht, sondern Squibb, der über mir erschien, knietief im Wasser, sein Gesicht in nassem Haar gebadet.

»Kannst du stehen, Illinois?«

Ich stieß mich hoch. »Hilf mir in meine Sachen.«

»Keine Zeit für Sitte und Anstand. Wir müssen diesen Sturm als Schutzschild nutzen, um ein Boot über die Reling zu kriegen.«

»Wie viele sind noch übrig?«

»Zwölf, mit uns. Ich hab das Mädchen schon in einem der Großboote verstaut. Hau rein jetzt, wenn du diesem Miststück nicht ins Meer folgen willst!«

Möbel trieben in Höhe von Squibbs Oberschenkel durch den Raum. Er führte mich durch die Tür, aber kaum hatten wir das Deck erreicht, erschütterte eine Explosion das Schiff: Ich war fassungslos, als ich zurück gegen ein Schott geschleudert wurde und Squibb unter mir stürzte. Die Decke brach ein, es regnete Planken und Bretter, die uns begruben und dem Koch den linken Arm brachen. Irgendwie, mit einer Kraft, die ich mir nicht erklären kann, schob er sie beiseite und, als wir wieder an Deck gelangten, wobei wir über eine Leiche stiegen – ich erkannte Diamelo –, sahen wir, daß die Fockrah in ihrer Rahmitte gebrochen war, die Backbord-Reling war weggerissen und das Orlopdeck in den Laderaum gestürzt. Soweit ich es erkennen konnte, als ich mich an die Überreste des Masttopps klammerte, war Diamelo auf die falsche Seite der Boje geraten, als er eine der Kanonen, die seit Wochen nicht gereinigt worden waren, abgefeuert und dazu hochexplosives Pulver benutzt hatte. Die Kugel zündete, ging aber nicht los, und Sekunden später, als sie schließlich explodierte, wurde das Deck mit Ziegelsteinen und brennendem Metall übersät, und keiner, ob Afrikaner oder Amerikaner, der in der Feuerlinie gestanden hatte, war mehr am Leben. Rauch brannte mir im Gesicht und blendete mich wieder, aber ich konnte Ngonyama am Ruder erkennen. Dort auf der brennenden Brücke wirkte er auf groteske Weise allein, sein schwarzes Fleisch und das Holz waren so miteinander verschmolzen – er hatte sich ans Ruder gebunden und konnte sich jetzt nicht mehr losmachen –, daß es unmöglich war, genau zu sagen, wo das Schiff endete und der Seemann begann oder, besser gesagt, klar zu unterscheiden, was Schiff war, was Seemann und was See, denn in diesem »Chaosmos« von aufgewühltem Meer und Feuer, formlosem Dunst und Männern, die durch die Gegend flogen, wirkten das Meer und alles darin wie ein aufgerührter Grund, der blindlings Dinge ausstieß. Ich versuchte, mich zum Ruder vorzukämpfen und mit anzupacken, schwach wie meine Hände auch waren, aber Squibb hielt mich zurück. Der Wind blies stark. Ich konnte seine Stimme nicht hören, aber ich wußte, er sagte, daß das Schiff zerbrochen sei und um uns herum in Stücke falle. Der Kreuzmast war durchgebrochen. Das Schiff begann, in der Mitte zu lecken, und ein schauderhaftes Knirschen ertönte, als das Mitteldeck zerschellte, die Decks sich öffneten, die Balken nachgaben, die oberen Seitenteile von den Klimmplanken brachen und schwere Brecher sämtliche vorderen Abteilungen überschwemmten. Mit einem Messer schnitt Squibb sich die Stiefel ab, streifte seine Socken ab, das Hemd und die Hose, und nackt wie ein Fisch schob er mich auf eine Jolle zu, wohin er zuvor schon drei der Kinder geschickt hatte. Da sie dies für ihre letzte Stunde auf Erden hielten, schrien die Kleinen. Jede neue Welle hob das Schiff, das dann wieder so tief fiel, daß Wasser vorausschwappte, dann zurücklief und noch einen Matrosen mit sich hinabriß. Und als ich gerade darum kämpfte, daß die Kinder im Boot blieben, merkte ich, wie sich das Deck plötzlich hob, uns alle in den Himmel schleuderte und dann in die federweiße See stürzte.

Sie können sich das Gefühl nicht vorstellen, noch können Worte beschreiben, wie ich mich fühlte, als ich ins Meer geschleudert wurde. Meine Augen wurden überspült, liefen voll mit eiskaltem Wasser. Immer noch konnte ich das Schiff ausmachen, das Schlagseite hatte. Das Heck sank als erstes. Ich geriet unter Wasser, das Meer drang mir in die Kehle, trieb meine Lungen auf – es war das Gefühl einer Verkehrung, als hätte ich aus Versehen eine harmlos wirkende Wand berührt, die ich für fest gehalten hatte, und wäre dann gestolpert und hindurchgefallen in ein Schattenreich von Nebeln und Gespenstern auf der anderen Seite. Ertrinkend sah ich, wie meine Vergangenheit an mir vorüberzog, eine äußerst beunruhigende Erfahrung, da es in meinem Fall verdammt wenig Wertvolles gab, auf das zurückzublicken sich lohnte. Meine Lungen platzten. Ich stellte fest, daß ich dem zerbrochenen Schiff in die Tiefe folgte; es war direkt vor meinen Augen, nur zehn Kabellängen unter mir, sein Rumpf schwebte im Wasser wie ein antikes Schiff, das von der Decke eines Museums hängt, ebenso wie meine

Schiffskameraden, von deren Lippen Luftblasen wie Bänder aufstiegen. Ich schlug wild um mich, um wieder hochzukommen, meine Finger kratzten schon am Boden des Atlantiks, und als ich wieder an die Oberfläche kam und das Wasser von den Augen schüttelte, sah ich Kisten, Wasserfässer und Trümmer voll zitternder Schiffsratten, die neben mir dahintrieben, und warf mich auf eine Hängematte, die auf klassische Weise, nämlich mit sieben Knoten, festgemacht war. Ähnlich klammerten sich auch einige der Allmuseri an lose Decksplanken, Möbel und Wanten, die um den Rumpf der *Republic* trieben. Aber nicht lange. Der Sog des sinkenden Schiffes zog sie geschwind mit herab. Männer, die darum rangen, sich über Wasser zu halten, schrien nach ihren Frauen, aber im schwarzen Kelch des Himmels und in der noch schwärzeren See konnte niemand den anderen identifizieren, und bald reckten sie das Kinn und verschwanden dann in einem Strudel von Schaum.

Im Prinzip hätte mich die Hängematte einen ganzen Tag lang über Wasser halten sollen. Das tat sie nicht. In der Nacht gingen die Schiffbrüchigen unter, einer nach dem anderen. Wer von ihnen noch lebte, konnte ich nicht sagen, denn die Hängematte unter mir wurde schwer und versank schließlich, als sie sich mit Salzwasser gefüllt hatte, mit mir in den tanzenden, zitronenfarbenen Lichtern des Atlantiks.

DER NEUNTE EINTRAG

20. August 1830

Hier hätte das Logbuch der *Republic* – und mein Leben – enden können. Kräftigere Männer als ich, sogar hundert Kilo schwere, hätten sich vielleicht besser über Wasser halten können, aber als ich sah, wie dünn ich geworden war, und geschwächt durch den Blutverlust, ging ich mit den Armen rudernd unter, bis ich, wie durch ein Wunder, aus dem Meer gefischt wurde. Arme, stärker als meine, zogen mich über Poopdeckbalken. Irgend jemandes Hand packte mich an den Haaren, und mein halb ertrunkener Körper wurde an Deck eines Schiffes gezogen, das aussah, als sei es für Präsident Andrew Jackson persönlich gebaut worden. Finger, die meinen Körper an beiden Seiten packten, schoben mich weiter, preßten Wasser zwischen meinen Lippen heraus, und wenn mich nicht alles täuschte, dann waren rings um mich Leute von der Crew und elegant gekleidete Passagiere, der Koch und drei Kinder, die man den Wellen entrissen hatte – ein Ring von blassen, unwirklichen Gesichtern, von denen eines durch eine Lorgnette lugte und in kreolischem Patois fragte: »Was für Fische sind das denn?«, da wir in einer so furchterregenden Verfassung waren, daß unsere eigenen Mütter uns nicht erkannt hätten. Im Vergleich zu unseren Betrachtern müssen wir wie Hafendiebe und Lumpen ausgesehen haben. Wir rochen noch schlimmer. Unsere Kopfhaut war voller Würmer. Obwohl diese Passagiere anscheinend wohlerzogene Leute waren, hatte ich keine Ahnung, was für ein Schiff uns an Bord genommen hatte, was auch gut so war, wie ich bald erklären werde, und meine Dankbarkeit für die Rettung war so groß, daß ich den Kapitän, einen guten alten Seebär namens Cornelius Quackenbusch, fast eine halbe Stunde lang nicht loslassen wollte, und nachdem er meine Finger einzeln von seinen Manschetten geschält hatte, schlang ich Arme und Beine um den Kattbalken, bis ich in Ohnmacht fiel.

Als meine Sinne wiederkehrten oder, wenn das zuviel gesagt ist, als ich meine Augen wieder öffnete, entdeckte ich, daß Kapitän Quackenbuschs Mannschaft Squibb und mich in eine bequeme Koje getragen hatte und die Kinder in eine andere in der Nähe. Allmählich erfuhr ich, daß dieses Schiff, die *Juno*, ein schwimmender Gin-Palast war, wie einige Seeleute sie nannten, mit Goldgeschirr in der Küche und Royal Wilton-Teppichen, die fünf Dollar den Meter kosteten, und daß unser Wrack, als sie uns auf ihrer Rückfahrt von den West Indies nach New Orleans sichteten, nur ein paar Seemeilen südwestlich von Guadeloupe trieb. Kapitän Quackenbusch bereitete uns einen herzlichen Empfang, der seine Sympathien für alle Seeleute zum Ausdruck brachte, er schloß die Augen, als Squibb die Geschichte unserer Leiden erzählte und senkte dann den Kopf, um dem Vater aller Dinge dafür zu danken, daß er ihn zum Werkzeug unserer Errettung auserkoren hatte.

O ja, Quackenbusch speiste, badete und pflegte uns voller Güte noch Tage nach unserer Errettung, aber ich hatte noch immer das Gefühl, Tausende von Meilen von allem entfernt zu sein, das mir gewiß erschien. Außerdem hätte ich mir nie träumen lassen, mit welcher Wucht mich alles, was wir durchgemacht hatten, treffen würde, wie ein herabstürzender Masttopp: Ich fühlte mich wie ein Fußsoldat, der aus einem Krieg fern der Heimat wiederkehrt. Als Crew-Mitglied auf der *Republic* hatte ich gelernt, jeden Tag so zu leben, als sei es mein letzter. Jeder, der unter Ebenezer Falcon diente, erwachte Morgen für Morgen mit einem Gebet auf den Lippen und erlebte seine letzte Stunde im voraus und diverse Todesarten. Während eines Sturmes konnte man sich niemals entspannen, niemals allzuviel Zuversicht entwickeln oder irgendwelche Angst zeigen. Man entwickelte das, was Cringle die »Flutmentalität« nannte – das heißt, man war immer darauf vorbereitet, bis zur Hüfte im Wasser zu stehen. Während einer Gefahrensituation mußte alles, was man tat, Hilfe für die Kameraden sein. Man konnte es sich nicht leisten, müde zu werden. Die erste Pflicht war stets, das Schiff zu sichern; wenn man je wieder Land sehen wollte, mußte man dafür sorgen, daß alle wohlauf waren, durfte niemals klagen und hatte sich ständig davor zu hüten, Schwäche zu zeigen. Wenn ich auf die strenge Selbstzucht während dieser Überfahrt zurückblicke, fällt mir auf, wie die Geisteshaltung, die ich entwickelt hatte, dazu führte, daß ich mich an nichts gebunden fühlte, so wie die Sklaven, die nicht wußten, was sie in der Neuen Welt erwartete, möglichst von Augenblick zu Augenblick lebten, und deshalb, das begriff ich jetzt, begingen sie auch nicht Selbstmord. Diese Reise hatte meine Weltanschauung unumkehrbar verändert, aus mir ein Kulturgemisch gemacht und die Welt in ein Schattenreich verwandelt, das ich weder besitzen noch dominieren wollte, nur noch genießen, solange es da sein würde. Die Farben waren auf dem Meer kräftiger gewesen, das Wasser *feuchter*, das Eis *kälter*. Aber nun ...

Ach, nun fühlte ich die lange nicht beachteten Schockwellen. Ich konnte nicht aufhören zu zittern, weinte schnell und fand diese unfreiwillige Übung so erfrischend, daß ich mir schwor, mich jede Woche auf diese Weise zu leeren und mein Taschentuch zu durchnässen, sagen wir, sonntag abends gegen elf, also sollte man mich um die Zeit besser nicht stören. Aber die einfachsten Aufgaben überforderten mich. Als ich gebeten wurde, unter der Bettwäsche auszuwählen, die Passagiere gespendet hatten, und der Schiffsjunge, der sie mir brachte, fragte: »Möchten Sie lieber weiße Bettlaken oder blaue?«, war ich wie gelähmt, erstens, weil er mich an Tommy erinnerte, und zweitens, weil ich nach unserer Reise keinen Unterschied mehr zwischen den beiden ausmachen konnte oder was diese Unterscheidung angesichts des großen Ganzen bedeutete, und ich brütete über dieser staunenswerten Frage schon seit einer Viertelstunde, unfähig eine Wahl zu treffen, als Squibb »Blau« sagte und mir aus der Patsche half. Peinliche Situationen wie diese traten immer wieder auf. Tabletts voller Essen, die uns jeden Morgen aufs Zimmer gebracht wurden – all diese kulinarischen Leckerbissen zur Auswahl –, stimmten einen Mann nachdenklich, der sich kürzlich von seinem Ersten Steuermann und Quartiermeister ernährt hatte.

Aber das war nicht das Schlimmste.

Ich konnte nicht länger als vier Stunden am Stück schlafen, nicht, nachdem Falcon, der mich auf Nachtwachen vorbereitete, mir beigebracht hatte, nur noch Nikkerchen zu machen. Alpträume von dem afrikanischen Gott suchten meinen Schlaf heim. Hin und wieder hatte ich das Gefühl, die *Juno* sänke, und ich stürzte zu Boden, rang mir ein gezwungenes Lachen ab, wenn ich wieder aufstand, damit Squibb sich keine Gedanken machte, aber er sah dennoch, in welchem Zustand ich war. Sah es, als ich mir Entschuldigungen zurechtbastelte, weil ich in der ersten Woche unsere Kajüte nicht verließ und nicht in der Woche danach. Sah es, als ich nackt hinter dem langen Vorhang, den ich zugezogen hielt, an unserm Bullauge stand, weil ich vergessen hatte, mich anzukleiden, und nach draußen auf sorglose Menschen lugte, die auf Deck speisten und sich den Hof machten, und, der Herr steh mir bei, mich fragte, wie sie wohl schmeckten – Leute, die, wie ich hörte, Vorbereitungen für eine Hochzeit auf See trafen; Menschen, die hungerten und haßten, und wegen tausend belanglosen Dingen Pläne schmiedeten und Intrigen planten. Kaum belanglos für sie, wie ich wußte, denn vor nicht allzu langer Zeit hatten solche Dinge wie eine gutaussehende Frau ins Bett zu kriegen, einen guten Schnitt zu machen, bei den neuesten Theaterstücken auf dem laufenden zu bleiben, Kleidung zu kaufen und eine gute Figur zu machen, meine Energie ebenso in Anspruch genommen, wie es jetzt bei ihnen der Fall war; aber ich konnte es ganz einfach nicht mehr. Nichts davon kam mir nach dieser Überfahrt noch sinnvoll vor. Und ich fragte mich: Wie konnte ich jemals wieder an Land leben? Oft waren meine Depressionen so stark, daß ich mich schuldig fühlte, bloß weil ich lebte. Weil ich überlebt hatte, hatte ich manchmal das Gefühl, ich hätte das Leben von Cringle gestohlen oder lebte auf Zeit, die eigentlich Ngonyama und den anderen Kumpeln gehörte; ich fühlte mich wie ein Dieb bis zum bitteren Ende. Manchmal spät nachts, wenn Squibb, den einen Arm in der Schlinge, auf der Suche nach einem guten Schluck Rum draußen herumlungerte, dachte ich darüber nach, wie leicht es wäre und vielleicht auch gerecht, wenn ich mich zu meinen ertrunkenen Gefährten gesellte, indem ich mich aufhängte. Und natürlich war es nicht gerade eine Hilfe für mich, als Passagiere nach dem Sturm eine Party feierten und dabei einen Shanty mit dem Titel »Warst du schon mal in New Orleans?« sangen.

»... Wenn nicht, dann fahr bloß hin.
Das ist ein Ort, der ganz verrückt spielt, Tag und
  Nacht das Blut voll Gin!
Mönche, Vikare und Pfaffen, Nonnen und Frauen in
  allen Farben;
Neger in Purpur und edlem Leinen, und Sklaven in
  Ketten, die in Lumpen darben.
Schiffe, Archen und Dampfer, Räuber, Piraten und
  Alligatoren,

Attentäter, Spieler und Trunkenbolde und
Baumwollspekulatoren;
Seemänner, Soldaten und hübsche Mädchen und
häßliche Wahrsager;
Zuhälter, Teufel und Krabben und lauter miese
Versager;
Weiße Männer mit schwarzen Frauen *et vice versa*
siehst du,
Eine Brut in allen Farben – eine höllische
Narrencrew! ...«

Nur die Stunden, die ich über das Logbuch des Käpt'ns gebeugt verbrachte, hielten mich aufrecht. Zusammen mit seiner Seekiste war es nach dem Schiffsunglück geborgen worden, und nachdem die Seiten getrocknet waren, begann ich wieder damit, alles aufzuzeichnen, woran ich mich erinnerte, zunächst als Mittel, um mich von den Stimmen in meinem Kopf zu befreien und auf diese Seiten voller Wasserflecken soviel Schmerz zu ergießen wie möglich, bis ich am Ende eines jeden Abends, nachdem ich wie wild und ohne Ziel geschrieben hatte, mich schließlich leer fühlte und schlafen konnte. Dann, während unsere Tage an Bord der *Juno* dahingingen, wandte ich mich dieser Arbeit mit einem anderen, seltsameren Drang zu – einem Zwang, all das, was wir erlebt hatten, zu übertragen und dadurch umzuwandeln, und irgendwie fand ich auf diese Weise und durch all das hindurch einen Weg, meinen Frieden mit der jüngsten Vergangenheit zu machen, indem ich sie in Sprache verwandelte. In der Folge war ich, wenn ich schrieb, unfähig, mich dem Bordleben zu widmen, und so tat Baleka dies für mich und bat Passagiere um Dinge, die ich brauchte, etwa eine Perücke.

Weil ich fast all mein Haar verloren hatte, verstehen Sie. Wo ich einmal einen dicken, buschigen Helm besessen hatte, den ich nur mit einer Hundebürste durchkämmen konnte, war ich nun fast so kahl wie Martin Van Buren, obwohl ich verdammt nochmal nicht so mollig war: Ich wirkte wie ein altes Kind im Kajütenspiegel, als ich mir eine rabenschwarze Perücke überstülpte, die an den Schläfen so fest saß wie eine Zipfelmütze. Mein Bart hatte eine biblische Länge, meine Glieder ächzten wie Hiob. Jeden Morgen, wenn ich aufstand, fühlten sich meine Rippen wie Eisenstangen an. Unsere Reisen durch verschiedene Zeitzonen hatten meinem Stoffwechsel arg zugesetzt, wie der Schiffsarzt meinte, und dazu geführt, daß ich Nitrogen und Schwefel verloren hatte und mein Innenohr verwirrt war. Und wenn ich an die Krankheiten dachte, die ich durchlitten hatte, befüchtete ich, daß ich wahrscheinlich unfruchtbar war. Ganz gleich, was ich tat – ob ich mir die Haare frisierte, Gesichtsmasken auflegte oder mich mit gutem Parfum betupfte – ich konnte nicht verbergen, was ich war: ein Wrack der *Republic*. Das Mädchen, das mir nun so lieb war wie meine eigene Tochter, brachte mir frische Kleidung, einen Stock, den ich dringend brauchte, plus einen Satz hölzerner Zähne, so daß ich lächeln konnte, ohne auszusehen wie der Grand Canyon oder die Kali-Schlucht.

»Ruth'ford«, sagte sie zwei Samstage nach unserer Rettung, »du kannst nicht *ewig* in diesem Zimmer bleiben und schreiben! Bitte komm mit mir nach draußen – wir müssen nicht weit gehen und auch nicht lange bleiben.«

»Morgen vielleicht.«

»Aber du solltest dich bei dem reichen Gentleman bedanken, der uns diese Sachen gegeben hat, nicht wahr?«

Da hatte sie allerdings recht. Bei den Frauen an Bord besorgte Kapitän Quackenbusch das hübscheste Leinen für Baleka, Schuhe mit runder Kappe und leuchtenden Riemchen und ein turbanähnliches Häubchen, das sehr französisch wirkte. »Da hast du wohl recht. Hat er dir gesagt, wie er heißt?«

»Eh-he.« Sie nickte. »Mr. Zeringue.«

Plötzlich bekam ich keine Luft mehr. Ich fummelte am Kajütenfenster herum, bis es aufsprang, und steckte meinen Kopf heraus. Alte Ängste stiegen in mir auf, besonders, wenn mein Blick wieder auf das Mädchen fiel, denn wenn sie sich nicht versprochen hatte und wenn die Perücke, die ich trug – und die mir auf dem Schädel brannte – Papa gehörte, dann waren Baleka und die anderen Kinder sein rechtmäßiger Besitz, schlicht und einfach, was ein Gedanke war, den ich nicht ertragen konnte. Aber war er es denn? Hatte die Vorsehung mich nach Afrika gejagt und mich dann aus dem Teich gerettet, nur um mich – und diese unschuldigen Kinder – erneut auf Gedeih und Verderb ihm auszuliefern? »Baleka« – ich warf mir das Jackett über – »bist du sicher, daß du Zeringue gesagt hast? Wie sah er aus?«

Sie blies die Backen auf, streckte den Bauch raus und schnippte mit der rechten Hand Asche von einer unsichtbaren Zigarre. An dem Vorbild für diese Pantomime konnte kein Zweifel bestehen.

»Und sag mir, Kind, wo ist er jetzt?«

»Es gibt einen großen Raum auf dem Schiff. Dahin ging er gerade.«

»Kannst du mir den Weg zeigen?«

Nun war es Baleka, die mich über das gutgescheuerte Deck dirigierte, aber ich wurde bald langsam und ging im Zickzack wegen des beißend kalten Windes. Alle paar Schritte hatte ich Backbordschlagseite, nur auf meinen Stock und das Mädchen gestützt, das mich nach einer solch gräßlichen Fahrt schließlich vor einer riesigen Messe vor Anker gehen ließ, die sich achtern vom Großmast befand. Gleich links an der Tür hörte ich jemanden Klavier spielen und einen Hochzeitsmarsch üben. In das stille holzgetäfelte Interieur des Raumes, der für ein festliches Ereignis geschmückt war, drang der Lärm von Deck nicht herein. An seinem Ende stand Kapitän Quackenbusch auf einem behelfsmäßigen Podest mit einer Bibel in der Hand und beriet sich flüsternd mit – ja, Donnerlittchen, unter ihm stand Papa und sah, ob man es glaubt oder nicht, tieftraurig aus, niedergeschlagen wie ein Mann, der schwer mit Ketten beladen ist. Er wirkte auf mich ärmer, sowohl im Vermögen als auch im Geiste, und zweifellos erschüttert von seinen fürchterlichen Verlusten, als die *Republic* vor seinen Augen unterging. Sein Gesicht war teigig, seine Haltung ein wenig gebeugt, und er wirkte wie ein Mann, der von seinem Anwalt oder seiner Geliebten oder von beiden verwirrt ist. Er war in irgendeine Generalprobe verwickelt. Überall standen Blumen für die Hochzeit. Doch ich spürte noch etwas anderes, eine innere Alarmglocke, die mich einst gewarnt hatte, denn wenn der Wind umspringt, muß man aufpassen, und die – als Papas Verlobte in einem blauen Seidenkleid und einem Kitty Fisher Hut auf ihn zuging – laut schrillte. Ihre Beine waren wacklig von der Seekrankheit; Papa und der Kapitän schienen besorgt, daß sie ihre letzte Mahlzeit auf den üppigen Teppich erbrechen könnte, der zum Altar führte. Sie drehte sich nicht ganz um, aber in meinen Knochen spürte ich, daß dies Isadora war. Aber eine Isadora, an die ich kaum glauben konnte. In dem gedämpften Licht der Messe, das auf ihre Lippen einen sanften Schatten warf und eine warme Tönung auf ihre Haut malte, war ihre Schönheit herzzerreißend. Außerdem hatte sie fünfundzwanzig Kilo abgenommen. (Bald erfuhr ich auch, warum.) Ich wollte sprechen, bekam aber kein Wort heraus; ich wollte eintreten, aber mein Wille versagte. Einen Augenblick lang muß ich weg gewesen sein, der Raum verschwamm und wurde weich an den Rändern, als hätte ich ein randvolles Glas Whiskey getrunken. Ich rieb mir das Gesicht mit beiden Händen, den Stock in die Armbeuge gehängt, schaute dann wieder hin und sah, wie sie sich schüchtern neben Papa stellte, und dann konnte ich es nicht mehr ertragen. Ich wollte gerade hereinplatzen und sie trennen, als eine Hand schwer auf meine Schulter fiel.

»Sar«, sagte Santos, »dies ist eine geschlossene Veranstaltung.« Er war so muskulös und sah so plump aus wie immer, trug eine Krawatte und einen Flanellmantel: ein Bild des Elends. Modische Kleidung war nicht gerade das Vorteilhafteste für einen Riesen, der mit jener seltenen Krankheit – chronische Übergröße – behaftet ist, wo einem nichts richtig paßt. Er zerrte an seinem Kragen, neigte den Kopf nach links und betrachtete mich. Wiedererkennen flackerte auf und zündete. »Also, bleibense mal stehen! Bloß ne beschissene Minute! Gott im Himmel, Ihr seid ein mitleiderregender Anblick, aber unter der Perücke da, sindse nich' dieser Dieb aus Illinois?«

Unser Hin und Her zog Blicke auf sich.

»Papa, jetzt schau doch mal, was da grad eingelaufen is!«

Santos langte mit der rechten Hand nach mir und wollte mein linkes Handgelenk packen, eine Bewegung, die ich bei McGaffin während der Meuterei beobachtet hatte, und irgend etwas (ich kann nicht sagen, was) kam über mich (ich kann nicht sagen, wie), aber ich machte einen Ausfallschritt, wie ich ihn bei Atufal beobachtet hatte, packte sein Handgelenk, ließ Santos auf mich zukommen, während ich einen halben Schritt auf ihn zumachte, mich blitzschnell vor ihm zu Boden fallen ließ, seine Taille mit meinen Beinen packte und ihn hintenüber warf, wobei er mit dem Hinterkopf auf dem Deck aufschlug. Ich wage zu behaupten, daß das Deck dabei mehr beschädigt wurde als Santos' Kopf. Wie beim Brontosaurus, der nach etwas schnappt, das ihn schon gestern gebissen hat, konnte es gut dreißig Minuten dauern, bis der Schmerz dieses Aufpralls von seiner Haut bis zu seinem zentralen Nervensystem wanderte. Dennoch war dieser elegante und unerwartete Ausbruch von *Capoeira*, der für mich nun so natürlich kam, wie den Arm zu heben, genug, um seinen Stolz zu verletzen und ihn dazu zu bringen, erschrocken rückwärts in einen Wald von Beinen zu kriechen. Wir waren von Gaffern umgeben, unter ihnen auch Squibb, der aus unserm Zimmer gerannt kam, als er entdeckte, daß ich fort war.

»Santos«, bellte Papa, der hervortrat, »wer ist das?«

Santos starrte mich voller Entsetzen an. »Das ist der Junge, mit dem sich die Lehrerin getroffen hat.« Er runzelte verdutzt die Stirn. »Niggah, wie hassu das gemacht?«

Isadora fragte: »Rutherford?«

Der Kapitän lugte über ihre und Papas Schultern. »Mr. Calhoun, ich sehe erfreut, daß Sie nach Ihren Qualen nun wieder ein wenig Luft schnappen. Leider befinden wir uns gerade mitten in einer wichtigen Zeremonie –«

»Er war auf diesem Schiff?« Papa machte einen Schritt zurück und kratzte sich an der Kinnlade. »Calhoun? Ich kann's nicht glauben, aber wenn du an Bord warst, dann will ich mit dir darüber reden, warum das Schiff untergegangen ist und wessen Schuld das war. In meiner Kajüte, mein Sohn. Und zwar sofort. Santos, du bringst ihn hin – und verlier den verdammten Ring nicht.«

Sein Handlanger mißtraute mir und blieb einfach sitzen. Ich nutzte diesen Moment der Unsicherheit, um Squibb beiseite zu ziehen und ihn zu bitten, mir einen letzten Gefallen zu tun, von dem Isadoras und mein Leben abhinge, dann zog ich sie von den anderen weg. Baleka blieb uns auf den Fersen und versuchte zu lauschen. Ich scheuchte sie fort. Und die ganze Zeit über musterte Isadora mich von oben bis unten und rückte mit dem Kopf ganz nah an mich heran, als wollte sie sehen, ob ich meine Nase für einen anderen Rüssel eingetauscht hätte und ob ich unter meinem Bart noch die gleiche Person war, und dann wandte sie ihren Kopf ganz schnell wieder ab.

»Rieche ich so schlecht?«

Sie schüttelte den Kopf. »Du hörst dich anders an und siehst anders aus.«

Natürlich hatte sie recht. Manchmal sprach ich, ohne es zu wissen, in der etwas höheren Stimmlage der Sklaven, gebrauchte ihren Akzent und ihr Redetempo und ertappte mich gelegentlich dabei, daß ich nicht mehr verallgemeinern konnte. Mit anderen Worten, wenn ich nicht aufpaßte, dann besaß jedes wahrnehmbare Ding, das mich passierte, zwar *haecceitas* nicht aber *quidditas*, eine so radikale Einzigartigkeit, daß ich das Gefühl hatte, nichts hinsichtlich etwas oder jemandes voraussetzen zu können, oder jetzt – im Falle Isadoras – von einem Augenblick auf den anderen irgend etwas Allgemeines über sie sagen zu können.

Sie begann zu blinzeln und nicht bloß, um ihre Augen vor der Sonne zu schützen, obwohl wir uns jetzt auf der Westseite des Schiffes befanden, vor der Ankerwinde. Es war eher das Blinzeln einer allmählich wiederkehrenden Wut, und plötzlich war ihre Stimme voller Mißbilligung. »Wo *warst* du, Rutherford! Ich habe noch Stunden gewartet, nachdem alle außer ihm schon gegangen waren.« Sie zeigte in Papas Richtung. »Weißt du überhaupt – hast du irgendeine Idee –, wie *demütigend* das für mich war?«

»Es tut mir leid«, sagte ich. »Wenn ich es wiederholen könnte, würde ich's anders machen.« Vorsichtig berührte ich sie an ihrem linken Arm, in der Hoffnung, daß sie ihn nicht wegziehen würde. »Ich bin nicht mehr der gleiche, ganz, wie du sagst. Da gibt es jemand anderen, ein Mädchen ...«

Ich spürte, wie sich Isadoras Arm unter meinem Griff anspannte. Still, die Unterlippe zwischen den Zähnen, wartete sie auf meine Erklärung.

»Es ist eines der Kinder, das durch unsere Reise zur Waise geworden ist. Aber nein, ich bin nicht ihr Vater, wenn es das ist, was du dich fragst, obwohl ich es sein könnte. Wann immer ich Baleka nicht sehe, mache ich mir Sorgen. Wenn sie sich weh tut, dann fühle *ich* den Schmerz. Tag und Nacht bete ich darum, daß für sie alles gut wird, selbst wenn ich nicht mehr bin. Manchmal bin ich ganz zerstreut von all den Dingen, die sie mir unter die Nase hält, damit ich sie mir anschaue – Yankee-Sachen, die ich ihr erklären soll, aber ich kann nicht *essen*, wenn du es genau wissen willst, bevor sie gegessen hat, nicht schlafen, wenn sie keine Ruhe findet, und, was noch schlimmer ist, wenn sie zu lange ruhig ist, mache ich mir auch darüber Sorgen ...«

Isadora legte die rechte Hand auf meine Finger. »Meine Güte, du hast dich *wirklich* verändert, Rutherford.«

»Aye, und was ich damit sagen will, ist, daß ich, um sie anständig aufzuziehen, deine Hilfe brauche.«

»Ist das ein Antrag?«

»Ist es.«

»Dann tut es mir leid, Rutherford.« Sie senkte den Blick, ihre Hand entglitt meiner, und einen Augenblick lang fühlte ich mich wie ein ankerloses Schiff. »Ich kann deinen Antrag jetzt nicht mehr annehmen.«

»Warum nicht? Weil du Papas Antrag schon angenommen hast? Isadora, wie kannst du überhaupt nur in Erwägung ziehen, ihn zu heiraten?«

Sie rannte zur Reling und würgte, da ihr Magen in Aufruhr geraten war, entweder vom Schaukeln des Schiffes oder dem Gedanken an ihre Heirat mit einem Mann, mit dem verglichen Cesare Borgia wie ein Milchbubi wirkte. Und dann war sie abrupt wieder wütend auf mich, so wütend, nachdem sie gewürgt hatte, daß ihre Stimme lossprudelte und sie mich dabei ein wenig anspuckte, und ich schämte mich derart, daß ich weder den Kopf abwandte noch einen Schritt zurück machte. »Papa und dieser Rüpel waren da, als *du* nicht da warst, Rutherford!

Er ist vielleicht ein Verbrecher, aber er hat gesehen, wie verletzt ich war, als ich vor allen Leuten, die Madame Toulouse eingeladen hat, dastand, so daß *jeder*, der irgend etwas in New Orleans darstellte, wußte, daß *keiner* mich wollte.« Ich machte einen Schritt zur Seite, da ich dachte, daß Isadora ihre Faust ballte; aber statt dessen zupfte sie nervös an ihrem Ohrläppchen, eine neue Angewohnheit, die sie entwickelt hatte, seitdem ich fort war. »Ich hätte dort auf der Stelle sterben können, wirklich. Aber dann ... war er einfach *nett* zu mir. Er brachte mich nach Hause. Am nächsten Abend kam er vorbei mit einer ganzen Kutsche voll von meinen Lieblingsblumen und machte mir einen Antrag„ und dann wußte ich nicht, was ich tun sollte. Man sagt nicht einfach nein, wenn ein Mann um einen wirbt, dem die halbe Stadt gehört, der überall Verbindungen zur Unterwelt hat und Leute umbringt, weil sie ihn unterbrochen haben.«

»Hast du das getan?«

»Einmal«, gab sie zu. »Danach hatte ich Angst. Er macht mir angst, Rutherford! Manchmal fürchte ich mich so, daß ich weder essen noch schlafen kann. Du weißt nicht, was er alles schon getan hat.«

»Ich glaube doch. Und es überrascht mich nicht, daß er dich will. Du bist wunderschön«, sagte ich, um ihren Zorn zu besänftigen, aber es stimmte. Ihre Angst und ihr Appetitverlust hatten sie schöner gemacht. Als ich dichter an sie herantrat, sah ich, daß sie die Asche von Streichhölzern benutzt hatte, um ihre Augen zu schminken, und Beerensaft, um Rouge auf ihre Wangen und Lippen aufzutragen. »Du bist doppelt so gebildet und kultiviert wie er. Wenn man an die Kreise denkt, in denen er sich bewegt, dann verschafft es dieser Landratte sicher ein bißchen Respektabilität, wenn er dich heiratet.«

»Ich denke, deshalb hat er mich auf diese Reise mitgenommen, um mich zu *zwingen*, seinen Antrag anzunehmen. Ich habe ihn hingehalten, das habe ich wirklich, Rutherford, wochenlang. Er haßt Tiere, weißt du, obwohl er sich ein paar als Leibwächter und Freunde hält. Er sagt, ich muß meine Katzen loswerden. Nun, ich hab *ihm* erzählt, ich könnte sie nicht gehen lassen, in die Kälte hinaus, bevor ich nicht jeder einzelnen von ihnen Überzieher gestrickt hätte, und ich mache das jetzt seit zwei Monaten jeden Tag und halte ihn damit hin, weil ich sie nachts wieder aufribbele.« Sie brauchte etwas, um sich die Augen zu trocknen; ich bot ihr meinen Hemdzipfel an. Nachdem sie sich laut die Nase geschneuzt hatte, sagte sie: »Das hat funktioniert, bis Santos, dieser Schandfleck unserer Gattung, letzten Monat vorbeikam, um ein Geschenk von Papa vorbeizubringen, und sah, wie ich Schühchen, die ich für eines der Hündchen gestrickt hatte, wieder aufribbelte. Du erinnerst dich doch noch an Poopsie, nicht?« Ich nickte, und erinnerte mich, wie unangenehm ich Hundefell auf meiner Kleidung gefunden hatte, zwang mich aber zu lächeln, woraufhin Isadora sich so fest an mich drückte, daß ich das Gefühl hatte, unsere Körper seien von Haus aus passend gemacht.

»Rutherford, was soll ich bloß tun?«

Ich bat sie, die nächste Stunde in ihrer Kajüte zu bleiben. Nachdem ich sichergegangen war, daß sie ihre Tür verschlossen hatte, bat ich Kapitän Quackenbusch, mich zu Papas Räumen zu führen. Dann schüttelte ich ihm die Hand und wandte mich Squibb zu, der an der Reling mit Ebenezer Falcons Logbuch wartete.

»Das wolltest du doch haben, richtig?«

»Danke, Josiah.«

»Und du wills' ganz allein zu den Schwatten da reingehn, Kumpel?«

»Aye, aber ich fänd's gut, wenn du in der Nähe bleibst und Ausschau hältst.«

Squibb salutierte spöttisch mit seinem guten Arm. »Was

immer du willst, Käpt'n«, was darüber hinwegtäuschte, daß man sich während eines Sturms wenn auf einen Matrosen, dann auf ihn verlassen konnte. Und glauben Sie mir, es braute sich wieder ein Sturm zusammen. Arme Isadora! Jetzt hatte sie Papa am Arsch. Das geschah ihr recht, dachte ich, wenn sie Papa schon unbedingt in unser Leben holen mußte. Ich wußte, daß ich sie in solch einer Zwangslage nicht allein lassen konnte und daß ich ihm entgegentreten mußte, ungefähr so wie David, der es mit seiner armseligen Zwille und seinem Hirtenstock an der Seite mit dem Riesen der Philister aufgenommen hatte. Ob nun Papa oder Santos besser zu dem Bild von Goliath paßten, konnte ich nicht sagen. Aber eins war mir klar. Ich konnte und würde mich nie mit ihm messen. Für einige Schwarze in der Heimat, diejenigen, die das ganze Ausmaß seiner Verbrechen nicht kannten, war Papa, wenn nicht ein Held, so doch ein Mann ihrer Rasse, den man bewundern konnte. Sein Besitz war breit gestreut (inklusive einer Sperrminorität bei den Eigentümern der *Juno*, sagte Isadora), und er beobachtete die politischen Veränderungen im Lande sorgfältig, auch die kleinsten Verschiebungen in der Kommunalpolitik, damit er von ihnen profitieren konnte, hier ein bißchen Geld in Grundbesitz investieren, dort in Immobilien, die in zwanzig Jahren das Zehnfache seiner Investitionen bringen würden. Wenn er erst einmal etwas aufgekauft hatte, dann verkaufte er es niemals – absolut niemals – wieder an Weiße, weil er befürchtete, daß es, schwarzen Händen einmal entglitten, niemals in diese zurückkehren würde. Aye, für viele war er ein Schutzpatron ihrer Rasse, ein Mann, der anderen Schwarzen Geld lieh und manchmal Theaterstücke sponsorte, die von schwarzen Dramatikern in New Orleans geschrieben worden waren. Konnte Böses, wie er es tat, tatsächlich auch Gutes bewirken? Konnte Geld, das mit Mord, Lügen und Sklavenhandel verdient worden war, den Bürgern zugute kommen? Diese Fragen gingen mir durch den Kopf, als ich vor seiner Kajüte stehenblieb, und ich sah, wie ein Mann wie Papa nach einem Erben hungerte, einem Sohn vor allem, der von einer so kultivierten Frau wie Isadora erzogen würde – einer Lehrerin, tatsächlich, einer Gouvernante von Beruf. Wenn der Junge erwachsen würde, dann würde er sich bisweilen vielleicht schämen wegen des blutigen Vermögens seines Vaters, aber an manchen Abenden würde er dem Porträt seines Vaters zuprosten, denn jene Verbrechen hatten die Familie von den Feldern ins Herrenhaus gebracht, von den Sklavenvierteln ins Zentrum des Geldadels. Oh, Papas Erbe würde sich vielleicht gelegentlich beklagen wie Peter Cringle (und natürlich würde ihn Papa in die Politik drängen), aber wie jene Schwarzen, die Ehrfurcht vor dem riesigen Philister empfanden, würde er denken, daß Freiheit Eigentum war. Macht war Eigentum. Die Liebe zu Rasse und Sippe war Eigentum, und wenn das Kapital, um das es ging, das Leben anderer Farbiger war ... war es nicht so, daß ein paar untergehen mußten für den Fortschritt der Rasse, für das Wohl der vielen?

Bevor ich an die Tür klopfen konnte, sprang sie auf. Santos hatte am Bullauge gelauscht. Er hielt einen Abstand von vier Metern, als ich eintrat; sein Blick blieb unverwandt auf mich gerichtet, als er die Tür zuschlug, den Schlüssel im Schloß drehte und sich in eine Ecke gegenüber Papa zurückzog, der an einem Tisch saß, dessen verzierte Beine an den Boden geschraubt waren. Es überraschte mich nicht, daß diese Räumlichkeiten all den Komfort boten, den Papa auch an Land genoß. Er reiste mit soviel Gepäck, daß er damit das Lager eines Kaufmannes hätte füllen können – Dutzenden von Schuhen, Kleidung für zweimaliges Umziehen pro Tag –, und die Sachen waren auf prächtige Möbel verteilt, über dreibeinige Tische geworfen, über ein Sofa voller Kissen und auf seinem üppig drapierten Bett in Häufchen gestapelt, die auf Santos warteten, der sie wusch, bügelte und faltete, ganz in der Weise, wie mein Bruder Reverend Chandler bedient hatte. Überraschenderweise entschuldigte sich Papa für diese Unordnung, dann nahm er sich eine Zigarre aus einer Schildpattschachtel und bot mir eine an.

»Calhoun« – er beugte sich in seinem Kirschholzstuhl vor, um mir Feuer zu geben –, »ich werde nicht fragen, wie du auf dieses Schiff gekommen bist, wenn du nicht fragst, warum mich seine Ladung interessiert.«

»Sie meinen die Sklaven?«

Er streckte sich, als hätte ich ihm ins Rückgrat gestochen. »Das war ein Sklavenschiff? Das ist doch illegal oder nicht?« Er brütete darüber und schob den Daumen unter einen Hosenträger. »Wieviel Sklaven waren deiner Meinung nach an Bord vor jenem Sturm vor der Küste von Guadeloupe?«

»Fünfzehn«, sagte ich. »Vor dem Sturm und nach der Meuterei.«

»Meuterei? Von wem – den Matrosen oder den Sklaven?«

»Von beiden, oder ich sollte besser sagen, die Schiffsbesatzung plante, den Kapitän an die Luft zu setzen, bevor die Sklaven ausbrachen.«

»Ich verstehe.« Papa lehnte sich in seinem Stuhl zurück, und seine Gedanken rasten meinen voraus, wenn ich den Ausdruck in seinen Augen richtig einschätzte, so wie gute Schachspieler einem immer schon zwei Züge voraus sind. »Dann war es *sein* Fehler, oder? Eures Kapitäns? Sollte es eine – äh, eine Untersuchung geben, sollte Mr. Quackenbusch einen Bericht über den Schiffbruch abfassen müssen, bei dem du, dem Himmel sei Dank, gerettet wurdest, wärest du bereit, vor einem, äh, Seegericht zu bezeugen, daß euer verrückter Kapitän die Kontrolle über sein Schiff verlor und vielleicht schon untauglich war, bevor die

Überfahrt begann, und daß dieser Veruntreuer, auf einer schlichten Überfahrt, die nur für den Transport von Butter, Ochsen und Reis gedacht war, zusätzlich afrikanische Sklaven geladen hatte? Könntest du das aussagen, Calhoun, wenn jemand – ein namenloser Wohltäter, sagen wir mal – mit dem entsprechenden Honorar auftauchte, um dich für eine solch ermüdende öffentliche Aussage zu entschädigen?« Während er sprach, öffnete ich das Logbuch, das Sie in diesem Augenblick in Händen halten. Der Geruch des Meeres stieg so stark von diesen Seiten auf, daß ich das Bild von Segel und Großmast unseres Schiffes wieder wegwischen mußte. Papa trommelte nervös mit den Fingerspitzen auf die Tischkante. »Womit spielst du da herum, mein Junge?«

»Ach, bloß Daten«, sagte ich. »Nichts von Bedeutung, nur die Frachtliste des Schiffes, mit den Namen von jedem Allmuseri-Sklaven an Bord, den Zahlungsmodalitäten für die Haupteigner des Schiffes, einschließlich Eures Anteils, Papa.«

»Nee, in dem Buch kann ich gar nicht drinstehen.« Er runzelte die Stirn und beugte sich vor, versuchte hineinzuschauen und schluckte. »Oder?«

Ich hielt das Buch schräg, so daß er hineinsehen konnte. »Die Seeämter werden dieses Dokument sehr interessant finden. Kapitän Falcons Logbuch, denke ich, wäre Beweisstück Nummer 1 bei einer Untersuchung des Untergangs der *Republic.* Auf der anderen Seite wäre es tragisch, meinen Sie nicht, wenn es in die Hände von William Lloyd Garrison fiele. Oder vielleicht in die entlaufener Sklaven, die unter Indianern oben in den Bergen leben und regelmäßig Plantagen überfallen und, o Gott o Gott, Sklavenhalter *töten.*«

»Santos«, bellte Papa, »nimm ihm das Buch weg!«

Ähnlich wie Schmerzen krochen auch Gedanken langsam wie eine Schnecke im Winter durch die Drähte hinter

Santos' Stirn. Vielleicht haben Sie bemerkt, daß er nicht gleichzeitig denken und sich bewegen konnte. Also stand er vollkommen reglos wie eine Statue in der Ecke, dachte wie verrückt nach und brachte schließlich heraus: »Papa, sagt er grad, daß Sie mit Sklaven handeln?« Groß wie er war, schienen sich auf dem Gesicht dieses Mannes Tränen der Enttäuschung über diesen Verrat anzukündigen. »Was war das für ein Name, den du gebraucht hast, Calhoun? All-museri? Mein Großvater hat sich immer so genannt.« Er machte einen wuchtigen Schritt auf Papa zu, wobei der Boden wankte, dann begriff er, daß es zu schwer war, gleichzeitig zu reden, nachzudenken und sich fortzubewegen, und er blieb neben mir stehen. Seine Stimme war brüchig, die Hände hingen geöffnet herab. »Meine Familie auf Großvaters Seite ist von dem Stamm.« Er wollte wieder nachdenken und schwieg für zwei Minuten, während wir geduldig warteten. »Calhoun, warum sollte Papa so etwas *tun*.«

»Frag ihn doch«, sagte ich.

»Papa?«

Wenn irgend jemand die ungenutzte Kraft in Santos' kopflastigem Körper kannte, dann war das der Mann, der ihn angestellt hatte. Santos wurde niemals krank, *konnte* sich nicht betrinken, wie sehr er es auch versuchte, und konnte derart viel Schmerz ertragen, daß er sich oft aus Versehen Verletzungen beibrachte. Mit jedem Schritt, den dieser Mann machte, zog sich Papa weiter in die Ecke hinter seinem Tisch zurück und preßte sich jetzt hinein, als wollte er sich buchstäblich mit Gewalt den Weg durch die Wand in den Nebenraum bahnen. »Also gut, hör zu. Laß mich die Karten auf den Tisch legen. Ich habe einen Fehler gemacht. Das kann doch jedem mal passieren, oder? Erst wußte ich gar nicht, daß das Schiff noch was anderes transportierte als Gemüse und Felle. Das schwöre ich euch. Zebediah Singleton kam nach New Orleans, um an einem meiner Tische zu spielen, und erzählte mir von einem lukrativen Geschäft, das ganz legal sei – eine Chance für 'nen Farbigen, der vom Seehandel ausgeschlossen ist. Ich dachte, das wär gut für mich und meine Leute, eine Chance, zu diversifizieren, einen Fuß in die Tür zu kriegen, ein weiterer Schritt ins anerkannt legale Wirtschaftsleben statt in dem Geschäft steckenzubleiben – Glücksspiel und Diebesbanden –, auf das ich mein ganzes Leben lang beschränkt geblieben bin.« Auf Papas Schädel bildete sich eine Schweißschicht, die über die Stirn ablief, woraufhin er sich mit beiden Händen die Augen rieb. »Ich wollte niemandem weh tun. Aber als ich erstmal drin hing, war's das. Ihr könnt doch verstehen, was ich meine, oder? Manchmal kann es so kommen, daß man sich das Allerschlimmste auf der Welt einhandelt oder einhandeln zu müssen glaubt, weil man einfach nicht alles übersehen kann, wenn man etwas unterschreibt oder per Händedruck besiegelt. Man weiß nicht immer, was die Geschäftspartner wirklich machen, ob sie einem die Kehle durchschneiden wollen oder das Geld – ohne daß man davon weiß – für Zwecke nutzen, daß man sich wünschte, man wäre tot. Calhoun, wenn ich von vornherein gewußt hätte, was für eine Ladung wir wirklich transportierten, dann hätte ich nichts damit zu tun haben wollen.«

»Ich glaube Ihnen nicht, Papa.« Ich drehte mich um und sprach in Santos' Richtung. »Und die Afrikaner, die diese Transaktion überlebt haben, auch nicht. Es sind nur drei, alles Kinder im Alter von acht bis elf. So hübsch wie man nur sein kann, wie Santos hier. Sie könnten Ihr Gewissen ein wenig erleichtern, meine ich, wenn Sie etwas für sie tun – jedem von ihnen den Lebensunterhalt garantieren –, bis sie mündig sind.«

Santos sagte: »Ganz genau.«

»Einverstanden!« Die Muskeln auf Papas Gesicht entspannten sich, so daß sich Falten bildeten. »Und du wirst dieses Buch vernichten, nicht wahr?«

»Ich behalte es lieber als Sicherheit.« Ich wollte nichts mehr hören. Möglicherweise belog er mich, was seine Rolle im Sklavenhandel anbelangte. Möglicherweise hatte er noch was laufen und ein Netz krimineller Verbindungen in Louisiana und plante, mich und mein Logbuch unauffällig verschwinden zu lassen, wenn wir erst einmal an Land wären (ich beschloß, daß es das Beste für mich wäre, nach Südillinois zurückzukehren); aber möglicherweise war seine Gleichsetzung von persönlicher Freiheit und Stolz auf die eigene Rasse mit phantastischem Reichtum und Macht ihm über den Kopf gewachsen und hatte ihn korrumpiert. Ich muß wohl nicht sagen, daß ich wenig Mitgefühl mit ihm hegte. Ich wollte ihm eine anständige Tracht Prügel verabreichen, aber ich fühlte mich zu geschwächt, nachdem ich erfahren hatte, daß Santos vielleicht Balekas entfernter Cousin war, was bedeutete, daß er sozusagen mein Verwandter wäre und bei Familientreffen zu Besuch käme. Santos jedoch, der nichts von diesen Hintergedanken wußte, schien begierig, sich für diese Aufgabe zu melden. »Du hast Sklaven gekauft, Papa? Nach all dem, was ich dir davon erzählt habe, wie Ruffner mich behandelt hat, hast du das getan?« Ich mußte meinen Stock ausstrecken wie einen Ast, um ihn auf unserer Seite des Tisches zu halten. Aber doch, es war ein gutes Gefühl, zur Abwechslung mal seine 140 Kilo auf meiner Seite zu wissen.

Papa hatte eine Hand auf sein Herz gelegt. »Was willst du sonst noch von mir, Calhoun?«

»Im Moment, daß Sie Isadora und mich in Ruhe lassen.«

Er stand da und starrte auf das Logbuch, und ich versteckte es hinter meinem Rücken, da ich dachte, daß er jeden Augenblick hervorspringen könnte, um es zu packen. Plötzlich kam ihm die Pointe meines Vorschlags zu

Bewußtsein. »Warte mal.« Sein Blick bohrte sich in meinen. »Das ist *Erpressung*!«

»Da haben Sie verdammt recht«, sagte ich. »Ich bin sicher, daß Sie mit dieser Methode vertraut sind, Papa.«

Ich war mir auch sicher, daß er keine Alternative hatte. Weil es keinen Grund für mich gab, mir seine Antwort anzuhören, schlug ich das Logbuch zu und humpelte zur Tür. Sein Handlanger warf mir den Schlüssel zu. Weder Papa noch Santos hatten sich vom Fleck gerührt. Aber als ich die Tür hinter mir schloß, hörte ich den früheren Schlammringer leise sagen, *Papa, ich verpaß dir 'ne gewaschene Abreibung*.

Squibb, der das auch hörte, grinste. »Das is' wohl klasse gelaufen, was?«

»Aye.«

»Was willste jetzt machen, Illinois? Der Kapitän sagte mir, er kann für die nächste Fahrt 'n paar Matrosen gebrauchen. Er fährt in die Südsee. Hast du Interesse?«

»Kommt drauf an«, sagte ich zu ihm, schaute nach achtern, wo Baleka einen Topf schwenkend eine Katze jagte; ich fragte mich, wo das Tier hergekommen war. »Vielleicht geh ich auch nach Makanda zurück und seh mich nach Grund und Boden um – festen Boden unter den Füßen zur Abwechslung, weißt du?«

»Aye, aber wenn du vorhast, Kinder und Hühner aufzuziehen, dann wär's 'ne große Hilfe, wenn du 'ne Frau hättest, oder?«

Da konnte ich ihm nur zustimmen.

Nach fünf Runden ums Deck, um mir die Sorgen und meinen Hang zum Schluckauf, wenn ich angespannt war, abzustrampeln, war ich an Isadoras Tür, in den Händen einen leuchtenden Strauß Rosen, den ich mir aus Papas Dekoration in der Messe »geliehen« hatte. Meine Hände zitterten. Ich fühlte mich in der Schwebe zwischen meinem alten Leben in New Orleans und der ersten Stufe eines neuen Lebens mit Isadora, wenn sie einen alten, heruntergekommenen Seebär wie mich immer noch nehmen würde. Aber warum sollte sie, fragte ich mich. Sie kannte mich nicht, so wie ich jetzt war. Was schlimmer war, ich konnte mich auch nicht an einem einzigen Tag erklären. Wenn ich all das erzählen wollte, was ich erlitten hatte, seitdem ich sie das letzte Mal gesehen hatte, dann würde das tausend Nächte länger dauern, als Scheherazade brauchte, um König Schariar zu betören. Die Dunkelheit kam, und das Meer erzitterte, als der Abend sich sanft über weit auslaufende Wellen senkte. Ich holte Luft, klopfte dann, und Isadora rief: »Komm rein. Die Tür ist nicht abgeschlossen.« Wut stieg wieder in mir auf. Hatte ich sie nicht gebeten, die Tür verschlossen zu halten? Als ich eintrat, wollte ich sie eigentlich schelten, aber als ich Isadora sah, dort vom Eingang aus, war ich sicher, daß ich die falsche Kajüte betreten hatte, und rieb mir die Augen. Auf ihrem Bett sitzend, trug sie nur ein dünnes Nachthemd aus Baumwolle. Ich scheue mich nicht, Ihnen zu sagen, daß das ein Schock für mich war. Ich war noch weniger vorbereitet auf einen Vogelkäfig, zwei stinkende Hunde und eine Katze, leicht und ohne Zweifel warm, die auf ihren Knien ausgestreckt lag wie ein Wollschal. Die Katze und die Hunde trugen alle Handschuhe und Schals. Alle beobachteten mich wie gelangweilte Leichtmatrosen, die darauf warten, daß was Vernünftiges passiert. Schnell, während ich die Tür schloß, damit niemand sie sehen konnte, begriff ich, daß sie sich nicht für den Mann in Schale geworfen hatte, der ich jetzt war, sondern für den umzuerziehenden Kerl, der ich vor Monaten gewesen war.

»Ich habe dich gebeten, zuzuschließen. Erwartest du jemanden?«

»Nur dich.«

»Aber du siehst aus, als wärst du bettfertig. Geht es dir auch gut?«

»Oh, ein bißchen müde, glaub ich.« Sie lächelte. »Bis du gekommen bist, habe ich mir Sorgen gemacht, aber jetzt geht's mir gut.«

Ich wollte sie gerade bitten, es mir auch ein bißchen gutgehen zu lassen, aber ich hielt inne, denn ich wußte, genau das hätte jetzt der alte Rutherford gesagt. Ich kämpfte ein paar Sekunden mit mir, fühlte, wie meine alten Touren wieder in mir hochkamen. Das war das Ich, an das sich Isadora erinnerte, auf das sie reagierte, aber auf eine Weise, die ich als ihr vollkommen fremd empfand. Die Wahrheit ist, daß sie als Verführerin nicht besonders überzeugend wirkte. Ihr Vorbild war, wenn ich jetzt so darüber nachdenke, wohl die Verführerin in einem Theaterstück, das wir vor einem Jahr zusammen gesehen hatten, und als Isadora versuchte, den Komm-doch-her-Ausdruck dieser Schauspielerin zu imitieren, konnte ich nur reagieren, indem ich schnell die Hand auf den Mund legte, um einen plötzlichen Lachanfall zu unterdrücken. Aber Gott segne sie für den Versuch, dachte ich.

»Isadora, ich habe mit Papa gesprochen. Es wird keine Hochzeit geben, du mußt dir also keine Sorgen machen.«

»Tue ich nicht.« Sie klopfte auf eine Stelle auf dem Bett, damit ich mich setzte, womit sie ihre Tiere auf den Fußboden jagte. »Und meine Antwort ist ja, Rutherford. Ich werde dich heiraten und dir helfen, Baleka ein Zuhause zu schaffen. Ich bin sicher, daß Kapitän Quackenbusch die Zeremonie leiten wird. Schließlich, es ist ja alles für eine Hochzeit *vorbereitet*.«

Ich blieb stehen, wo ich war, lächelte erleichtert, aber ich fragte mich, was ich als nächstes tun sollte, wo ich anfangen sollte, wie ich die physische Distanz der letzten Monate überbrücken sollte. Wie sollte ich ihr außerdem erklären, daß Santos vielleicht über Nacht bleiben würde, wenn er uns besuchen käme? Und noch entscheidender, wie in Gottes Namen sollten wir ihn *bewirten*?

»Sind diese Blumen für mich?« fragte sie. Wieder zeigte sie jenes alberne, lockende, aufreizend erotische Lächeln. »Bring sie doch her.«

Ich setzte mich neben sie, küßte sie auf die Wange, die sie mir hinhielt, und saß dann däumchendrehend da. Inzwischen schnupperte Isadora den Duft der Blumen so kräftig, daß sie ein paar Blütenblätter mit in die Nase sog. Sie ließ den Strauß auf den Boden fallen und wandte sich mir zu, nachdem sie sich die Lippen mit ihrer Zungenspitze befeuchtet hatte. Sie legte mir die linke Hand auf die Schulter, um mich ruhig zu halten, und packte mit der rechten meine Hose und zerrte daran. Die Knöpfe sprangen ab wie Schrot und sprangen klickend gegen das Bullauge.

»Isadora«, fragte ich mit gepreßter Stimme, »bist du sicher, daß du das willst? Wir können auch bloß zusammen hier sitzen und die Schrift oder Gedichte lesen, wenn du möchtest.«

Sie antwortete, indem sie aufstand, mich aufs Bett schob und mir die Stiefel und die Hose auszog. Himmel nochmal, dachte ich, stille Wasser sind *tief*. Wer hätte sich träumen lassen, daß sich solche Tiefen der Leidenschaft in einer sittsamen Lehrerin aus Boston finden würden? Sie war so direkt sexuell, daß ich begann, mich zu winden. Schließlich war *ich* doch der Seemann, oder? Plötzlich ergriff meine eigene Begierde nach Abschwellung von mir Besitz, nach ein bißchen Schmusen bei Nacht, begann ungefähr bei der vierten Rippe und zog von da nach unten. Bald gingen wir uns beide mit den Händen an die Wäsche. Wie lange war das her, seit mich jemand gehalten hatte, mich mit etwas anderem als der Stiefelspitze oder dem Handrücken berührt hatte! Und sie, soviel schlanker – als sie sich das Nachthemd über den Kopf zog –, war für mich eine Gestalt von so schwindelerregender Anmut, daß jeder Odysseus den ganzen Ozean verschluckt hätte, wenn es nötig gewesen wäre, um an ihre Seite zu schwimmen. Ich küßte die Mulde an ihrem Schlüsselbein und fuhr mit den Lippen bis zu ihrem Hals hoch. Dann, aus Angst vor dem, was als nächstes kommen könnte, schob ich die Finger unter meine Schenkel und setzte mich auf meine Hände.

Isadora drehte sich langsam auf ihren Zehen herum und ließ mich alles sehen. Nun, da sie meine ganze Aufmerksamkeit hatte, fragte sie:

»Nun, was denkst du?«

»Ich denke gar nichts.«

»Gut.«

»Aber die Tiere. Kannst du sie nicht rausschicken?«

»Rutherford!«

»Deck wenigstens den Vogelkäfig zu.«

»Keine Sorge, der ist blind.« Ihre Stimme war rauh. »Leg dich ganz ruhig hin.«

Ich gehorchte, weil ich nicht wußte, was ich anderes tun sollte. Isadora kletterte über meine ausgestreckten Beine, ließ sich auf meine Hüften herunter und begann, sich mit den Hüften vor und zurück zu bewegen, wobei sie flüsterte: »Nein, beweg dich nicht.« Ich fragte mich: Wo hatte sie das gelernt? Ihren Wünschen zum Trotz bewegte ich mich doch, schob sie auf ihre Seite und legte meine Hand dorthin, wo sie hinwollte. Wir faßten uns eine Weile ungeschickt an, aber irgend etwas stimmte nicht. Es ging nicht so glatt weiter, wie es das eigentlich tun sollte. (»Dein Ellbogen ist in meinem Auge«, sagte ich; »Entschuldige«, sagte sie; »Warte mal, ich glaube, ich habe ein steifes Bein.«) Ich war außer Übung. Eingerostet. Die Bewegungsfreiheit meines Körpers war durch die Verletzungen, die ich an Bord erlitten hatte, eingeschränkt, aber mein Wille weigerte sich, die Gelegenheit verstreichen zu lassen. Ich zog mir das Hemd aus, entschlossen, der Wurzel mit der Axt zu Leibe zu rücken, wie ein Arbeiter, der sich in die Hände spuckt, bevor er sich ans Werk macht; aber, zum Henker, meine Erinnerungen an die Überfahrt kehrten immer wieder, ließen meinen Drang abklingen, seine Heftigkeit, und hinterließen an der Stelle meiner Lust auf fieberhaften Sex eine ungeheure Stille, die bemerkenswert erfüllt war, erfüllt von dem Gefühl, daß ich in diesem Augenblick unser beider Zukunft vereinigt sehen wollte, nicht unsere Körper, unser beider Geschichte für alle Zeit ganz verbunden, nicht unser Fleisch. Das Begehren war viel zu sehr eine Wunde, ein Riß aus Ungenügen und Unvollständigkeit, der uns trotz unserer Nähe dauernd auf Distanz brachte, wie Metalle mit gleicher Ladung.

Ich hörte auf und starrte Isadora ziemlich hilflos an, die sagte: »Ich dachte, das war es, was du wolltest?«

»Isadora, ich ... ich glaube nicht.«

Sie betrachtete eingehend mein Gesicht, sagte nichts, und in diesem wortlosen Austausch spürte sie, wie ich mich verändert hatte. Wie ich allmählich merkte, deckte sich das mit Veränderungen in ihr, denn in ihren zerwühlten Laken begriffen wir, daß dieses Feuer, das wir da schürten, uns nicht die Erleichterung brachte, die wir jetzt brauchten. Was sie und ich nach so vielen Abenteuern eher brauchten, war die sehr keusche Erregung einer Umarmung, welche die durch Mark und Bein dringende Kälte des Atlantiks überwinden würde. Und so senkte sie den Kopf und legte ihn mir an die Schulter, wie eine Schwester. Ihre warmen Finger, die eben noch fleißig wie Motten waren, lagen jetzt ruhig auf meiner Brust. Meine Hand lag auf ihrem Haar, während die Ereignisse des letzten halben Jahres Besitz von uns ergriffen. Isadora versank allmählich in tiefer Ruhe, schmiegte sich behaglich an mich, wo sie die ganze Nacht liegenblieb, während wir, selbstvergessen, sanft den Ozean durchquerten und zahllose Meere des Leids.

DANKSAGUNG

Viele Erzählungen von Seefahrt und Seefahrern und die Geschichte von Schiffen aus zahlreichen Kulturen wurden bei der Arbeit an diesem Roman herangezogen. Dennoch müssen das ausgezeichnete Werk von W. R. Thrower *Life at Sea in the Age of Sail*, John A. Garratys *The American Nation* und die umfangreichen Schriften von Eknath Easwaran besondere Erwähnung finden. Ich möchte außerdem dem Schriftsteller Mark Gray aus Seattle dafür danken, daß ich seine Beschreibung des Südillinois-Dialektes verwenden durfte; dem Romancier Richard Wiley dafür, daß er meine Fragen über Afrika beantwortete; dem Kampfsportler Gray Cassidy dafür, daß er mich mit mehreren Artikeln über die Kampftechnik der Schwarzen, *Capoeira*, versorgte; dem Filmemacher Art Washington dafür, daß er darüber wachte, daß ich mir politisch treu blieb; Russell Banks für Inspiration; dem Harvardgelehrten Werner Sollors dafür, daß er mir Seegeschichten schickte; Scott Sanders für Ermutigung; Gene Clyde für seine Bücher über Schiffbau; Janie Smith für ihre Geduld beim Abtippen meiner meist ziemlich chaotischen Manuskriptseiten; *Callaloo* dafür, daß sie das erste, und *F3* dafür, daß sie das zweite Kapitel druckten, als das Buch noch *Rutherford's Travels* hieß; und der Guggenheim Foundation für ein Stipendium, um den Roman abzuschließen.